한국어문학 및 지역어 연구의
한·중 학술 교류와 성과

지역어와 문화가치 학술총서 5

한국어문학 및 지역어 연구의 한·중 학술 교류와 성과

전남대학교 BK21+지역어 기반
문화가치 창출 인재 양성 사업단

보고사
BOGOSA

　　전남대학교 BK21플러스 지역어 기반 문화가치 창출 인재 양성 사업단은 2013년 9월 출범한 이래, 사업단의 목표인 문화 원천으로서 지역어의 위상 제고, 미래 지향형 문화가치 창출, 융복합 문화 인재 양성을 위해 다양한 학술 활동을 펼쳐 나아가고 있다. 이번에 출간하는 다섯 번째 학술 총서인 『한국어문학 및 지역어 연구의 한·중 학술 교류와 성과』는 국제 학술 교류를 통해 확장된 우리 사업단의 연구 기반에 의한 결과물로서 지역의 한계를 넘은 국제적 연구 성과라는 점에서 의미가 크다 하겠다.

　　우리 사업단은 지난 4년 6개월여 동안 5회의 국제 학술대회와 10회의 단기 해외 연수, 그리고 16회의 해외 석학 초청 강연을 개최한 바 있다. 이러한 국제 학술 교류에는 사업단의 참여교수와 신진연구인력들을 비롯하여 석·박사과정 대학원생들이 열정적으로 참여하였으며, 그 결과 우리 사업단은 중국, 일본, 싱가포르, 방글라데시, 미국, 호주, 우즈베키스탄, 오스트리아, 아르메니아, 이집트, 대만, 베트남, 말레이시아 등 세계 각국의 유수한 대학 및 기관들과 학술 공동체를 형성하게 되었다. 땀 흘려 이룬 연구의 결실을 동료와 후학을 위해 나누어 주신 여러 해외 석학들께도 이번 기회를 빌려 깊은 감사의 말씀을 드린다.

　　이번 총서에서는 2016년부터 2017년까지의 사업단 연구 성과물들

가운데 한·중 양국의 지역어와 문화가치를 아우르고 있는 연구 성과물을 모았다. 우리 사업단이 반환점을 돌아 새로운 시작을 향해 달려가고 있는 현 시점에서, 국제 학술 교류의 결과를 정리하고 종합하는 것은 무엇보다 중요한 과업이라 할 수 있으며, 그 시작으로 중국과 관련된 연구 성과를 정리하는 것은 그 의미가 남다르다 하겠다. 또한 내국인 학생은 물론 외국인 유학생의 연구력 증진을 위해 노력해 온 우리 사업단의 결과물이라는 점에서도 큰 가치를 가진다 할 수 있겠다.

총서는 세 개의 장으로 구성되어 있다. 1장 "한국어교육 연구의 한·중 학술 교류와 성과"에는 중국인 학습자를 대상으로 하는 한국어 교육 분야의 연구 성과를 담았다. 이를 통해 중국인 한국어 학습자의 한국어 사용 양상을 종합적으로 확인할 수 있기를 기대한다. 한국어와 한국문화 교육 분야에서는 효과적인 한국어 학습을 위한 기술적 방법론 못지않게 각 언어권별 학습 실태 파악 역시 중요하다 할 수 있다. 이 장에 수록된 연구들을 통해 특정 언어문화권에 대한 한국어 교육 분야의 이해를 심화할 수 있기 바란다.

2장 "지역어 연구의 한·중 학술 교류와 성과"에는 한·중 지역어를 대상으로 한 국어학 분야의 연구 성과를 담았다. 이 장이 지역어의 개념을 공고히 하고 지역어라는 가교를 통해 화용론, 문법론, 어휘론, 사회언어학 분야의 연구를 통섭의 시각으로 조망할 수 있는 기회가 될 수 있기를 바란다. 특히 복수의 언어 문화권 연구자들의 연구 시각이 반영된 공동 연구 성과물을 통해 연구의 지평을 확장하고 학문적 깊이를 심화할 수 있기를 기대한다.

3장 "한국어문학 연구의 한·중 학술 교류와 성과"에서는 한·중 문학 연구의 교류 성과들을 담았다. 특히 외국인 연구자의 시각이 반영된

한·중 문학의 비교 연구를 통해 두 나라의 문학, 나아가 두 나라의 문화를 이해할 수 있는 기회가 되기를 기대한다. 또한 이 모든 연구들이 단순히 학문적 이해를 넘어 문화적 유대를 확인하고 발전시킬 수 있는 발판이 되기를 희망한다.

이번 총서는 지난 4년여 동안 쉼 없이 달려온 우리 사업단 구성원들의 노고가 있었기에 만들어질 수 있었다. 특히 이 자리를 빌려 사업단 참여교수님들의 헌신과 격려에 감사의 말을 전하며 또한 사업단의 발전을 위해 학술 연구와 사업 진행에 매진해 온 신진연구인력들과 행정간사에게도 깊은 감사의 말을 전하고 싶다. 무엇보다, 우리 사업단을 믿고 본인의 오늘을 투자하여 밤새 연구에 몰두하고 있는 우리 참여 대학원생들에게 뜨거운 박수를 보낸다. 끝으로 우리 사업단의 연구 성과를 가장 돋보이는 결과물로 만들어 주신 보고사 출판사 식구들께도 고마움을 표하는 바이다.

2018년 2월 15일

전남대학교 BK21+ 지역어 기반 문화가치 창출 인재 양성 사업단

단장 신해진

제1장
한국어교육 연구의 한·중 학술 교류와 성과

제2장

지역어 연구의 한·중 학술 교류 성과

연변 지역어에서의 대화 요청 행위 표현에 대한 고찰

'-었1었2-'에서 '-었2-'의 양태 의미에 대한 연구 [최란·조경순]   ··· 157

언어경관 '백두산/장백산'의 사용 양상과
사회적 요인과의 상관성 −시각/음성 경관을 중심으로 [량빈]   ··· 191

제3장

한국어문학 연구의 한·중 학술 교류와 성과

제1장

한국어교육 연구의
한·중 학술 교류와 성과

중국인 학습자를 위한
한국문학작품 읽기 교육 현황 및 향후 과제

김철

1. 들어가는 말

외국어로서의 한국어교육에서 문학교육의 역할이 결코 작지 않음은 주지의 사실이다. 한국문학교육을 통해 학습자들은 한국어 능력을 향상시킬 수 있고 목표언어의 사회와 문화를 이해하게 되며, 또 그것을 바탕으로 원활한 의사소통 능력을 함양함은 물론 한국의 문화와 문학 지식을 폭넓게 습득할 수 있게 된다. 이러한 이점이 있기 때문에 중국 내 4년제 대학교들의 한국어학과 교과목(커리큘럼)에는 한국문학 관련 과목들이 항상 빠지지 않는다. 그러나 이러한 표면적인 위상과는 달리 최근 취직제일, 실용제일을 극단적으로 강조하는 분위기 속에서 학생들의 문학수업 기피현상은 날로 심각해지고 있다. 그런데다가 한국어교육에 종사하는 교사들 사이에서까지도 이른바 '문학무용론'과 같은 잘못된 인식이 확산되고 있어 한국문학교육의 입지는 날로 불안하기만 하다. 현재 국내 한국어문학교육은 과거에 비해 많은 발전을 이룩했음에도 불구하고 여전히 적지 않은 문제점들을 안고 있으며, 특히 교수이

념과 교재 편찬, 교수–학습방법 등에서 우리의 한국문학교육이 학생들의 현실적 요구와 교육의 실제적 수요에 부응하지 못하는 문제점들이 존재하고 있어 대안 마련이 시급하다.

본 논문은 이러한 문제의식에서 출발하여 중국 내 한국어 문학교육의 중요한 일익을 담당하고 있는 '韓國文學作品選讀' 교과목을 중심으로 관련 교육현황과 문제점을 점검하고 그 기초 상에 기존 연구 성과[1]들을 바탕으로 향후 교육개선의 방향을 제시하고자 한다. 본 논문에서 논의하게 될 한국어문학교육은 중국 내 4년제 본과대학에서 이루어지고 있는 문학교육에만 한한 것임을 미리 밝혀둔다.

2. 중국 내 한국문학작품 읽기 교육 현황 및 그 문제점

본 장에서는 주로 중국 내 한국어학과들의 '韓國文學作品選讀' 과목 개설 현황과 과목 명칭 사용, 학점, 교육 내용, 교육 방법 등에 대해 대략 살펴보는 것을 통해 본 과목 읽기교육이 전체 한국어문학교육시스템에서 어떠한 위치에 있으며, 또 어떠한 문제점들을 안고 있는지를 간단하게 논의해보고자 한다.

---

1 중·한 수교 이후, 현재까지 중국인 연구자들의 한국어 문학교육 관련 연구 성과는 2016년 연말을 기준으로 대개 70편 정도로 집계되었다. 이 중에 중국에서 발표된 논문은 33편인데, '문학작품선독'과 관련한 논문은 1편 정도에 불과하며 내용은 주로 읽기 방법에 대한 연구였다. 위의 통계는 필자가 한국의 『국어교육학연구』, 『한국언어문화학』, 『국어교육』, 『외국어로서의 한국어교육』, 『한중인문학연구』, 『언어와 문화』 등과 중국의 『중국에서의 한국어교육』과 『한국(조선)어 교육연구』 등 한국과 중국의 학술지 간행물들을 대상으로 조사한 결과에 따른 것이다.

1) '韓國文學作品選讀' 교과목 개설의 일반 상황

현재 중국 내 한국어학과의 한국어문학교육은 주로 '韓國文學史'(혹은 韓國文學簡史)와 '韓國文學作品選讀', 이 두 가지 교과목에 대한 수업을 통해 이루어진다. 물론 이외에도 '中韓文學比較'나 또는 '中韓文學交流史'와 같은 과목²들도 개설되어 있긴 하지만 총괄적으로 볼 때, 역시 주력교과목은 '韓國文學史'와 '韓國文學作品選讀'이다. 그러나 이 두 교과목에 대한 개설 상황은 각 대학들 간에 일정한 차이를 보인다. 각 대학의 구체적인 상황에 따라 '韓國文學史'만 개설한 대학(북경외대 등)들이 있는가 하면, '韓國文學作品選讀'만을 개설한 대학(광서사범대 등)들도 있으며 또 어떤 대학들은 이 두 개 과목을 다 개설한 대학들도 있다.

지금까지 국내 110개(2016년 연말 집계) 정도의 4년제 대학교 한국어학과(전공) 중 95% 이상의 학과에서 '韓國文學作品選讀' 교과목을 개설하고 있다. 이것을 통해 '文學作品選讀' 교과목의 위상을 어느 정도 실감할 수 있다. 아래 주로 '韓國文學作品選讀' 과목 개설에 대한 일반 상황을 간단하게 살펴보도록 한다.

우선 '韓國文學作品選讀' 교과목 학기 배정 상황을 잠깐 살펴보면 중국의 한국어학과들에서는 보통 3학년 1, 2학기나, 4학년 1학기에 문학 관련 교과목들을 배정하는데 '韓國文學作品選讀'은 대부분 3학년 1, 2학기에 배정되어 있다(구체적인 것은 부록[1] 참고). 이는 고급단계 학

---

2 '中韓文學比較', '中朝(韓)文學比較' 또는 '中韓文學交流史', '韓國現當代文學研究' 등과 같은 과목이 개설되어 있긴 하지만 이 과목을 개설한 대학은 산동대학교(위해)와 남경대, 광동외대를 포함하여 겨우 3~4개 정도에 불과하다.

습자들의 한국어 구사 능력과 한국문화에 대한 이해 능력이 일정한 수준에까지 올라온 다음에라야 상대국 문학지식을 습득할 수 있다는 현실적 판단에서 비롯된 배려이기도 하다. 그리고 '文學史'와 '文學作品選讀' 수업의 학기 배정 선후 순서도 각자 나름이다. '文學史'를 먼저 학기에 강의하고 그 다음 학기에 '文學作品選讀'을 강의하는 대학이 있는가 하면 '文學作品選讀'을 먼저 강의하고 그 다음 학기에 '文學史'를 강의하는 대학들도 있다. 심지어 일부 대학들에서는 두 과목을 같은 학기에 개설하여 학생들이 둘 중의 한 과목을 선택하여 수강하게 하기도 한다.

다음, 학점 및 수업 시간 배당을 보면 '韓國文學作品選讀' 교과목은 대부분 2학점[3]에 주당 2교시, 총 36(혹은 32, 학기를 18주 기준으로 하느냐 아니면 16주 기준으로 하느냐에 따라 달라짐)시간(50분 단위)으로 강의하고 있다. 고전과 근·현대작품으로 나누었을 경우에는 각각 2학점에 36(혹은 32)시간으로 책정되기도 한다. 즉 4학점에 72(또는 64)시간이라는 의미이다. 북경대학의 경우에는 '韓國(朝鮮)名篇選讀' 교재는 상·하로 되어 있으며 이것을 두 학기로 나누어 강의하는데 학점은 각각 4학점으로 설정되어 있다. 위 대학들과는 달리 3학점에 48교시로 운영하는 대학들이 있는가 하면 길림대학교와 같이 6학점에 96시간(수업 시간은 50분)으로 운영하고 있는 특별한 대학들도 있다. 총괄적으로 볼 때, 각 대학

---

3 중국에서는 보통 16교시(1교시를 50분으로 계산함)를 1학점으로 계산하며 학점이 1학점인 학과목수업은 주로 여름학기(夏季學期, 또는 短學期라고도 함)나 여름학교(暑期學校, 1871년 미국 하버드대학에서 처음으로 시작한 수업형식으로서 주로 봄 학기와 가을 학기 사이의 여름철 시간을 활용한다는 데서 생겨난 이름) 때에 배정한다. 강의시간은 일반적으로 4~5주 정도로 잡는다.

교들의 학점과 수업시간은 대동소이하며 학점은 한 두 개 대학에서만 3학점으로 하고 있고, 대부분 대학의 한국어학과들에서는 2학점으로 하고 있다.

마지막으로 '韓國文學作品選讀' 교과목의 이수 편성 상황을 잠깐 살펴보기로 한다. 중국 내 한국어교육 자체의 사정 때문에 일반적인 경우, 학부 단계에서는 여건 상 '韓國文學史'와 '文學作品選讀'이 다 같이 전공필수나 또는 전공 선택과목으로 될 수 없다. 이러한 상황에서 각 대학들은 자체 수요에 따라서 '韓國文學作品選讀'을 혹자는 전공 선택과목으로, 또 혹자는 전공 필수과목으로 설정하고 있다. 현재 상황으로 봐서는 대부분 대학들에서 '韓國文學作品選讀' 교과목을 선택과목으로 하고 있다. 물론 이렇지 않은 대학들도 일부 있다. 예를 들면 많은 대학들에서 '文學作品選讀'을 선택과목으로 하고 있는 반면에, 상해 復旦大學이나 蘇州大學 같은 대학교들에서는 전공필수과목으로 하고 있다. 또 예를 들어보면 中央民族大學 같은 경우에는 '韓國文學作品選讀'은 필수과목으로 하고 '韓國文學史'는 전공 선택과목으로 하고 있으나, 南京大學 같은 경우에는 반대로 '韓國文學作品選讀'은 전공 선택과목으로 하고 '韓國文學史'는 필수과목으로 하고 있다. 볼 수 있다시피 어느 과목을 선택과목으로 하고 어느 과목을 필수과목으로 하느냐 하는 것에 있어서는 어떤 통일된 기준이나 규정은 없다. 그냥 각 대학들의 자체 필요성이나 판단에 따라 나름대로 필수과목이 정해진다. 그러나 전공 필수냐 전공 선택이냐에 따라 교과목의 위상이 크게 달라지기도 하는데 이런 상황의 변화에 따라 어느 대학에서 어느 과목을 더 중요시하는지를 엿볼 수도 있다. 산동대학 한국학대학(위해)에서는 '韓國文學史'는 빼고 '文學作品選讀'(현재 명칭은 '韓國文學名著影視欣賞'임)만

개설했다.⁴

2) '韓國文學作品選讀' 교재 개발 및 교육 내용

여기서는 우선, 국내에서 개발, 출판된 '韓國文學作品選讀' 교재들의 상황을 간단하게 살펴본 다음, 그 교재들에 수록된 작품들의 상황에 대해 진일보 논의해보도록 하겠다.

첫째, 국내 '韓國文學作品選讀' 교과목의 교재 개발은 전체적으로 미비한 상태다. 현재까지 국내에서 개발 출판된 '韓國文學作品選讀' 교재는 대개 8, 9종으로 집계되었다.⁵ 시간적으로 가장 이른 시기에 나온 교재로는 연변대학의 이민덕이 편집한 『韓國文學作品選讀』이다. 이 교재는 2004년(2008년 수정, 재판)에 처음으로 출판되었으며 국내 중국인 학습자를 대상으로 만든 교재로서는 비교적 일찍 나온 교재라고 할 수 있다. 그 후, 2006년에는 한위성 편저로 된 『韓國文學簡史與作品選讀』이 출판되었으며 2008년에는 장광군과 김영금이 공동으로 펴낸 『韓國文學作品選讀』이 출판되었다. 또 그 뒤를 연이어 2009년과 2010년에는 한매(韓梅)가 펴낸 『韓國文學選讀』과 『韓國現代文學作品選讀』이 나왔고 2011년에는 전용화의 『韓國文學作品選讀』, 2015년에는 지수용과 배규범이 공동으로 편찬한 『韓國文學作品選讀』이 각각 출판되었다. 이것을 다시 도표로 보여주면 다음과 같다.

---

4 원래 '韓國文學作品選讀'의 과목 명칭을 2015년에 양성 방안을 새롭게 수정하면서 '한국문학명저영시흔상(韓國文學名著影視賞析)'으로 바꾸었다. 학부생들에게는 문학사교육보다 문학작품교육이 더 적절하다고 판단되었기 때문이다. 그리고 문학사교육은 '중한문학교류사'(여름학기, 16교시, 1학점)와 같은 과목으로 대체하였다.
5 여기서 말하는 교재는 4년제 본과학생들을 위한 한국문학수업용 교재를 가리킨다.

<표 1> 중국 내 '韓國文學作品選讀' 교재 출판 상황

순번	교과서명	저자	출판사	출판시간
1	『韓國文學作品選讀』	李敏德 외	延邊大學出版社	2004
2	『韓國現代文學作品選』	尹允鎭 등	上海交通大學出版社	2005
3	『韓國文學簡史與作品選讀』	韓衛星編著, 林從綱主審,	大連理工大學出版社,	2006
4	『韓國文學作品選讀』	李敏德 외	黑龍江朝鮮民族出版社	2008
5	『韓國文學作品選讀』(上·下)	張光軍, 金英今	外語敎學與硏究出版社	2008
6	『韓國文學選讀』	韓梅 외	對外經濟貿易大學出版社	2009
7	『韓國現代文學作品選讀』	韓梅·韓曉	北京大學出版社	2010
8	『韓國文學作品選讀』	全龍華	延邊大學出版社	2011
9	『韓國文學作品選讀』	池水湧·裴圭範	上海外語敎育出版社	2015

☞ 위의 표 중, 교재는 전부 4년제 본과대학에서 쓰이는 교재이며 수업요구가 비교적 명확하게 제시된 교재들이다. 일반인을 대상으로 한 교재는 배제하였다.

둘째, '韓國文學作品選讀' 교재에 실린 한국문학작품들이 어떤 것들이 있는지를 잠깐 살펴보기로 한다. '韓國文學作品選讀'은 그 이름에 걸맞게 명실공히 한국의 문학작품을 가르치는 과목이다. 물론 이 과목 교수에서는 작가도 취급해야 하고 해당 작품과 그와 관련한 창작 배경 등도 취급해야 한다. 그렇지만 가장 중요한 것은 작가와 작품이다. 어떤 작품과 작가를 선정하여 가르치느냐 하는 문제가 매우 중요한 사항임에도 불구하고 현재까지 통일된 기준이 없이 집필자들 제 나름으로 작품을 선정했기 때문에 작품의 대표성, 작품의 문학, 예술적 가치와 인지도 등에서 이러저러한 문제점들이 존재하고 있다.

아래 필자는 나름으로 대표적이라 생각되는 '韓國文學作品選讀' 교재 5종을 선정하여 그 교재들에 수록된 작품들의 목록을 예로 들어 선정 작품들과 관련한 몇 가지 상황을 간단하게 짚어보겠다. 다음의 표는 설명과 이해에 편리하도록 각 대학들에서 편찬한 교재들의 작품

수록 상황을 제시한 표이다.

〈표 2〉현재 '韓國文學作品選讀' 교재에 실린 작품에 대한 비교표

교재명	『韓國文學作品選讀』(2008), 李敏德	『韓國文學作品選讀』(上、下)(2008), 張光軍·金英今	『韓國現代文學作品選讀』(2010), 韓梅·韓曉	『韓國文學作品選讀』(2011)/全龍華	『韓國文學作品選讀』(2015)/池水湧·裴圭範
목차	제1과 배따라기 제2과 감자 제3과 물레방아 제4과 벙어리 삼룡이 제5과 사랑 손님과 어머니 제6과 운수 좋은 날 제7과 백치 아다다 제8과 수난 이대 제9과 동백꽃 제10과 봄 봄	상: 제1과 진달래꽃 제2과 향수 제3과 그날이 오면 제4과 날개 제5과 소나기 제6과 불신시대 제7과 광장 제8과 꺼삐딴 리 제9과 서울 1964년 겨울 제10과 모래톱 이야기 제11과 병신과 머저리 제12과 강 제13과 풀 제14과 귀천 제15과 어둠의 혼 제16과 삼포가는 길 부록1: 작가와 작품 색인 부록2: 연습문제 참고 답안 부록3:참고서 하: 제1과 난장이가 쏘아올린 작은 공 제2과 필론의 돼지 제3과 우리들의 날개 제4과 타는 목마름으로 제5과 새들도 세상을 뜨는구나 제6과 하늘	第1課 詩歌:《金達萊花》第5首 第2課 小說 : 貧妻 第3課 小說 : 船歌 第4課 小說 : 啞巴三龍 第5課 小說 : 逃出記 第6課 詩歌 :《鏡子》第5首 第7課 小說 : 白癡阿達達 第8課 小說 : 山茶花 第9課 小說 : 巫女圖 第10課 小說 :《星》、《驟雨》 第11課 小說 : 失碑銘 第12課 詩歌 :《在菊花旁邊》第5首 第13課 小說 : 受難二代 第14課 小說 : 年輕的毛欅樹 第15課 小說 : 首爾，1964年冬 第16課 小說 : 西便制	소년의 비애 -이광수 빈처-현진건 표본실의 청개구리-염상섭 물레방아 -나도향 화수분-전영택 낙동강-조명희 탈출기-최서해 광염 소나타 -김동인 레디메이드인생 -채만식 모범 경작생 -박영준 백치 아다다 -계용묵 사랑 손님과 어머니-주요섭 원고료 이백 원 -강경애 까마귀-이태준 무녀도-김동리 금 따는 콩밭 -김유정 장삼이사 -최명익 암야행-김성한 갯마을-오영수 모반-오상원 쏘리 킴-송명수 학 마을 사람들 -이범선 불신시대 -박경리	제1부 고전문학 구지가 공무도하가 황조가 처용가 제망매가 가시리 청산별곡 한림별곡 단심가 한산(閑山)섬 달 밝은 밤을 가노라 삼각산(三角山) 지아비 밭 갈나 간 되 오우가(五友歌) 동지(冬至)ㅅ달 기나긴 밤을 두터비 파리를 물고 관동별곡(關東別曲) 단군신화 바리공주 공방전 이생규장전 홍길동전 구운몽 양반전 허생전 흥부가 춘향가 제2부 근대문학 해에게서 소년에게 진달래꽃 향수

| | | 제7과 프란츠 카프카 제8과 라디오와 같이 사랑을 끄고 켤 수 있다면 제9과 행복 제10과 숨은 꽃 제11과 아름다운 얼굴 제12과 너에게 묻는다 제13과 흔들리며 피는 꽃 제14과 눈물은 왜 짠가 제15과 그 섬에 가고 싶다 제16과 새순 **부록1: 작가와 작품 색인 부록2: 연습문제 참고 답안 부록3: 참고서** | | 잉여인간 -손창섭 젊은 느티나무 -강신재 꺼삐딴 리 -전광용 너와 나만의 시간 -황순원 서울, 1964년 겨울-김승옥 모래톱 이야기 -김정한 선학동 나그네 -이청준 삼포 가는 길 -황석영 고압선- 조선작 아홉 컬레의 구두로 남은 사내-윤홍길 우상의 눈물 -전상국 사평역-임우철 원미동 시인 -양귀자 고산지대 -이승우 샤갈의 마을에 내리는 눈-박상우 은어낚시 통신 -윤대녕 풍금이 있던 자리 -신경숙 자전거 도둑 -김소진 | 모란이 피기까지는 여승(女僧) 나그네 절정 서시 금수회의록 무정 운수 좋은 날 감자 무녀도 동백꽃 메밀꽃 필 무렵 **제3부 현대문학** 사향(思鄕) 휴전선 꽃 눈물 껍데기는 가라 풀 신부 농무 귀천(歸天) 타는 목마름으로 새들도 세상을 뜨는구나 압록강은 흐른다 수난이대 소나기 광장 무진기행 장마 난장이가 쏘아올린 작은 공 엄마의 말뚝 우리들의 일그러진 영웅 명성황후 |

우선, 위의 〈표 2〉를 보면 각자의 장르 선정에서 일정한 차이가 있다는 점을 쉽게 알 수 있다. 전체적으로 시·소설·수필·연극·판소리·시조·향가·가사 등의 다양한 장르를 다 아우르고 있으나 각자에 따라 선택은 다르다. 통계에 따르면 시(고대 가요, 향가, 시조, 경기체가, 가사,

현대시 등)는 전부 52시, 소설은 장편이 10편, 단편이 102편으로 집계되었다. 그리고 희곡은 2편뿐이고 수필은 고작 1편뿐이다. 이 외에 신화는 2편, 판소리가 3편이다.[6] 총괄적으로 볼 때, 한국의 문학작품 중에서 소설만 선정한 교재가 있는가 하면 시와 소설만 취급한 교재가 있다. 또, 소설(전류 소설·국문소설·판소리·현대소설 등)·시(향가·시조· 별곡 등 포함)·연극·수필·판소리까지 모두 취급한 교재도 있으며 단편소설만 취급한 교재가 있는가 하면 장편과 단편을 골고루 취급한 교재도 있다. 이처럼 문학작품의 장르선택을 보면 각자 나름이다.

둘째, 해당 시기에 따른 작가, 작품에 대한 선정이다. 우선 선정된 작가, 시인들을 보면 전체 100여 명에 달하며 그 중에 현대 작가가 대부분을 차지하고 소수가 고대시인, 작가들이다. 〈표 2〉에서 제시한 5종의 대표적 교재들을 중심으로 관련 교재들이 취급한 작가들의 상황들을 대체적으로 살펴보도록 한다. 〈표 2〉를 통해 볼 수 있듯이 "文學作品選讀"에서 가장 많이 취급된 작가들은 김동인, 현진건, 나도향, 김동리, 김승옥, 하근찬, 계영묵, 주요섭 등이고 시인에서는 김소월과 정지용이 가장 많다. 총괄적으로 볼 때, 가장 많이 선정된 작가, 시인으로는 김동인과 김소월, 정지용, 김동리 등이다. 특히 김동인의 작품은 거의 모든 '文學作品選讀' 교재에 다 들어가 있다. 그리고 시기별 문학작품에 대한 선정도 각자 나름임을 볼 수 있다. 이외 대부분 "文學作品選讀" 교재들은 고전문학작품보다 현대문학작품을 더 많이 취급하기 때문에

---

6 위의 데이터는 현재 중국 내에서 비교적 많이 사용되고 있고 또 대표적이라 생각되는 교재들, 즉 이민덕(2004), 장광군(2008), 한매(2010), 전용화(2011), 지수용(2015), 한위성(2006) 등 총 6종의 '文學作品選讀' 교재에 실린 문학작품들에 대한 통계에서 얻은 데이터들이다.

양적으로 현대작품이 고전작품보다 압도적으로 많다.

셋째, 수록된 작품들의 양도 같지 않다. 적은 것은 10편(이민덕), 또는 16편(한매 등), 많은 것은 62편(지수용)으로 양적인 차이가 크다. 사실 30편 이상(상, 하권을 고려)의 작품을 수록한 작품선독교재는 교재라기보다는 '作品選集'의 성격이 강하다. 편집자들마다 나름의 목적과 선정기준에 따르다보니 이런 결과가 나올 수밖에 없다. '교재'라고 하면 교재로서의 특징과 역할을 지녀야하기 때문에 학생들의 실제를 고려하지 않고 집필자 주관만 고려한 작품집(열독집)은 교재로서의 의미가 별로 없다. 그리고 효율적인 '文學作品選讀' 교재라면 한정된 시간 내에 학생들로 하여금 적당한 양의 작품을 충분하게 읽고 소화할 수 있도록 기획되어야 한다고 본다.

넷째, '韓國文學作品選讀' 교과목 명칭도 다양하다. 일반적인 경우에는 모두 '韓國文學作品選讀'이라 지칭하지만, 때로는 이와 달리 시기와 내용을 한정하여 '韓國現當代文學作品鑑賞'[7]이라는 과목 명칭을 쓰는 대학들이 있는가 하면 '韓國近現代文學作品鑑賞'이라는 명칭을 쓰는 대학들도 있다. 산동대(제남)의 경우에서는 '韓國文學作品鑑賞'이라는 명칭을 쓰고 있고 대련외국어대학의 경우에는 '韓國文學作品賞析'이라는 명칭을 쓰고 있다. 위 명칭과 비슷하게 '韓國文學名篇鑑賞'이라는 교재명칭을 쓰는 대학들도 있다.

이와 달리 화중사범대의 경우에는 '韓國古代文學史及選讀'과 '韓國

---

7 실제 한국문학에서는 '당대(當代)'문학이란 용어를 쓰지 않고 근대 이후부터 현재까지의 문학을 전부 '현대문학', 또는 '근대문학'으로 지칭한다. 중국문학사에서는 '당대'라는 용어를 자주 쓰며 '당대문학'이라하면 대개 1949~2000년까지의 문학을 일컫는다. 때문에 용어 사용 시 이 차이에 유의해야 한다.

近現代文學史及選讀'이라는 과목 외에도 선택과목으로 '韓國當代小說選讀'이라는 과목까지 개설하고 있다. 또 이 대학교와 비슷하게 남경사범대에서도 '文學史'와 '作品選讀'을 통합하여 '韓國文學史與作品選讀'이라는 과목 명칭을 쓰고 있다. 현재 상황으로 보아서는 화중사범대나 남경사범대와 같이 '韓國古典(近現代)文學史及選讀'이라는 통합적 과목(통합과목) 명칭을 쓰는 것이 향후 추세가 아닐까 생각한다.[8]

이외 광동외국어무역대학(廣東外語外貿大學) 한국어학과와 북경대학 외국어학부 한국어학과에서는 각각 '朝鮮(韓國)文學作品選讀'이라는 명칭과 '韓國(朝鮮)名篇選讀(상·하)'이라는 명칭을 쓰고 있다. 그리고 선후 순서는 다르지만 모두 '韓國'과 '朝鮮'이라는 표현을 함께 쓰고 있는 것이 특징이다. 이상과 같이 국내 '韓國文學作品選讀' 교과목 명칭은 형식상 매우 다양한 면모를 보이고 있다. 하지만 본질적으로는 모두 '文學作品選讀' 과목에 해당되는 하나의 교과목이라는 점만은 분명하다. 그리고 교재 명칭이 너무 혼란스러운 것이 문제가 되는데 나중에 통일하거나 수정한다면 '韓國文學作品選讀'도 좋고 또 필요에 따라 '韓國文學史及作品選讀'도 괜찮다고 본다. '조선(朝鮮)'이라는 명칭을 쓰는 것은 중국 교육부의 규정 때문이어서 어쩔 수는 없지만 상황에 따라 합리한 명칭으로 통일할 필요가 있다고 본다.

---

8 실제 대개 2010년 이후로 중국대학교들의 외국어대학 전공영어학과 커리큘럼에는 '美國文學史與選讀'(2학점, 2교시/주), 또는 '英國文學史與選讀'이라는 과목 명칭이 등장하기 시작했다. 일부 한국어학과들에서 사용하고 있는 '韓國文學史與作品選讀'이라는 과목 명칭도 바로 이러한 명칭에서 계발 받은 것으로 본다.

3) 교수진과 교수 방법 및 기타

현재 국내 각 대학교 한국어학과에서 문학교육을 담당한 교수들은 대부분 문학박사학위 소지자들이다. 평균 학력이 영어나 일본어학과 보다는 높다. 그리고 나이도 35~55살 사이가 많다.[9] 물론 교육자들의 교수 수준과 수업 경험, 그리고 문학적 소양 등 방면에서 이러저러한 부족함이 없지는 않지만 미래지향적 시각에서 볼 때, 향후 국내 한국문학교육은 후진들의 성장과 더불어 전망이 밝을 것으로 본다.

그리고 현재 국내 한국어학과들의 한국문학교육 수업 방법을 보면 대부분 전통적인 교사 중심의 교수 방법을 취하고 있다. 이런 상황 때문에 수업에서 학생들의 개성 발휘와 자주적이고 창의적인 능력 발휘가 제대로 이루어지지 못하고 있으며 따라서 '韓國文學作品選讀' 과목에 대한 학생들의 선호도도 계속 떨어지고 있는 추세다. 최근 중국 교육부의 대학교 본과교육 심사평가부서(2014년 시작)에서 국내 고등학교 학부교육을 대대적으로 개혁할 목적으로 새로운 학부교육평가 제도를 내왔는데 그 중요한 취지가 바로 교수 방법 개혁과 교수질의 향상에 있다. 좀 더 구체적으로 말하면 전통적인 교사 중심의 수업모델을 학생 중심의 수업모델로 바꾸는 것이 이번 개혁의 제일 중요한 사항 중의 하나다. 이와 같은 정세 하에서 중국 내 한국문학교육도 시대 발전의 추이에 맞추어 교수 방법 개혁을 착실하게 추진하여 한국어 문학교육의 질적 향상을 도모해야 한다.

---

9 더 자세한 조사를 통해 구체적인 상황을 보여주는 것이 마땅하나 현재 본 작업을 마무리 못한 상태여서 구체적으로 제시하지 못했음.

3) 한국문학작품읽기 교육에서 드러난 문제점

현재 중국 내 대학들에서 실시하고 있는 학부 단계의 한국어문학교육은 여러 가지 문제에 봉착해 있다. 그 중 '韓國文學作品選讀' 교과목 교육을 살펴보면 다음과 같은 문제점들이 있다.

(1) 한국문학작품 읽기교육에서 문학작품(텍스트)에 대한 인식을 올바로 할 필요가 있다.

현재 한국어문학교육에서 한국의 문학작품을 어떻게 활용할 것인가 하는 문제에 대해 중국 내 교육자들이나 연구자들은 나름의 인식을 갖고 있다. 적지 않은 교육자들은 문학 작품이나 문학의 본질을 언어교육 활동의 자료나 방법으로 삼고자 하는 경향을 갖고 있다. 즉 문학작품을 한국어교육을 실현하는 일종의 자료나 수단으로 간주하는 경향이 있다. 실제 중국 내에서 발표된 논문들은 적지 않게 이런 시각에서 문학교육을 논의하였다. 이른바 언어활동으로서의 문학 활동이 아니라 문학을 활용한 언어활동으로 생각한다는 것이다.[10] 이러한 경향과 인

---

10 윤여탁, 「한국어 문학 지식 교육과 연구의 목표와 과제」, 『한국(조선)어교육연구』 통권 9호, 태학사, 2014, 69쪽 참고. 윤여탁은 본 논문에서 한국어 문학 지식 교육 방법학 영역에 대해서 논의하면서 한국어 문학교육의 첫 번째 방법학은 문학적 사실을 확인하게 하는 문학 활동을 제시하는 방식, 두 번째 방법학은 외국어로서의 언어교육의 관점, 특히 의사소통 능력을 강조하는 차원에서 문학 작품이나 문학의 본질을 언어교육 활동의 자료나 방법으로 삼는 접근 방법, 세 번째 방법학은 태도와 정서와 같은 암묵적, 인격적 지식을 함양할 수 있는 방법을 모색하는 것이라고 하면서 이 중 두 번째 방법학에 대해 다음과 같이 설명하였다. "이 방법학과 관련하여 두 가지 관점이 있는데 그 중 하나가 언어활동으로서의 문학 활동이라는 관점이며, 다른 하나는 문학을 활용한 언어활동이라는 관점이다. 이중의 전자는 문학교육의 방법으로서 문학적 언어활동 역시 일상의 언어활동의 일부로 보는 관점이다. 또는 후자는 언어교육의 방법으로서,

식은 결과적으로 실제 수업에서 문학작품 속의 언어나 문법 해석에만 치중하게 하는 결과를 초래할 수 있다. 말하자면 문학 텍스트를 문학의 독자성에 대한 이해보다 언어 학습의 매개 혹은 문화 전달의 통로로 활용하고 있기에 문학 텍스트에 대한 학습자들의 정서적 공감의 폭이 제한되고 학습자들은 교사의 해석에만 의존하기에 텍스트가 내재하고 있는 미학을 감상하고 이해하는 읽기 수준에 이르지 못할 수 있다.[11] 아쉽게도 국내 많은 교육자들과 연구자들이 왕왕 그러한 언어교육 목적의 시각으로 한국문학작품읽기, 또는 문학교육에 접근하고 있다. 이러한 인식을 바꾸지 않으면 바람직한 한국문학읽기교육을 기대할 수 없다.

(2) 중국 내 '韓國文學作品選讀' 교과목에 확실한 교수 목표와 교수 요강이 없다.

온전한 문학작품 읽기교육은 정확하고 확실한 목표와 치밀한 교수 요강의 지도하에서만이 실현가능하다. 우리 문학교육은 학습자들로 하여금 다양한 문학작품을 읽으면서 그 속에 있는 언어적 요소, 사회문화적 내용은 물론, 한국인들의 보편적인 정서와 사고방식에 대해서까지 이해하게 해야 한다. 그리고 최종적으로 의사소통 능력은 물론, 문학 능력 및 문화능력을 양성하는 것을 목표로 해야 한다.[12] 한국의

문학 작품이나 문학의 언어를 언어교육에 활용하고자 하는 관점이다." 69쪽 참고. 윤여탁은 실제 문학을 활용한 언어활동이라는 한국어 문학교육을 지향하고 있다.
11 노금숙, 「한국어 교육에서 문학 읽기 전략」, 『한국(조선)어교육연구』 통권8호, 태학사, 2013, 218쪽 참고.
12 남연, 「중국인 학습자를 위한 한국문학 작품 읽기 교육 연구」, 『국어교육학연구』 제23

윤여탁도 일찍 한국어고급단계 학습자들에게 한국문학작품을 가르침으로써 한국사회, 문화에 대한 이해를 깊이하고 많은 언어, 문화, 문학 지식들을 배울 수 있게 해야 한다고 주장한 바 있다.[13] 즉 문학교육의 궁극적인 목적은 문화 간 상호 이해에 도달하는 것임을 주장한 것이다.

문학교육의 일익을 담당하고 있는 '韓國文學作品選讀' 교과목 수업은 당연히 이러한 것을 목표로 삼아야 한다. 아울러 '韓國文學作品選讀' 교과목은 이와 같은 교육목표에 맞추어 과학적이고 구체적인 교육방법 및 교육수단, 교육내용 등을 합리적으로 반영한 교수 요강을 마련해야 한다. 이렇게 해야만 올바른 문학작품 읽기교육을 기대할 수 있다. 아쉽게도 현재까지 중국 내 '韓國文學作品選讀' 교과목 교수요강에는 '일반적인 의사소통을 넘어 문화 및 문학 간의 소통과 이해에 이르러야 한다.'는 목표가 확실하게 제시된 적이 없었다. 더구나 중국 내 대학교들의 교과목 교수요강은 통일적인 것이 없이 각자 나름이며 확실한 교육목표나 목적, 요구가 없이 큰말이나 비현실적인 언어로 화려하게 장식하는 경우가 적지 않다.[14]

집, 2005, 251쪽 참고.

13 윤여탁, 「한국어교육에서 한국문학교육」, 『국어교육』 111, 2003, 527쪽 참고.

14 "本課程的教學目標本課程的教學對象是本院朝語專業四年級本科生以及兄弟院系達到相應朝語水平並具備相應朝語交際能力的本科生。使學生了解韓國文學的基本狀況和特點及文學與當時代現實背景的關系， 具有較大影響的作家、作品、流派、思潮等、韓國文學與韓國文化的互動關系、韓國文學與中國文學的大略關系; 引導學生直接閱讀韓國現代文學中的經典作品, 掌握韓國現代文學欣賞和評論的基本方法, 培養對韓國文學作品進行初步分析和評論的能力, 同時鍛煉學生將韓國文學作品譯成漢語的初步能力."모 대학교 한국어학과의 "韓國文學作品鑒賞" 교수요강, 2013. 이 교수요강을 보면 도대체 '문학사'교수요강인지 아니면 '문학작품감상' 교수요강인지 그 확실한 취지를 알 수가 없다.

(3) '韓國文學作品選讀' 교육에 적합한 교재가 없다.

교재는 효과적인 수업을 진행할 수 있는 중요한 전제이다. 주지하다시피 교수–학습활동에서 가장 중요한 요소는 교사와 학습자, 그리고 교재다. 일반적으로 교수–학습활동의 실제 상황을 고려할 때, 교육자들이나 연구자들은 상기한 세 가지 요소 중에서 교재를 가장 핵심적인 요소로 꼽는다. 왜냐하면 교육 목표를 구현하기 위해, 교육자가 가르치고자 하는 내용, 즉 교육 과정을 문서 등의 매체로 작성하여 학습자의 요구에 맞게 효율적으로 전달하는 교육적 도구[15]로서 교재는 교육의 주체인 교사와 학습자를 연결시켜주고 교수–학습의 효과를 극대화하는 데서 중요한 기능을 담당하기 때문이다.

현재 국내에서 출판된 '韓國文學作品選讀' 교과목 관련 교재들로는 金英今, 張光軍 공동 편집한 『韓國文學作品選讀(上, 下)』(2008)과 韓梅, 韓曉 공동 편집한 『韓國現代文學作品選讀』(2010), 全龍華가 편집한 『韓國文學作品選讀』(2011), 尹允鎭 등이 편찬한 『韓國現代文學作品選』 등 교재를 비롯하여 9종에 달한다. 그렇지만 고급단계 한국어 학습자들의 한국문학공부에 적합하면서도 질적으로 우수한 교재는 별로 없는 실정이다. 물론 상기한 교재 중에서 김영금의 '文學作品選讀'('十·一五' 국가급 교재)이 작품선정, 과문내용설계, 문학상식 배정 등에서 타 대학 교재들보다 상대적으로 월등하게 교재다운 면모가 있다. 하지만 아직도 보완해야 할 점들이 적지 않다고 본다.[16] 현재 국

---

15 서종학·이미향 공저, 『한국어교재론』, 태학사, 2007, 14쪽 참고.

16 윤여탁, 「한국어 문학 지식 교육과 연구의 목표와 과제」, 『한국(조선)어교육연구』 통권 9호, 태학사, 2014, 제75쪽 참고. 윤여탁은 이 교재의 단점을 문학 지식에 대한 이해 활동과 작품 감상 활동을 중심으로 구성되어 있기 때문에 "언어활동으로서의 문학 활동

내에서 출판된 '韓國文學作品選讀' 교재들은 다음과 같은 문제점들이 있다.

첫째, 작품 선정에서 합리적이고 통일된 기준이나 원칙이 없다. 때문에 '文學作品選讀' 교재들에 수록된 작품들은 각자 제 나름으로 선정한 작품들이어서 그 중엔 대표적 작품이 아니거나 한국적인 문화 및 문학학습에 적합하지 않은 작품들이 적지 않다. 다 같은 '韓國文學作品選讀' 교과목이지만 가르치는 내용이 대부분 다르다보니 똑같이 한국문학을 공부했다 하더라도 그 결과는 분명한 차이가 난다. 따라서 공부한 내용들이 다르기 때문에 학생들의 지식수준에 대한 평가에도 문제가 생길 수밖에 없다.

둘째, 장르 선정에서 차이가 너무 크다. 현재 교재들 중에는 시와 수필, 소설, 희곡, 판소리와 같은 장르들을 선정한 교재가 있는가 하면 시와 소설만 선정한 교재도 있다. 또 그리고 어떤 교재는 시와, 소설, 희곡만 취급한 것도 있으며 심지어는 소설만 선정한 교재(이민덕, 2008)도 있다. 최근에 나온 지수용 등이 편찬한 『韓國文學作品選讀』(2015)은 원시가요로부터 향가, 시조, 별곡, 신화, 가사, 현대시, 고전소설, 현대소설 등을 다 포함하고 있어 국내 한국문학작품읽기 교재 중에서 가장 폭넓게 다양한 장르의 작품선정을 취급한 교재이기도 하다.

셋째, 시기 선정에서 고전문학작품과 근현대문학작품을 아울러 선정한 교재들이 있는가 하면 현대문학작품만 선정한 교재들도 있는 바, 이점도 문제라고 본다. '韓國文學作品選讀'이라고 했을 때 고전도 일부

이나 문학을 활용한 언어활동이라는 한국어 문학교육의 지향과는 거리가 있다"고 평가하였다.

포함시키는 것이 바람직하다고 생각한다. 그러나 어떤 기준과 비중으로 선정할 지에 대해선 앞으로 전문가들이 잘 검토해볼 필요가 있다.

넷째, 선정한 작품들의 양이 지나치게 적거나 또는 지나치게 많은 것도 문제이다. 교재에 들어가는 문학작품의 양은 적당해야 한다. 그렇지 않으면 여러 가지 애로가 생기게 된다. 적은 것은 10편(수), 많은 것은 62편(수)에 달한다. 학기마다 배당되는 시간이 많지 않고 또 학생들이 문학작품을 소화하는 능력에 한계가 있기 때문에 너무 많은 양의 작품을 취급하는 것은 비현실적이다. 한 학기 12~16편 정도의 작품이라 해도 충분하다고 본다.

다섯째, 교재 구성도 제 나름이다. 현재 사용하고 있는 '文學作品選讀' 교재들은 문학상식(지식)을 습득할 수 있는 코스가 없거나 사고 문제 설정이 효율성이나 객관성, 합리성, 실용성이 떨어지는 등 문제들이 보편적으로 존재한다. 그리고 일부 '文學作品選讀' 교재들에 작품(텍스트) 외의 작가 소개와 평론 같은 내용들을 너무 많이 끌어들인 점도 역시 문제점이라 할 수 있다. 앞으로 교재 구성에서 문학상식과 사고 문제, 연습 문제, 과제 토론 등에 대해 과학적으로 기획하고 합리하게 배정해야 한다.

(4) 문학교육에 종사하는 교사들의 문학 소양과 자질 향상이 시급하다.

필자의 개인적인 생각이지만 '韓國文學史' 수업보다도 '韓國文學作品選讀' 수업이 교수들에 대한 요구가 더 높다고 본다. 현재 국내 한국어교육에서 문학교육에 종사하는 교사들의 학문적 소양과 문화적 소양은 별로 높은 편이 아니다. 비록 대부분이 문학을 전공한 박사들이라 해도 교수경험의 부족과 교수방법 연구 부족, 학문연구능력의 부진 등으로 하여 실제 교육수준이 그리 높지 못하다. '文學作品選讀' 교과목은 문학박사라면 누구나 다 가르칠 수 있다고 생각하는 것은 잘못된 인식이다. 가르치는 능력은 연구 능력과 별개의 능력이다. 문학교과목교수는 항상 적극적으로 자신의 문학적 소양을 제고하는 한편 강의 수준을 제고하기에 노력해야 한다. 질적 수준이 높은 대학 교육은 탄탄한 학술 연구와 교수연구, 그리고 착실한 교수실천을 바탕으로 해야 한다.

이외에도 '文學作品選讀'을 강의하는 교사라면 새로운 자료(전자, 동영상 등) 수집과 자료 재구성 능력 및 활용 능력, 강의예술 등 여러 방면에서 다양한 능력과 탄탄한 실력을 골고루 갖추어야 한다. 왜냐하면 수업의 성패는 왕왕 학문적 소양 외에 기타 방면의 능력과도 적지 않은 관계가 있기 때문이다.

(5) 효율적인 '文學作品選讀' 교수−학습 방안을 모색해야 한다.

교수−학습방법 문제는 문학교육에서 가장 핵심적인 문제이기도 하다. 현재 대부분 문학수업은 주입식으로 이루어지고 있다. 학생들의 창의력과 실제 능력을 양성시킬 것을 특별히 강조하는 시대에 여전히 이러한 전통적인 교수방법으로 학생들을 가르친다면 학생들은 시대의 낙오자가 될 수밖에 없다.

현재 국내 학계에서 한국문학작품 읽기교육과 관련한 교수−학습 방안을 확실하게 제시한 연구자는 매우 드물다. 일부 근사한 연구 성과들이 있긴 하지만 전부 학생들의 수업 실제와 개체 상황과 거리가 먼 거시적인 것들만 막연하게 논의했기 때문에 실제 교수실천에는 별로 도움이 되지 못한다. 현재 자주 제기되고 있는 학습자 중심의 교수−학습 방안을 심층적으로 검토하고 융통성 있게 도입할 필요가 있다.

3. '韓國文學作品' 읽기교육의 향후 과제

이상의 고찰과 분석을 기반으로 본장에서는 향후 국내 '韓國文學作品選讀'교과목 교육이 해결해야 할 기본 과제를 간단하게 제시하고자 한다.

(1) '文學作品選讀' 교육의 목표와 목적을 분명히 할 필요가 있다.

윤여탁은 한국어 문학교육 목표에서 우선 가장 기본적인 목표로는 외국어로서의 한국어 이해와 사용 능력 향상을 꼽았고 다음 목표로는 문학작품을 활용하여 목표 언어의 사회, 문화를 이해하고 그것을 기반으로 의사소통 능력을 함양하는 것임을 주장하였다. 그 다음, 목표는 한국학, 또는 한국문학의 차원에서 한국문학의 실체와 속성을 교수-학습함으로써 문학 능력을 함양하는 것임을 주장하였다.[17] 이와 비슷한 맥락에서 노금숙은 한국어 문학교육은 층위 별로 보면 언어적 층위, 문학 자체 교육적 층위, 문화 교육적 층위 및 인성 교육적 층위가 있는데 각 층위에서 각각 그 구체적 교육목표를 논의해야 함을 지적한 적이 있다.[18] 요컨대 국내 한국어 문학교육도 의사소통 향상, 문화와 문학 능력의 함양, 동시에 언어 능력의 향상 등을 교육 목표로 삼아야 한다.

---

17 윤여탁, 「한국어 문학 지식 교육과 연구의 목표와 과제」, 『한국(조선)어교육연구』 통권 9호, 태학사, 2014, 76쪽 참고.
18 노금숙, 「한국어 교육에서의 문학 읽기 전략」, 『한국(조선)어교육연구』 통권8호, 태학사, 2013, 218쪽 참고.

(2) '文學作品選讀'의 교재 개발을 실속이 있게 추진해야 한다.

교재는 한국문학교육에서 매우 중요한 비중을 차지한다. 훌륭한 교재가 없이 좋은 문학교육을 기대할 수가 없다. 문학교육 교재 개발은 매우 복잡하고 힘든 작업이다. 이런 원인 때문에 국내 '韓國文學作品選讀' 교재 개발은 많이 뒤떨어져 있는 상태다.

우선 국내외 연구 성과들을 잘 참고하여 새로운 교재 개발에 반영해야 한다. 탄탄한 연구가 뒷받침되어야 과학적이고 효율적인 교재 건설이 가능하다. 앞으로 전공분야의 전문가들이 중심이 되어 현재 '韓國文學作品選讀' 교재들에 존재하는 문제점을 검토하고 새로운 교육이념과 학술적 연구 성과를 교재 내용과 형식의 개발에 창조적으로 융합시켜야 한다.

다음, 작품 선정으로부터, 교재 내용의 구성, 연습문제(또는 사고 문제)와 문학상식코너 설계 등에 이르기까지 그 전반을 과학적으로 면밀하게 계획하고 착실하게 실시해야 한다. 특히 작품 선정에서 보다 객관적인 기준과 합리적인 원칙이 있어야 한다. 윤윤진은 작품 선정에서는 문학의 역사적인 발전에서 중요한 위치에 있는 작품의 선정, 작가의 창작에서 중요한 위상에 있는 작품, 문학유파나 문학사조와 깊은 관련이 있는 작품, 한국적인 특색을 가장 잘 반영한 작품, 시대적인 분위기가 짙은 작품을 선정해야 한다고 주장했다.[19] 역시 참고적 가치가 있는 견해다. 개인적으로는 가장 한국적이면서도 한국의 사회, 문화 등을 보여줄 수 있는 대표적 작품들을 선정해야 한다고 본다.

---

19 윤윤진, 「중국 한국어학과에서의 한국문학교육내용 및 교육 방식 고찰」, 『한국(조선)어 교육연구』 통권8호, 태학사, 2013, 52쪽 참고.

그 다음, '文學作品選讀' 수업에 필요한 보조교재 및 영상자료 등도 새롭게 개발할 필요가 있다. 물론 현재 문학수업에서 자주 활용하고 있는 '영상으로 보는 문학'(2011)[20]도 아주 좋은 자료라고 본다. 그러나 아주 완벽한 것은 아니기 때문에 참고용으로 활용할 수밖에 없다. 문학교육 담당교수는 자신의 실제 수업 대상과 상황에 따라 맞춤형 보조교재를 만들어야 한다. 특히 교수용 참고서 같은 것들은 교사들이 학생들의 문학작품 학습을 정확하게 효율적으로 지도하는 데 도움을 줄 수 있는 보조교재로서 잘 개발할 필요가 있다. 내용은 과문의 수업목적, 수업유형(모델)이나 교수 방법, 그리고 참고가 될 만한 문학상식, 참고답안 같은 것들로 만들 수 있다. 영상자료도 적극 개발해야 한다. 오랜 전통을 자랑하고 있는 영어교육에서는 각종 수업용 영상자료들이 매우 잘 갖추어져 있으며 수준도 높다. 이는 적극적인 연구와 지속적인 투자개발을 병행해 온 덕분이다. 이들의 경험과 노하우를 잘 참고할 필요가 있다.

(3) 학습자 중심의 '文學作品選讀' 교수–학습방안 및 방법을 심층적으로 탐구해야 한다.

문학교육의 당면한 주요과제 중의 하나가 바로 교수–학습 방안에 대한 탐구와 그 구체적 방법에 대한 개혁이다. 사실 외국의 학계에서는 오래전부터 한국문학교육을 언어교육, 문화교육, 전인교육을 아우를 수 있는 교육으로 정의하고 다양한 교육방법들을 모색해 왔던 것이다.[21] 한중 학자[22]들은 일찍부터 외국어로서의 한국어문학교육이론과

---

20 '영상으로 보는 문학'은 한국 KBS 미디어에서 제작한 영상자료(총12개 CD)로서 여기에는 20명의 대표적 현대작가들의 작품이 해설과 더불어 편집, 수록되었다.

문학교수-학습방법에 대해 적지 않은 의미 있는 연구를 진행해 왔었고 우리에게 많은 유익한 경험들을 제공했다. 그 중에 특히 노금숙의「노래와 시의 상호텍스트성을 활용한 한국어교육」(2010)과「한국어 교육에서의 문학 읽기 전략」(2013)[23]과 같은 연구 성과들은 문학작품읽기교육의 핵심인 교수-학습 방법을 가장 심층적으로 세밀하게 분석하고 창의적인 읽기 전략을 제시해준 수준이 있는 연구 성과이다.

　주지하다시피 교수-학습방법 개혁에서 가장 중요한 것은 교사 중심의 전통적 교수방법(주입식 교수방법)에서 벗어나 학생 중심의 교수-학습방법으로 전환하는 것이다. 국내외 연구자들이 제시한 학습자 중심과 학습자 주체의 교수-학습 방법, 과제 중심의 교수-학습 방법, 통합적 교수-학습 방법 등은 모두 우리 교육자들이 참고로 삼을 만한 방법들이다. 이러한 방법들을 실제 교수실천에 다양하게 적용하는 동시에 여기에다 흥미 유발과 능력 발휘를 위한 다양한 강의 전략 및 원칙까지 융통성이 있게 도입한다면 우리 문학교육은 큰 변화를 가져올 것이며 교육질도 자연히 높아질 것이다.

---

21 황인교,「외국어로서의 한국문학교육의 가능태」,『외국어로서의 한국어교육』제25·26집, 2001, 417쪽 참고.

22 한국의 윤여탁과 황인교, 국내의 윤윤진과 노금숙 등이 바로 대표적인 연구자들이다. 이들은 한국문학교육과 한국문학작품읽기교육의 이론과 실천에 대해 각자 나름의 일가견을 갖고 있다.

23 노금숙은 이 논문에서 한국문학 읽기 교수-학습 전략을 심층적 대화 전략, 창조적 대화 전략, 확장적 대화 전략, 순환적 대화 전략 등 4가지 읽기 전략을 제시하였는데 계발이 크다.

(4) 향후 한국문학 관련 교과목의 생존을 위해서는 '韓國文學史'와 '韓國文學作品選讀', 두 교과목에 대한 합리적인 통합이나 최적화를 실현해야 한다.

현재 국내 한국어전공교과목체계에서 '韓國文學史'와 '韓國文學作品選讀' 교과목이 차지하는 비중은 같지 않다. 그리고 그 서열관계도 매우 복잡하다. 어떤 대학에서는 두 과목 중에서 하나는 필수과목으로 하고 다른 하나는 선택과목으로 했으며 어떤 대학에서는 두 교과목을 다 선택과목으로 한 경우도 있다. 또 일부 대학들에서는 아예 '韓國文學史與作品選讀'이라는 명목 하에 하나로 통합 조절한 경우도 있다. 필자의 개인적인 생각으로는 고급단계 한국어학습자들을 대상으로 한 한국문학교육에서는 '文學作品選讀'을 필수과목으로 하고 '文學史'를 선택과목으로 하는 게 가장 이상적이라고 본다. 왜냐하면 국내 한국문학교육에서 '韓國文學作品選讀' 과목은 어떤 측면에서 보면 상대적으로 추상적인 '韓國文學史' 교육보다 고급 언어능력 신장, 문화 능력 강화, 문학지식 습득 및 문학 감상 능력 배양 등에서 통합적인 교육을 진행할 수 있는 우위가 있기 때문이다. 만약 이런 형식이 학과의 구체적 상황에 맞지 않으면 이 두 교과목을 통합과목으로 만드는 것도 좋은 방법인 것 같다. '文學史'와 '文學作品選讀' 과목의 통합은 문학 과목의 입지가 날로 줄어드는 현실에서 생존을 위한 최상의 선택일 수도 있다. 그리고 한 가지 명기해야 할 것은 문학교육의 가치를 체현하고 효과를 극대화하기 위해서는 여하를 불문하고 문학교육과목을 필수과목으로 만들어야 한다는 점이다.

(5) 교사들의 문학 소양과 자질의 향상을 위한 제도를 만들어야 한다.

교사의 자질과 수준은 교육의 질과 밀접한 관계가 있다. 중국 내 한국문학교육자들은 비록 박사학위를 받은 유능한 교사들이지만 문학교육방면의 이론적 소양이나 교수경험에서 부족한 점들이 적지 않다. 때문에 제도적으로 교육자 스스로가 성장할 수 있는 환경을 만들어주는 동시에 전문적인 양성 과정이나 해외연수 같은 것을 만들어 교사들의 문학적 소양을 높여주고 문학교육의 본질과 기본적인 방법과 특징에 대해 심도 있는 이해를 갖도록 하는 것이 필요하다. 물론 가장 중요한 것은 교육자 본인들이 문학교육에 대해 애착심과 높은 책임감, 사명감을 갖게 하는 것이다. 이런 소양과 자질들이 두루 갖추어져야 최상의 문학작품 읽기교육을 기대할 수 있다.

4. 나오는 말

이상 본고는 중국 내 '韓國文學作品選讀' 교과목 교육 현황과 그 문제점에 대해 간단하게 살펴보고 나름의 해결 방안을 제시해 보았다. 돌이켜 보면 우리 한국어문학교육은 이미 이루어낸 성과도 많지만 앞으로 해야 할 일들도 적지가 않다. 특히 현재 중국 내 한국문학작품읽기 교과목 교육은 극복하고 보완해야 할 문제들이 적지 않다.

우선, 우리는 한국문학작품 읽기 교과목을 포함한 한국문학교육에 대한 올바른 인식을 가져야 한다. 올바른 인식이 있어야 확실한 목표가 생기고 원동력이 생길 수 있다. 그리고 우리 모든 문학교육자들은 한국문학작품 읽기 교육의 중요성을 진일보 깊이 인식하는 동시에 적극적인 자세와 높은 사명감으로 문학교육의 개혁에 임해야 한다.

다음, 우리 문학교육자들은 그러한 인식의 기초 상에서 실제 행동으로 국내 '韓國文學作品選讀' 교과목 교육에서 드러난 여러 가지 문제점들을 하나하나 착실하게 해결해 나가야 한다. 특히 문학작품 읽기 교육의 교수-학습방법 개혁과 탐구, 교재 개발 등에서 교수실정에 알맞은 새로운 방법, 또는 방안들을 분명히 제시하고 실천해야 한다. 상기한 두 가지 측면에서 최선을 다 한다면 향후 우리의 '文學作品選讀' 교과목 교육의 질과 위상은 크게 개선될 것이다.

끝으로 본 연구에서 논의한 한국문학작품 읽기 교육에 대한 문제점들이나 제안은 대부분 나름의 천박한 경험과 주관적인 생각을 바탕으로 했기 때문에 부적절한 점들이 적지 않으리라 생각하면서 여러 전문가들과 학자들의 기탄없는 가르침을 바란다.

이 글은 지난 2017년 1월, 전남대 BK+ 사업단에서 주관한 제4회 국제학술대회 『한국학과 지역어·문학 연구의 세계적 동향』에서 발표된 논문이다.

참고문헌

구인환 외, 『문학교육론』, 삼지원, 2001.

김 염, 「중국어권 고급학습자를 위한 한국 현대시교육 방법-번역과 비교문학을 중심으로」, 『한국언어문화학』 제4권 제2호, 국제한국언어문화학회, 2007, 21~42쪽.

김영옥, 「문학교육에서의 효율적인 교수-학습 방안 연구」, 『한국(조선)어 교육연구』 제3호, 2005, 민족출판사, 209~226쪽.

노금숙, 「노래와 시의 상호텍스트성을 활용한 한국어교육」, 『국어교육학연구』 제38집, 2010, 155~176쪽.

_____, 「한국어 교육에서 문학 읽기 전략」, 『한국(조선)어 교육연구』 통권8호, 태학사, 2013, 217~236쪽.

남 연, 「중국인 학습자를 위한 한국문학 작품 읽기 교육 연구」, 『국어교육학연구』 제23집, 2005, 241~268쪽.

류종열, 「해외 한국문학교육 연구 현황과 과제」, 『한중인문학연구제38집』, 2013, 117~143쪽.

신주철, 『한국어교육에서 한국 문화 문학 교육론』, 커뮤니케이션북스, 2013.

주옥파, 「중한현대소설 비교를 통한 고급 한국어교육」, 『중국에서의 한국어교육』 Ⅳ, 연변과학기술대학 한국학연구소 엮음, 태학사, 2003, 271~292쪽.

장영미, 「중국내 대학 한국어교육에서의 문학 관련 교과목 개설 현황과 학습자들의 요구 조사 분석」, 『중국에서의 한국문학 교육과 연구-현황과 전망』(학술회의논문집), 2014, 406~418쪽.

정경량, 「시와 노래를 이용한 외국어문학 수업」, 『인문과학』, 2002, 153~172쪽.

윤 영, 「한국어교육에서 학습자들의 능동적 참여를 위한 문학교육 방법 연구-반응 중심 문학교육의 비판적 수용을 바탕으로-」, 『언어와 문화』 제9권 제2호, 2013, 215~243쪽.

윤여탁, 「한국어교육에서 한국문학교육」, 『국어교육』 111, 2003, 511~533쪽.

_____, 「한국어 문학지식교육과 연구의 목표와 과제」, 『한국(조선)어교육연구』 9호, 2014, 63~84쪽.

윤윤진, 「중국 한국어학과에서의 한국문학교육내용 및 교육방식 고찰」, 『한국(조선)어교육연구』 통권8호, 2013, 태학사, 41~61쪽.

조 벽, 『새 시대 교수법』, 한단북스, 2001.

황인교, 「외국어로서의 한국문학교육의 가능태」, 『외국어로서의 한국어교육』 제25·26집, 2001, 409~434쪽.

중국인 학습자의 한국어 외래어 사용 실태

구려나

1. 서론

중국인 학습자들이 유학 생활을 하면서 여러 가지 문제에 부딪히게 되는데, 그중에서 가장 먼저 해결해야 할 문제가 바로 제2언어의 습득 문제이다. 그러나 제2언어의 습득은 쉬운 문제가 아니다. Lado(1957)와 Selinker(1972)에 따르면 학습자가 제2언어를 습득할 때 완벽한 단계에 도달하지 못하고, 중간적인 단계에 머물게 되는데[1] 중국인 학습자의 경우에도 제2언어인 한국어 습득 과정에서 여러 가지 어려움을 겪게 되며, 한국어를 완벽하게 구사하지 못하게 된다. 게다가 중간적인 단계는 내적 불안정성을 띠는데, 이런 내적 불안적성으로 인해 학습들이 한국어를 습득할 때 어려움을 겪게 된다. 외래어의 사용에서 나타나는

---

[1] '중간언어(Interlanguage)'라는 용어는 Reinecke(1935)가 하와이 피진어를 처음으로 사용한 것으로 Selinker(1972: 214)가 제2언어습득 연구에서 사용하여 일반화되었다. 즉 '습득자가 습득하려는 목적 언어의 입력과 출력의 중간 과정에서 산출되는 다양한 언어체계'이다.

혼란도 이런 현상 중의 하나이다.

한국인 언어생활에서 외래어는 높은 사용 빈도를 보인다. 국립국어원(2007)의 '외래어 인지도, 이해도, 사용도 및 태도 조사' 결과 보고서를 보면 제시된 100개 항목에 대한 한국인의 인지도가 모두 50%를 넘었을 뿐만 아니라 70개 항목의 경우는 70%를 넘었다. 사용도 또한 9개 항목만 50% 미만에 머무르고 대부분 높은 사용 빈도를 보이고 있다. 100개 항목에 속하는 어휘들이 최근에 사용하기 시작한 외래어들이라는 점을 고려했을 때, 언어 환경에서 외래어가 널리 사용되고 있으며, 앞으로 그 경향은 높아질 것으로 예상해 볼 수 있다. 실제로 임홍빈(2008)에서는 표준국어대사전의 주표제어 구성 비율에도 외래어가 5.26%를 차지하는 등 한국어 중 외래어가 점점 많은 비중을 차지하고 있다고 하였다. 또한 임규홍(2004)에 따르면 방송사 전체에서 외래어가 들어간 프로그램 이름이 61%, 외래어로만 된 프로그램 이름이 26%에 이른다. 권경근 외(2009) 역시 한국 사회에는 일상용어는 물론이고 방송, 광고 등에서도 쉽게 외래어를 접할 수 있다고 언급하였다. 따라서 한국어의 이런 언어 특성을 고려한다면 한국어를 배울 때 외래어의 학습이 매우 필요하다.

지금까지 한국어 외래어에 대한 연구는 크게 두 언어 간의 외래어 비교 및 대조 연구와 한국 내 외국인 학습자를 대상으로 하는 외래어 교육 연구로 나누어 볼 수 있다.

<표 1> 한국어 외래어에 대한 연구

비교/대조 연구	일본어: 박흥모(1993), 김숙자(2000), 박재환(2003), 민광준 외(2011), 조남성(2012), 타카쿠사키미나(2015), 김대영(2015) 등 독일어: 이진희(2011) 중국어: 주효과 외(2010)
교육 연구	국립국어연구원(2003), 이정희(2007), 곽재용(2003), 문승실(2004), 이은영(2005)*[2], 조은호(2006), 오미정·이혜용(2007), 박지영(2010), 이소영(2011), 주천문(2011)*, 정위연(2013)*, 곽소천(2014)*, 채희윤(2014)*, 남지애(2015), 도성경(2016) 등

　언어 간의 외래어 대조 연구는 한국어와 일본어, 한국어와 독일어, 한국어와 중국어 간의 대조 연구가 있는데, 한·일 외래어의 대조 연구가 주를 이루고, 중국어를 포함한 기타 언어와의 대조 연구는 매우 미흡하다. 이는 표음주의 외래어 표기체계를 따르고 있는 한·일 두 언어에서는 서로의 공통점과 차이점을 쉽게 찾아볼 수 있는 반면에, 표의주의 외래어 표기 체계를 따르고 있는 중국어와는 그렇지 못하기 때문이다. 한편 외래어의 교육 연구에서는 단순한 외래어 사용 실태 및 교육에 대한 문제만 다루었을 뿐 학습자들의 외래어 사용에 미치는 요인에 대한 깊이 있는 연구는 이루어지지 못하고 있는 실정이다.

　따라서 본고는 중국인 학습자의 외래어 사용 실태를 살피고, 그 원인을 찾아내는 데 목적을 두고자 한다. 중국인 학습자의 입장에서 이런 외래어 실태에 대한 정리는 외래어 습득에 많은 도움이 된다. 중국인 학습자가 외래어 습득 과정에서 자신의 외래어 오류를 인지하고 오류 극복을 위한 노력을 할 수 있기 때문이다. 학술적 측면에서 학습자의 외래어 실태를 고찰할 때 중요한 목적은 그들의 실제 사용 양상을 제시

2 　'*'표를 한 것은 중국인 학습자를 대상으로 진행한 연구들이다.

하는 것 외에 이런 양상이 나타나는 이유를 밝히는 것이다. 이러한 연구는 외국인 학습자를 대상으로 하는 외래어 교육에서도 적극적인 영향을 미치게 된다. 특히 외래어 교육에서 한국어 교사들은 중국인 학습자들의 이런 외래어 사용 특징에 근거하여 적절한 교수 방법을 모색할 수 있다.

2. 연구 방법

본고에서는 영어의 영향을 받아 형성된 영어 외래어를 선정하여, 이들 영어 외래어들을 중국인 학습자들이 어떻게 사용하는지를 조사해 보고자 한다.

연구 자료 목록을 선정하기 위하여 선행 연구자들의 연구 방법을 살펴보았다. 먼저 조남호(2003)는 국어사용에서 출현 빈도가 15회 이상인 어휘 10,320개 중 빈도가 높은 한국어 교육용 어휘로 총 5,965개의 어휘를 선정하여, 그중의 257개 외래어 항목을 대상으로 외래어 인지 정도에 따라 A등급 어휘 52개, B등급 어휘 109개, C등급 어휘 96개로 나누었다.

이정희(2007)는 조남호(2003)와 이병규(2005)를 바탕으로 초급 목록(152개), 중급 목록(87개), 고급 목록(33개) 그리고 선택적 목록(50개)으로 외래어 목록을 정리하였는데[3] 조남호(2003)의 외래어 목록과 중복된 어

---

3 이정희(2007)의 네 등급 목록 중의 하나인 초급 목록을 보면, 조남호에서 B 혹은 C 등급에 속한 것도 있었으나 추가한 항목도 있다. 중급에서는 추가 항목이 있었는데 대부분 중급에서 다루어지는 의미·기능을 수행하는 데 필요한 주제어라서 중급으로

휘 항목은 A 등급에 50개, B 등급에 35개, C 등급에 20개가 있었다.

김남예(2010)는 학문 목적으로 출판된 교재의 외래어[4]를 대상으로 웹 사이트상에서의 빈도수를 살펴보고 외래어 어휘 목록을 선정한 다음에, 조남호(2003)에서 정리된 한국어 학습용 외래어 목록과 비교하여 중복된 외래어를 제시하였는데 중복된 외래어는 A 등급 38개, B 등급 59개, C 등급 44개로 집계되었다.

이소영(2011)은 실제 유학생들의 외래어에 대한 인식 조사와 토픽 기출 문제 분석을 통해 한국어 교육에서의 외래어 교육의 위상에 대해서 논의하였다. 특히 토픽 기출 문제(10회-22회)에서 출현했던 외래어(초급 96개, 중급 112개, 고급 126개)를 모두 교육용 외래어로 설정해야 한다고 제시하였다.

도성경(2016)은 학문 목적 한국어 학습자를 위한 외래어 선정을 위해 한국어 교재 20종의 말뭉치 구축을 통해 외래어를 추출한 다음 강현화 외(2012, 2013, 2014), 김중섭 외(2010), 조남호(2003), 김남예(2010) 등의 연구 목록, 그리고 한국어 능력시험에 출제되었던 어휘의 목록을 같이 비교하여 정리하였다.

이상 선행연구 검토를 통해, 외래어의 사용도와 인지도는 시간에 따라 지속적으로 변하고 있음을 확인할 수 있었다. 본고에서는 선행연구 성과를 가장 종합적으로 반영한 도성경(2016: 82-96)의 외래어 목록

판정하였다. 고급에서는 외래어보다는 외국어에 가까운 어휘 항목들이 많다. 나머지 아주 특수 분야의 외래어이거나 교실에서 가르치기에는 부적절한 외래어와 비선호 항목의 경우는 선택항 목록으로 넣었다.

4 학문 목적 외래어를, '한국어 학습자들이 한국어의 대학 수학 시 이해 및 표현을 위해 학습해야 하는 외래어 어휘'이다(김남예, 2010: 65).

에 주목하였다. 이 외래어 목록 가운데 또 다시 빈도순에 따라 가장 높은 빈도를 보이는 45개의 영어 외래어를 연구 자료로 선정하여 연구를 진행하였다. 한국어 교재에 수록된 외래어 목록을 보면 모두 일상생활에서 많이 사용하고 있는 것임을 알 수 있다. 즉 중국인 학습자들이 배운 외래어는 모두 실용성, 사용 빈도가 높은 외래어이기 때문에 이런 외래어를 연구의 자료로 선정해야 연구의 의미가 더 크다. 따라서 본 연구에서는 도성경(2016)의 외래어 목록을 바탕으로 다음 〈표 2〉와 같은 외래어 자료를 선정하였다.

〈표 2〉 외래어 자료

가스	파티	미팅	티셔츠	이미지	브랜드	아르바이트	텔레비전	로봇
게임	카드	팀	미디어	이메일	사이버	홈페이지	프로그램	월드컵
패션	껌	에너지	오페라	인터뷰	인터넷	아이디(ID)	액세서리	드라마
커피	컬러	포인트	코미디	컴퓨터	디지털	크리스마스	토마토	클래식
파일	미터	테이프	포스터	프린터	퍼센트	킬로그램	아이디어	마라톤

다음으로 영어 외래어 사용 양상을 조사하기 위해 전남대학교 언어교육원에서 한국어 연수 중인 중급 학습자 30명(3급 15명, 4급 15명)을 조사 대상으로 선정하였다. 조사 대상 선정 시에는 그들의 한국어 능력과[5] 출신 지역이 고르게 분포될 수 있도록 하였다.

본 연구는 중국인 학습자의 영어 외래어 사용 양상을 전반적으로 파악하기 위해 1차로 설문조사를 진행하고, 2차로 인터뷰를 진행하였다. 설문조사는 중국인 학습자들의 외래어 사용 빈도, 인지도, 외래어

---

5 조사 대상은 한국어능력시험(Topik) 3급/4급 증명서를 소지한 중국인 학습자이다.

사용 시의 어려운 점과 영향 요인 등 기본적인 정보를 파악하기 위한 목적에서 실시하였다. 설문지 문항은 중급 단계인 중국인 학습자의 한국어 실력을 고려하여, 이들이 이해할 수 있을 만한 문항으로 구성하였다. 또한 조사 대상의 실제 수준에 맞춰 주로 객관식 선택형 위주로 답할 수 있는 문항으로 구성하고, 다만 다항 선택형의 경우는 추가 설명도 요구하는 문항으로 구성했다.

인터뷰는 설문조사 결과를 바탕으로 중국인 학습자들이 일상생활에서 외래어를 실제적으로 어떻게 사용하는지를 확인하기 위한 목적에서 진행되었다. 그런데 인터뷰를 진행하는 과정에서 조사 대상이 자신의 생각을 자유롭게 표현하지 못하는 현상들이 나타나, 목표 외래어를 도출하기가 어려웠다. 이에 조사 대상의 참여도를 높이기 위해 인터뷰를 할 때 그들의 의사소통 능력에 맞춰 전통적인 인터뷰 방법(즉 대화식의 방법)뿐만 아니라 게임(사진 게임, 퍼즐 게임, 귀납 게임, 꼬리말 잇기 등)을 통해 외래어를 도출하는 방법도 적극적으로 활용하였다. 여러 게임을 통해 자연 대화 상황에서 목표 외래어를 도출할 뿐만 아니라 또한 그들의 외래어 발음을 확인하기 위해서 인터뷰의 마지막에는 중국어를 제시하고 학습자가 대응되는 외래어 표현을 발음하게 하였다. 인터뷰 내용은 모두 녹취록으로 정리하였다.

3. 외래어 사용의 인식 및 사용 실태

1) 외래어 사용의 인식

중국인 학습자들이 외래어에 대해서 어떻게 인식하는지를 알아보고자, 설문 문항을 외래어의 사용 빈도, 외래어와 외래어 표기법의 인식 정도, 외래어 습득의 필요성과 난이도에 대한 인식, 외래어와 영어 원음의 발음 차이 등으로 나누어 설문 조사 결과를 분석하였다.

설문 조사 결과, 중급 단계의 중국인 학습자들은 일상생활에서 모두 외래어를 사용하고 있지만 사용 빈도에서는 약간의 차이를 보이고 있음을 확인할 수 있었다. 그 중 76.67%에 달하는 응답자는 자신이 외래어를 사용하고 있음을 정확하게 인지하고 있었다. 외래어 표기법에 대한 조사에서도 36.67%의 응답자가 일부만 알고 있다고 응답했고 반수 이상의 응답자들은 외래어 표기법을 모른다고 응답했다. 조사를 통해, 중급 단계의 중국인 학습자가 외래어를 잘 구분할 수 있었지만 외래어 표기법에 있어서는 인지도가 많이 떨어짐을 알 수 있었다. 그러나 외래어 학습의 필요성에 관한 조사에서는 모든 응답자가 외래어 학습의 필요성을 느끼고 있음을 확인할 수 있었다.

본 연구의 목적으로 돌아가서 먼저 학습자가 외래어 습득에서 어려움을 느끼는 정도를 파악하기 위해 "외래어 학습이 어렵다고 생각하십니까?"라는 문항을 제시하였다. 그 결과는 〈표 3〉과 같다.

〈표 3〉 외래어 학습의 어려움 정도

내용	인수(명)	퍼센트
너무 어렵다	2	6.67
어렵다	25	83.33
어렵지 않다	2	6.67
전혀 어렵지 않다	1	3.33
기타	0	-
합계	30	100.00

〈표 3〉에 따르면 90% 이상의 응답자가 외래어 습득의 어려움을 느끼고 있음을 알 수 있었다.

학습자가 외래어 습득에 어려움을 주는 요인들에 대해 알아보기 위해서 '외래어 자체의 난이도', '중국어의 영향', '영어 발음의 영향', '심리적 요소', '기타'[6]를 조사 항목으로 설정하여 조사를 진행하였는데, 그 결과는 다음 〈표 4〉와 같다.[7]

〈표 4〉 외래어에 미치는 요인

내용	인수(명)	퍼센트
외래어 자체의 난이도	14	46.70
중국어 영향	13	43.30
영어 발음 영향	18	60.00
심리적 요인	11	36.70
기타	0	0

〈표 4〉에서 외래어 습득에 어려움을 주는 요인이 '영어 원음 영향 〉 외래어 자체의 어려움 〉 모국어 영향 〉 심리적 요인'의 순으로 되어 있음을 확인할 수 있다. 특히 여기서 '영어 원음 영향'이 가장 높은 비율로 나타나 주의를 끌고 있다. 이에 외래어와 영어 원음 간의 발음 차이가 존재한다는 점에 주목하여, 학습자들이 외래어와 영어 원음 간에 발음 차이에 대한 인지도를 조사하였는데, 그 결과는 〈표 5〉와 같다.

---

6 '기타' 항목을 선택하면 보충 설명 적도록 했다.
7 본 문항은 다항 선택으로 되었다.

〈표 5〉 외래어와 영어 원음의 발음 차이

내용	인수(명)	퍼센트
매우 크다	5	16.67
크다	17	56.70
크지 않다	7	23.33
차이 없다	1	3.30
기타	0	-
합계	30	100

위의 표를 보면 96.7%의 응답자가 외래어와 영어 원음 간의 발음 차이를 느끼고 있음을 확인할 수 있었다.

설문조사를 통해 중국인 학습자의 외래어 사용 인식을 전반적으로 파악할 수 있었다. 중국인 학습자는 외래어 표기법에 대한 인식이 부족했지만 외래어의 인식 정도나 사용 빈도는 높았다. 또한 외래어를 사용할 때 중국인 학습자들이 외래어 사용에 어려움을 겪고 있었지만 학습자들이 외래어 습득 필요성에 대해서는 긍정적인 태도를 보이고 있었다.

2) 외래어의 사용 실태

위에서 살펴본 설문 조사 결과를 통해 중급 단계의 중국인 학습자가 외래어에 대해 어떻게 인식하고 있는지를 전반적으로 파악할 수 있었다. 여기서는 중국인 학습자들이 외래어를 실제로 어떻게 발음하고 있는지를 살펴보고자 한다. 본 연구에서는 다양한 인터뷰 방법으로 조사 대상들이 적극적으로 인터뷰에 임할 수 있도록 유도하여, 최대한으로 외래어를 많이 사용할 수 있도록 하였다. 조사 대상자들이 목표 외래어의 실제 사용 양상을 다음 〈표 6〉과 같이 정리할 수 있다.

〈표 6〉 중국인 학습자의 외래어 실제 발음 양상

조사 목표어	실제 발음 양상	정확도(%)
가스	가스, 까스, gas	33.33
파티	파티	100.0
미팅	미팅, 미팀,	50.0
게임	게임	100.0
팀	팀, 틴	50.0
브랜드	브랜드, 부랜드, 브랜트, 프랜드, 푸랜드, brand	16.67
아르바이트	아르바이트, 알바	50.0
텔레비전	텔레비전, TV, 텔레비정, 텔레비	25.0
로봇	로보, 로봇, 로봅, 로보트	25.0
아이디어	아이디어, 아이디으(idea)	50.0
티셔츠	티셔츠, 티셔즈, 티셔트, 티셔, 티셔트, 티쉐, 티쉬	14.29
마라톤	마라톤, 마라튼, 마라트	33.33
카드	카드, card, 카트	33.33
아이디(ID)	아이디, ID	50.0
미디어	미디어, 미디은	50.0
홈페이지	홈페이지, 홈페지, homepage	33.33
사이버	사이버	100.0
미터	미터, 믹터, 미트, meter	25.0
프로그램	프로그램, 포로그램, programmer	33.33
월드컵	월드컵, 월드캅, 월드커브	33.33
에너지	애너지, 에너지, energy	33.33
패션	팩션, 패션, 팬션	33.33
액세서리	액세서리, 엑세서리, 액세스리, 액스서리, accessories	20.0
껌	껌, 꺼, 껍	33.33
오페라	옵페라, 오페라, 오피라, 오프라	25.0
인터뷰	인터뷰, 인트뷰, interview	33.33
인터넷	인터넷트, 인터넷, 인터낫, 인트넷, 인트넷, 인트넷트, internet	14.29
이메일	이메일, 이매일, 이멜, 멜, 메일, 맬, 이멜일, email	12.5
이미지	이미지	100.0

조사 목표어	실제 발음 양상	정확도(%)
커피	카피, 거피, 카패, 카피, coffee	20.0
드라마	트라마, 드라마,	50.0
코미디	코미디	100.0
컴퓨터	컴퓨터, 컴퓨트, computer	33.33
디지털	디지털, 티지털, 디지틀	33.33
토마토	토마토	100.0
크리스마스	크리스마스, 클리스마스, 크리스므스	33.33
클래식	클래식, 클래실, 크래식, 클래식크, 클라식	20.0
킬로그램	킬로그램, 클로그램	50.0
테이프	테이프, 태이프, 테이푸, 테이브, 테이부, 태이부, 테이버, 테입(tape)	12.5
파일[8]	파일, file	50.0
포인트	포인트, point	50.0
퍼센트	퍼센트, 퍼센터, 프센트, 페센트	25.0
포스터	포스터, 포스트, poster	33.33
프린터	프린터, 포린트, 프린트, printer	25.0
컬러	컬러, 칼르, 칼라, 클러, 콜러, 칼러, (생상, 안색)	12.5

위의 표를 보면 중국인 학습자가 목표 외래어를 발음할 때에 다양한 양상으로 발음하는 것을 확인할 수 있었는데, 각각 항목의 정확도를 정리해보면 선정된 45개 목표 외래어 중에서 100%의 정확도를 보이는 외래어는 겨우 6개에 불과하고, 50% 이상의 정확도를 보이는 예도 총 16개뿐이었다. 반면에 25% 미만의 정확도를 보이는 외래어는 15개로 총수의 1/3을 차지하였다(〈그림 1〉 참조). 이런 저정확도(低正確度)를 보이는 데는 여러 가지 원인이 존재하는데 이에 대해서는 다음 장에서 논의하기로 한다.

---

8 /f/발음은 실제 발음 시 다양하게 나타나는데, '파일'의 경우는 주로 [화-/파-/f-] 음으로 발음된다.

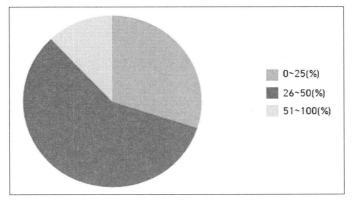

〈그림 1〉 중국인 학습자의 외래어 발음 정확도

4. 외래어 사용에 영향을 주는 요인

1) 중국식 영어 발음의 간섭 문제

인터뷰 과정에서 가장 주의를 끌고 있는 현상은 조사 대상들이 외래어를 영어 원음 그대로 발음하거나 영어와 매우 비슷하게 발음하는 것이었다. 이는 중국인 학습자들이 어렸을 때부터 영어 교육을 받아 영어 발음에 익숙해져, 외래어를 도출할 때 자신이 익숙한 영어 발음을 더 선호하기 때문이다[9]. 이런 영어 발음이 한국어 외래어 발음에 영향을 미칠 수 있다.

〈표 5〉의 결과를 보면 96.7%의 응답자가 외래어와 영어 원음 간의 발음의 차이를 느꼈는데 인터뷰 과정에서도 거의 모든 조사 대상이

---

9 본 연구에 조사 대상은 모두 해외 어학 연수나 체류 경험이 없는 중국인 학습자이다.

이미 배운 영어 발음과 한국 외래어 발음 간의 차이를 변별하는 것이 가장 어려운 점이라고 했다. 이런 차이는, 중국인 학습자가 어렸을 때부터 영어 교육을 통해 영어의 발음 규칙과 내적 의미를 배울 때에 모국어의 전이로 중국식 영어 발음이 형성되는데 이러한 언어적 지식을 쉽게 바꾸지 못하기 때문에 나타난다. 즉 중국인 학습자가 한국에 와서도 이미 습득된 영어 지식이 계속 작용을 하여 한국식 외래어를 습득할 때에 어려움을 겪게 되는 것이다. 대조언어학의 시각으로 보면 이것은 중국식 영어 발음의 간섭 문제[10]이다.

이런 중국식 영어 발음의 간섭 영향은 영어 음절 '-ter'의 경우에 더욱 그렇다. 영어에서는 '[tə(r)]'로 발음되는데, 중국어에서 '[tə]'만으로 발음된다. 중국어의 /e/는 성모 없이 단독으로 출현할 때에는 후설 중고모음[r]로 실현되며, 앞에 성모가 오더라도 뒤에 아무런 운모가 따르지 않을 때에도 [r]로 실현된다. 바꿔 말하면 뒤에 운모가 올 때 언어 환경을 달리함에 따라 중국어의 중모음 /e/가 중설 중모음 [ə][11]로 나타난다.

(1) /e/: 額/e/-[r]
성모+/e/: 特/te/-[tʰr]
성모+/e/+운모: 嫩/nen/-[nən]

---

10 간섭은 보통 제1언어가 제2언어를 간섭하는 현상을 가리킨다. 즉 일반적으로는 모어가 외국어를 간섭하지만, 제2언어가 제3언어를, 혹은 이미 학습한 외국어가 나중에 학습하게 되는 외국어를 간섭하거나, 역으로 나중에 학습하는 외국어가 앞서 학습한 외국어에 영향을 미치는 현상도 포함된다. (오미영 역, 2004)

11 / /안의 영어자모는 중국어의 병음이고 [ ] 안의 기호는 국제음성기호이다.

영어 원음의 음절이 '-ter[tə(r)]'로 끝나는 경우는 마치 중국어의 중모음 /e/ 뒤의 운모가 붙은 상황과 같은데 이런 경우에는 중국어의 전이로 영어 음절 '-ter'가 출현 자리와 상관없이 흔히 '[tə]'로 발음된다.

    (2)   가운데 음절 '-ter-[tə(r)]':
           interview['ɪntərvjuː]: 인트뷰, internet['ɪntərnet]: 인트넷

           마지막 음절 '-ter[tə(r)]':
           meter['miːtə(r)]: 미트, printer['prɪntə(r)]: 프린트,
           poster['poʊstə(r)]: 포스트

또한 이런 중국식 영어 발음과 한국어 외래어 발음이 서로 경쟁하여 간섭하고 있으므로 학습자가 영어 음절인 '-ter[tə(r)]'를 외래어로 실현할 때는 '트'와 '터'로 섞어서 이용하는 것이 일반적이다. 아래에 제시한 경우가 바로 이와 같은 사례이다.

    (3)   internet['ɪntərnet]: 인터넷/인트넷,
           interview['ɪntərvjuː]: 인터뷰/인트뷰,
           meter['miːtə(r)]: 미터/미트, printer['prɪntə(r)]: 프린터/프린트,
           poster['poʊstə(r)]: 포스터/포스트,
           computer[kəm'pjuːtə(r)]: 컴퓨터, 컴퓨트 등

2) 중국어 외래어 발음의 전이 영향

설문조사 결과를 보면 모국어의 영향도 43.3%의 비율로 무시할 수 없는 요인이 된다. 인터뷰 과정에서도 조사 대상이 중국어 외래어대로

발음하는 경우도 존재하였다. 표의문자인 중국어의 경우에는 외래어[12]
가 있지만 문화적 보수성과 안정성이 너무 강해서 외래어를 중국어의
일종으로 보지 않고 단지 외국어의 변이형으로 인식하게 된다.[13] 또한
역사적, 지리적, 사회적 등 여러 영향에 따라 중국어 외래어 표기법은
아직 통일되지 않아, 표기 방식에 따라 다른 경우가 많다. 예를 들면,
'email'이라는 단어는 '伊妹兒/伊妹[yi mei er/ yi mei]'과 '郵件[you
jian]'으로 번역되는데 실제 생활에서 남쪽 지역은 '伊妹[yi mei]'과 '郵
件[you jian]'를 섞어서 이용하고 있지만, 북쪽 지역은 주로 '郵件[you
jian]'을 쓴다. 학자에 따라 견해 차이가 있을 수도 있지만 중국어 외래
어 표기법을 정리하면 다음과 같다.[14]

---

12 중국학자에 따라 외래어를 '외래사', '차사', '외래어', '외래사어', '外來槪念詞', '外來影
    響詞' 등의 이름으로도 일컫는다. 본고에서 비교의 편의상 '외래어'를 취한다 (이지원,
    2014).
13 중국·광주에서는 광동어와 영어가 섞인 독특한 지방 언어로 '廣州英語'가 생겨서 쓰인
    지도 오래다. 朱永锴, (1995)은 다음과 같은 예를 제시하였다.
    1. 같은 발음: 波士-boss, 三文魚-salmon, 贴士-tips, 士多啤梨-strawberry, 考试肥
       佬(fail) 등
    2. 두 언어의 결합형: 嘜(mark)人, 买飞(fare), 好in, 好hip, 好hot, 好cool, 好funky 등
    3. 외래어 직적 인용: 我好 happy, timing 唔岩 등
14 張鵬(2005), 李黎(2008), 鄧建農(2010), 丁園(2010), 韓菁(2012), 이지원(2014) 등 참조.

〈표 7〉 중국 외래어 표기법

	유형	세부 유형	예시
중국의 외래어 표기법	음역법 (音譯法)	순음역(純音譯)	的士(taxi), 披头士(beatles), 伊妹兒(email), T-恤(T-shirt)등
		음역+유별사(音譯+類別詞)[15]	가. 音譯詞(car)+類別(車類)→卡車 나. 類別(中)+音譯사(bus)→中巴 등
		음의겸역(音意兼譯)[16]	香波(shampoo), 露華濃(revlon)[17]
	자형차자법 (詞形借字法)	순자모(純字母)	TV, VCD, PC, DNA, ID 등
		자모+한자(字母+漢字)	CT檢査, T恤衫, 4S店, AA制 등
		자모+의역사(字母+意譯詞)	B超, V領, A字裙, X光 등
		자모+음역사(字母+音譯詞)	영어 縮寫(Inregrated Circuit) +音譯詞(Card)→IC卡 등
	의역법 (意譯法)	순의역(純意譯)	電腦(computer), 病毒(virus), 自行車(bicycle), 火車(train) 등
		준의역(準意譯)	熱狗(hot-dog), 冷戰(cold war) 등
	음역의역법[18] (音譯意譯法)	음역+의역(音譯+意譯)	音譯(hula)+意譯(hoop)→呼啦圈, 音譯(inter)+意譯(net)→因特網 등
		의역+음역(意譯+音譯)	意譯(water)+音譯(ballet)→水上芭蕾, 意譯(milk)+音譯(shake)→奶昔 등

---

15 '音譯詞+漢語類別詞'의 경우는 외국어와 비슷한 음성으로 표기할 뿐만 아니라 類別詞도 같이 붙여 분류까지 표시해주는 방법이다.

16 音意兼譯詞는 글자 그대로 외래어의 발음과 의미를 같이 고려하는 방법이다. 즉 音意兼譯詞은 외래어와 비슷한 중국어 음성을 선정할 뿐만 아니라 그 선정한 것들의 내적 의미도 외래어를 해석할 수 있어야 한다. 보통 이런 音義兼譯詞들을 同音類義語라고도 부른다.

17 香波(shampoo)의 경우는 영어와 중국어의 발음도 비슷할 뿐만 아니라 글자를 보면 '향기와 거품이 있음'의 내적 의미도 쉽게 연상할 수 있다. 미국 유명한 화장품 회사 revlon도 마찬가지로 중국에 들어와서 '露華濃'이라는 이름으로 바뀐다. 발음으로 볼 때 영어와 중국어가 비슷할 뿐만 아니라 의미로 보면 '露華濃'는 당나라 시인 李白의 '淸平調' 중의 어휘인데 주로 꽃들의 향기와 아름다운 모습을 표현한다. 미국 화장품 회사가 이 어휘의 고유 의미를 통해 그 회사의 화장품을 이용하면 아름다운 모습을 표현할 수 있다는 확장 의미를 쉽게 전달할 수 있다.

이상에서 보았듯이 중국어에서 외래어를 표기할 때 표음한 것도 있지만, 주로 표의 중심으로 고유한 중국어 어휘를 외래어로 순화하게 된다. 이에 반해, 한국식 외래어의 경우는 실제 사용에서 표의한 외래어도 있지만 전체적으로는 주로 표음 중심인 외래어 표기법에 의해 실현된다. 두 표기법을 비교하면 분명히 겹친 부분도 많다. 예컨대, '음역법(音譯法)'에 속한 '순음역(純音譯)'과 '음의겸역(音意兼譯)' 그리고 '자형차자법(詞形借字法)'에 속한 '순자모(純字母)'와 '자모+음역사(字母+音譯詞)'의 경우가 그러하다. 그중에서 어떤 것은 문제가 되지 않지만 어떤 것은 중국인 학습자가 외래어를 사용할 때 혼란을 야기하는 요인이 될 수도 있다. 예를 들어 '순자모(純字母)'로 된 'ID'를 살펴보면 다음과 같다.

(4) 영어 발음: ID [ˌaɪˈdiː]
한국어 외래어 발음: 아이디(ID)
중국어 외래어 발음: ID [ai di]
중국인 학습자의 실제 사용 양상: 아이디, ID

(4)와 같이 'ID'의 경우가 한국어 외래어와 중국어 외래어 발음이 청각적으로 같은 음으로 인식할 수 있기 때문에 중국인 학습자가 실제로 발음할 때에 아무 문제가 없다. 또한 아래와 같이 '자모+음역사(字母+音譯詞)'으로 된 'IC卡(IC Card)'의 경우도 마찬가지이다.

---

18 音意兼譯法은 외적 발음과 내적 의미 같이 고려한 표기 방법인데 音譯意譯法은 외적 형식에서 음역법과 의역법 두 가지 방법을 같이 이용한 것이다.

(5)   영어 발음: IC Card [aɪˈciːˈkɑːrd]
한국어 외래어 발음: IC 카드
중국어 외래어 발음: IC卡 [aɪ ci kɑ]
중국인 학습자의 실제 사용 양상: (IC) 카드, card, 카트

하지만 아래 (6)과 같이 '순음역(純音譯)'에 속한 외래어 'T-恤 (T-shirt)'는 경우가 다르다.

(6)   영어 발음: T-shirt [ˈtiˌʃɜt]
한국어 외래어 발음: 티셔츠
중국어 외래어 발음: T-恤[ti xu]
중국인 학습자의 실제 발음: 티셔츠, 티셔즈, 티셔트, 티셔, *티쉐*[19],
티쉬

실제로 인터뷰에서 조사 대상이 '티셔츠'를 '티쉬'로 발음하는 경우가 있었다. 이것은 중국어 외래어 'T-恤'의 발음이 [ti xu]를 그대로 전이하여 작용하였기 때문이다. 〈표 6〉에서 제시한 바와 같이 '티셔츠'의 경우는 중국인 학습자가 14.29%의 정확도로 발음하는 것으로 나타난다. 이것은 주로 모국어 외래어의 발음의 전이 영향이 아닌가 싶다. 정확도를 12.5%에만 거친 '이메일'의 경우도 마찬가지로 중국어 외래어 발음의 영향을 미치는 외래어 중의 하나로 보일 수 있다.

---

19 출신 지역에 따라 발음 차이도 있을 수 있다. 본 연구에서는 이런 지역적 차별의 관심을 갖고 있다. 광동 출신인 학습자가 '티셔츠'의 발음은 Tee-shie[tiːʃɜ]이다. 이 부분과 관련된 내용은 추후 후속 연구를 통해 진행할 예정이다.

(7) 영어 발음: email [ˈiːmeɪl]
　　　한국어 외래어 발음: 이메일
　　　중국어 외래어 발음: 伊妹兒/伊妹[yi mei er/ yi mei]
　　　중국인 학습자의 실제 발음: 이메일, 이매일, 이멜, 멜, 메일, 맬,
　　　　　이멜일, email

'이메일'은 중국어 伊妹兒[yi mei er]/伊妹[yi mei]의 영향을 심하게 받아, 중국어 외래어와 아주 비슷한 발음으로 하는 경우도 많다.

3) 외래어 표기법과 현실 발음의 차이

인터뷰를 통해 외래어 표기법과 현실 발음 간의 차이 때문에 학습자가 어려움을 겪는 것을 확인할 수 있었다. 주로 전설평순모음 'ㅔ'와 'ㅐ'가 구별되지 않는 문제, 평파열음/p, t, k/의 경음화와 유기음화 문제가 가장 두드러진다.

먼저 전설평순모음 'ㅔ'와 'ㅐ'의 문제이다. 인터뷰 결과를 분석하면 학습자들이 '에너지'와 '애너지', '테이프'와 '태이프' 등과 같이 전설평순모음 'ㅔ'와 'ㅐ'를 서로 구별하지 않고 섞어서 이용하는 것을 살펴볼 수 있었다. 이 문제로 중국인 학습자가 외래어를 발음할 때 정확도가 낮을 수도 있다. 사실 이진호(2012: 133-4)[20]에서 'ㅐ'와 'ㅔ'의 합류한 역사적인 과정을 분석하여 1980년대에 이미 'ㅐ'와 'ㅔ'가 구별되지 않는 방언이 많이 존재하고 현재는 원어민이 지역이나 연령의 변수와

---

20 표준모음체계는 10모음체계, 현실모음체계는 8모음체계, 허용모음체계는 7모음체계이다(이진호, 2012: 134).

상관없이 'ㅐ'와 'ㅔ'가 합류하게 이용된다고 하였다. 원어민의 경우와 같이, 중국인 학습자들의 외래어 발음에서도 'ㅐ'와 'ㅔ'의 합류 현상이 많이 나타난다. 그 이유는 학습자가 한국어 습득과정에서 이 두 모음의 발음을 정확하게 구별하기가 어렵고, 청각적으로 비슷하게 들리기에 학습자도 발음할 때 둘 가운데 편한 모음을 많이 이용하고 있음을 예측할 수 있다[21].

그 다음, 학습자들이 '가스'가 '까스'로 발음되는 것과 같이 어두 평파열음/p, t, k/의 경음화 현상도 존재한다. 홍순성(1995), 이진성(2000), 박동근(2007) 등에 의해 원어민들의 어두 평파열음/p, t, k/의 경음화 현상이 많이 논의되었다. 하지만 중국인 학습자의 경우는 주로 원어민의 발음을 모방하거나 모국어 자음체계의 간섭으로 어두 평파열음의 경음화 현상이 나타난다.

〈표 8〉 한국어 · 중국어의 파열음 체계 대조표

언어	한국어	중국어
파열음 체계	ㅂ[p], ㄷ[t], ㄱ[k] ㅃ[p'], ㄸ[t'], ㄲ[k'] ㅍ[pʰ], ㅌ[tʰ], ㅋ[kʰ]	b[p], d[t], g[k] p[pʰ], t[tʰ], k[kʰ]

위의 표를 보면 한 · 중 파열음 체계에 차이가 있음을 확인할 수 있었다. 한국어의 파열음은 발음할 때 기식성의 유무와 후두 긴장에 따라

---

21 Martinet와 Zipf의 '최소 노력의 원리(principle of least effort)'에 따라 현대 국어의 모음 'ㅐ'와 'ㅔ'의 합류 현상은 화자 입장을 반영한 최소 노력의 원리에 따른 결과라고 볼 수 있다. 이런 최소 노력의 원리에 따르면 'ㅐ'와 'ㅔ' 두 모음의 발음이 청각적으로 비슷해서 발음하기에 편한 모음만 남아야 한다.

평음, 유기음, 경음으로 나누지만 중국어의 경우는 단지 기식성의 유무에 따라 송기음(送氣音)과 불송기음(不送氣音)으로 나눈다. 먼저 한국 평파열음 'ㅂ, ㄷ, ㄱ'와 중국어 불송기음 'b, d, g'의 음가가 거의 비슷하지만, 중국어에는 경음이 존재하지 않는다. 단지 중국어 어두에서 평음 /b/, /d/, /g/의 변이음인 비변별적 자질로서의 [p'], [t'], [k']²²이 존재할 뿐이다. 중국어의 경우 어두 평파열음 /p, t, k/은 항상 경음화 현상으로 나타나기에 중국인 학습자가 외래어를 이용할 때에도 전이될 수 있다.

한편, 인터뷰 과정에서 조사 대상이 '브랜드, 드라마, 디지털'이 유기음화로 각각 '프랜드, 트라마, 티지털'로 발음하는 현상도 발견된다. 이것은 중국인 학습자가 실제로 발음할 때 중국어 송기음(pʰ, tʰ, kʰ)의 간섭이 작용하여 한국어 유기음(pʰ, tʰ, kʰ)으로 발음하게 되기 때문이다. 최금단(2002: 54-85)에서 한국어 유기음/ㅍ, ㅌ, ㅋ/(pʰ, tʰ, kʰ)와 중국어 송기음/p, t, k/(pʰ, tʰ, kʰ)가 기식 길이에 있어서 차이가 난다고 보기 어려우며, 실제로 청각적으로 거의 같은 소리로 인지될 수 있다고 제시하였다. 김성란(2012:39-44)에 따르면 중국어 파열음 체계의 유기음화 현상은 수의적 특징을 보인다고 한다. 이런 수의적 특징 때문에 실제 인터뷰 과정에서도 동일 조사 대상의 발음에서도 유기음화 현상이 나타나는 경우도 있고 나타나지 않는 경우도 있었다.

---

22 중국어에서 /b/, /d/, /g/는 어두에서 거성(중국어의 사성)으로 발음될 때에는 거의 경음으로 나타난다.

4) 습득하기 어려운 음운 문제

한국어와 중국어의 음운체계는 서로 차이가 많으므로 중국인 학습자가 한국어를 습득할 때 어려운 음운이 없을 수 없다. 예컨대 〈표 6〉에 제시한 바와 같이 '테이프', '브랜드', '프린터', '프로그램'의 정확도는 각각 12.50%, 16.67%, 25.0%, 33.33%를 차지하는데 이는 평파열음과 후설평순모음 'ㅡ' 혹은 후설원순모음 'ㅗ/ㅜ'의 결합에서 여러 가지 혼용으로 비롯된 것이다.

우선 양순 파열음의 구별 문제이다. 앞의 4.3에서 이미 제시한 바와 같이 중국인 학습자가 평파열음의 유기음화 현상이 수의적 특징을 보이고 있어, 이런 유기음화 수의성이 후설평순모음과 결합할 때 더 두드러지게 나타난다.

(8) 외래어 발음: 브랜드
    중국인 학습자의 실제 발음: 브랜드, 부랜드, 브랜트, 프랜드, 푸랜
        드, brand

    외래어 발음: 테이프
    중국인 학습자의 실제 발음: 테이프, 태이프, 테이푸, 테이브, 테이
        부, 태이부, 테이버, 테입(tape)

예 (8)을 보면 '브랜드'의 경우는 중국인 학습자가 'ㅂ'의 유기음화로 '프랜드/푸랜드'를 발음하고, '드'의 유기음화로 '브랜트'로 발음하게 된다. 반대로 학습자가 '테이프'는 유기음화가 일어나지 않고 '테이브/테이부/태이부/테이버'로 발음하는 경향도 있다.

다음은 후설모음 'ㅡ'와 'ㅗ/ㅜ' 간의 구별 문제이다. 다음 (9)와 같이

중국인 학습자는 평파열음 뒤의 'ㅡ'와 'ㅗ/ㅜ'를 서로 혼용하고 있다.

(9) 프로그램 ↔ 포로그램, 프린터 ↔ 포린트, 브랜드 ↔ 부랜드, 테이프
↔ 테이푸

한국방송통신대학교(2005:47-8)에서 제시한 바와 같이, 평순모음 /ㅡ/가 원순모음으로 발음하는 상황은 원어민에서도 볼 수 있다. 예를 들어, '기쁘다'가 '기뿌다'로 발음되는 것이다. 원어민의 경우는 실제 발음하기가 편한 것을 많이 이용한다고 볼 수 있지만 중국인 학습자의 경우는 주로 한·중 단모음 체계의 차이로 이런 현상이 많이 나타난다.

한·중 단모음 체계를 살펴보면 한국어의 /ㅡ/는 중국어에 비슷한 음소 /e/만 있는 음소로서 중국인 학습자가 발음하기 어려운 음소이다. 즉 중국어 /e/의 실제 발음을 한국어로 표기하면 'ㅡㅓ'이고, 차이가 나기 때문에 학습자가 'ㅡ'를 발음할 때 어려움을 겪는다.[23] 또한 'ㅡ'와 같은 후설 모음 체계에 속한 'ㅗ, ㅜ' 간의 발음은 중국인 학습자에게도 너무 헷갈린다. 김성란(2012)은 한국어의 /ㅗ/와 중국어의 /o/ 두 음소가 발음이 비슷할 것 같지만 실제 발음할 때 차이가 있다고 제시하였다. 왜냐하면 중국어 /o/는 실제 발음을 한국어 모음으로 표시한다면 'ㅗㅜ'이기 때문이다. 따라서 중국인 학습자가 'ㅗ/ㅜ'를 구분할 때도 어려움을 겪는다. 이상을 정리하면 평순모음 /ㅡ/ 소리가 중국어에 비슷한 음으로 /o/만 있기 때문에 중국인 학습자가 발음할 때 기피하고 싶은 음소가 아닐 수 없다. 특히 같은 후설 모음 체계에 속하는 원순모

---

23 중국 남쪽 지역에서 중국어 /e/를 발음할 때 청각적으로 한국어 /ㅡ/와 비슷하다.

음도 있기 때문에 학습자가 구별하기가 더욱 어렵다.

5) 개인적 심리 요인의 영향

설문조사 결과를 보면 36.70%의 조사 대상이 개인적 심리 요인으로 외래어를 사용할 때 어려움을 겪게 된다는 것을 확인할 수 있었다. 실제 인터뷰 과정에서도 조사 대상이 목표 외래어에 대해 정확하게 발음할 자신이 없을 때 기피하거나 다른 표현으로 설명하는 방법을 취하였다. 사실 기피 현상은 제2언어 학습자에게서 흔히 볼 수 있는 것으로 이에 대한 연구도 많이 이루어졌다. 예컨대, 나순경(2009)에서는 어떤 경우에 제2언어 학습자가 '모른다(몰라요)'로 일관하기도 하는데, 이때의 '모른다(몰라요)'는 학습자가 대화 내용에 대해 잘 모른다는 것을 의미할 수도 있지만, 학습자가 내용은 알면서도 이를 정확하게 전달할 자신이 없을 때 일부러 회피하는 전략으로 사용하는 것으로 볼 수 있다고 하였다. 중국인 학습자의 경우는 보다 익숙한 한자어 표현을 선택하는 방법을 취한다.

> (10) 영어 발음: colour ['kʌlə(r)]
> 　　　한국어 외래어 발음: 컬러
> 　　　중국인 학습자의 실제 사용 양상: 컬러, 칼르, 칼라, 클러, 콜러, 칼러, 생상, 안색

위의 예 (10)을 보면 중국인 학습자가 목표 외래어 '컬러'를 응답해야 할 경우에 '컬러' 대신에 '색상(色相), 안색(顏色)'으로 사용하기도 하는데, 이것은 '컬러'에 대응되는 한자어가 존재하므로 외래어보다 더 자

신이 있는 한자어로 선택하는 것이다.

5. 결론

지금까지 높은 사용 빈도를 보이는 45개의 외래어를 선정하여 전남 대학교 언어교육학원에 재학 중인 중급 단계 학습자 30명을 조사 대상 으로, 설문조사와 인터뷰 방식을 취하여 중국인 학습자의 외래어 실제 사용 양상에 대해 살펴보았다.

중국인 학습자의 외래어 사용 인식을 전반적으로 파악하기 위해 설 문조사를 진행하였는데, 비록 중국인 학습자들이 외래어 표기법에 대 한 인식이 부족했지만 외래어의 인식 정도나 사용 빈도는 높았다. 그리 고 외래어 사용 시 중국인 학습자들은 외래어 사용에서 어려움을 겪고 있었지만 외래어 습득 필요성에 대해서는 긍정적인 태도를 보이고 있 었다.

중국인 학습자들의 외래어 실제 사용에서는 여러 가지 요인이 영향 을 받게 되는데, 여기서는 주로 다섯 가지로 분류하여 살펴보았다. 첫 째, 가장 큰 요인으로 작용하는 것은 중국식 영어의 간섭이다. 중국인 학습자는 어릴 때부터 형성된 중국식 영어 발음이 한국어 외래어 습득 에 영향을 미쳐 어려움을 겪게 되는 것이다. 이런 간섭의 영향은 '-ter' 에서 가장 두드러지게 나타난다. 둘째, 중국어 외래어의 영향이다. 표 음 중심인 한국 외래어 표기법과 표음 중심인 중국 외래어 표기법은 서로 다른 체계이지만 분명히 서로 겹치는 부분이 존재하는데, 이런 부분에서도 분명히 문제가 존재한다. 예컨대, '티셔츠'의 경우, 중국어

외래어 'T-恤'의 발음 [ti xu]가 그대로 전이하여 작용하여 '티쉬'로
발음되기도 한다. 셋째, 외래어 표기법과 현실 발음 간의 차이로 학습
자가 어려움을 겪고 있는 것을 확인할 수 있었다. 전설평순모음 'ㅔ'와
'ㅐ'가 구별되지 않는 문제와 평파열음/p, t, k/의 경음화와 유기음화
문제가 가장 두드러진다. 넷째, 발음하기가 어려운 음운 문제이다. 중
국인 학습자들 실제 발음에서 평파열음과 후설평순모음 'ㅡ' 혹은 후설
원순모음 'ㅗ/ㅜ'의 결합에서 여러 가지 혼용이 나타나는데, 이는 어려
운 음운의 존재로 인해 나타나는 문제이다. 다섯째, 심리적 요인의 영
향이다. 회피가 이 영향에 의한 것인데, 직접 회피하는 경우와 다른
표현으로 바꿔 회피하는 경우로 나누어 볼 수 있다.

앞으로 조사 범위를 확장하여 중급 단계의 학습자들의 더욱 다양한
언어 사용 양상에 대한 후속 연구도 필요하다. 또 동일 조사 대상의
중급 단계와 고급 단계의 제2언어 사용 양상, 그리고 영향 요인이 어떠
한 변화를 갖는지에 대한 연구도 필요할 것으로 보인다.

이 글은 지난 2016년 한국사회언어학회에서 발간한
『사회언어학』 제24집에 게재된 것이다.

참고문헌

김남예, 「학문 목적 외래어 목록 선정 연구」, 『한국어 교육』 21(2), 2010, 59~86쪽.
김성란, 『(한국어 교육을 위한) 한중언어 대조연구』, 역락, 2012.

김소야, 「한국어 평음/경음/기음에 대한 중국인의 지각적 범주 연구」, 『이중언어학』 32, 2006, 58~78쪽.

김수현, 「외래어의 관용 표기에 관한 고찰」, 『이중언어학』 39, 2009, 1~24쪽.

김순임, 『외래어 인지도·이해도·사용도 및 태도 조사』, 국립국어원, 2007.

김한샘, 『현대 국어 사용 빈도 조사2』, 국립국어원, 2005.

도성경, 「학문 목적 한국어 학습자를 위한 외래어 선정 연구」, 이화여자대학교 석사학위논문, 2016.

박동근, 「말머리에 나타나는 이유 없는 된소리 현상 연구」, 『언어학』 27, 2000, 179~200쪽.

_____, 「국어사전의 외래어 발음 표시 방안」, 『겨레어문학』 39, 2007, 41~66쪽.

_____, 「외래어 표기 선호도의 변화 양상 연구」, 『언어와 문화』, 2014, 65~93쪽.

_____, 「표준 외래어 정립을 위한 정책 분석 및 대안」, 담화·인지언어학회 학술대회 발표논문집, 담화·인지언어학회, 2016.

박숙자, 「외국어로서의 한국어 발음 교수에 대하여」, 『중국에서의 한국어 교육』 3, 태학사, 2003, 223~230쪽.

박용찬, 『외래어 표기법』, 랜덤하우스코리아, 2007.

박종후 외, 「한국어 학습자용 외래어 사전 편찬을 위한 기초 연구」, 『한국사전학』 20, 2012, 165~211쪽.

박지영, 「한국어 학습자를 위한 외래어 어휘 연구(의미 변이 및 생성을 중심으로)」, 『한국어와 문화』 8, 2010, 95~115쪽.

심재기, 「외래어 표기법의 문제점과 그 대책」, 『새국어생활』 18(4), 2008, 48~53쪽.

오미정 외, 『(외국인을 위한) 한국어 외래어』, 월인, 2007.

이상혁, 「외래어의 개념 및 유형 설정(서구 외래어를 중심으로)」, 『돈암어문학』 15, 2002, 101~123쪽.

이소영, 「한국어교육에서 외래어 교육의 위상」, 『우리말교육현장연구』 5(2), 2011, 223~245쪽.

이은영, 「외국인을 위한 외래어 교육: 중국인 학습자를 중심으로」, 『한국어학』 28, 2005, 167~183쪽.

이정희, 「한국어 학습자의 표현 오류 연구」, 경희대학교 박사학위논문, 2003.

_____, 「한국어 외래어 교육 목록 선정에 관한 연구」, 『한국어교육』 18(3), 2007, 195~220쪽.

이정희, 「중국어권 한국어 학습자의 어휘 오류 연구(원인 분석을 중심으로)」, 『한국
　　　어교육』 19, 2008, 403~425쪽.
이지원, 『중국어 외래어의 연구』, 역락, 2014.
이진성, 「외래어 표기와 발음의 실태」, 『사회언어학』 8(2), 2000, 223~245쪽.
이진호, 『한국어의 표준 발음과 현실 발음』, 아커넷, 2012.
임홍빈, 「외래어의 개념과 범위의 문제」, 『새국어생활』 18(4), 2008, 5~32쪽.
조남호, 『현대 국어 사용빈도 조사: 한국어 학습용 어휘선정을 위한 기초조사』,
　　　국립국어연구원, 2002.
＿＿＿, 『한국어 학습용 어휘 선정 결과 보고서』, 국립국어연구원, 2003.
채희윤, 「중국인 학습자를 위한 한국어 외래어 교육 방안 연구」, 광주여자대학교
　　　석사학위논문, 2014.
최혜원, 『외래어 발음 실태 조사』, 국립국어연구원, 2001.
鄧建農, 「漢語中的英語外來詞及翻譯」, 『科學敎育』, 敎育部, 2010.
丁　園, 「淺析漢語中的英語外來詞」, 『語文學刊』 3, 內蒙古自治区敎育厅, 2010.
韓　菁, 「現代漢語英語外來語研究」, 『중국인문과학』 50, 2012, 137~148쪽.
李　黎, 「論英語外來詞的類型」, 『科敎縱橫』 6, 陝西省开发利用科研中心, 2008.
王淑芳, 「'廣州英語'在中西交往中的歷史地位解」, 『蘭台世界』, 辽寧省 档案局81,
　　　2013.
吳義雄, 「'廣州英語'和 19世紀中葉之前的中西交往」, 『近代史研究』 3, 2001, 19~62쪽.
張　鵬, 「漢語中的英語外來語研究」, 天津財經大學 碩士學位論文, 2005.
周曉波·임승배, 「漢韓外來語對比研究」, 『중국학논총』 29, 2010, 21~42쪽.
朱永鍇, 「香港粤語裏的外來詞」, 『語文研究』 2, 1995, 50~56쪽.

부록1

중국인 학습자의 외래어 사용도 및
인지도에 대한 기초 조사

안녕하세요?

저는 전남대학교 국어국문학과 박사과정생입니다. 본 연구는 중국인 학습자들이 외래어의 사용 실태를 알아보고 그들의 출현 원인을 제시하는 데 목적이 있습니다. 여러분의 의견은 이 연구에 매우 중요한 자료로 활용될 것이며, 설문 결과는 연구 목적 이외의 어떤 용도로도 사용되지 않을 것입니다. 아울러 응답자를 확인할 수 있는 정보는 어떠한 경우에도 공개되지 않을 것입니다. 솔직하고 성실한 답변 부탁드립니다. 귀중한 시간을 내어 설문조사에 응해 주시는 데에 대하여 진심으로 감사드립니다.

이름: _____ 나이: _____ 성별: _____ 출생지역: _____ (성/시)
한국어 등급: _____

1. 일상생활에서 외래어를 사용하십니까?
A. 많이 사용한다   B. 사용한다   C. 조금 사용한다
D. 사용하지 않는다   E. 기타

2. 한국어의 외래어를 정확하게 인식할 수 있으십니까?
A. 완전 가능   B. 거의 가능   C. 일부 가능
D. 불가능   E. 기타

3. 외래어 습득이 필요하다고 생각하십니까?

A. 아주 필요하다   B. 필요하다   C. 필요없다

D. 전혀 필요없다   E. 기타

4. 외래어 습득이 어렵다고 생각하십니까?

A. 너무 어렵다   B. 어렵다   C. 어렵지 않다

D. 전혀 어렵지 않다   E. 기타

5. 어떤 방법을 통해 외래어를 습득하십니까?(두개 이상 선택 가능)

A. 수업   B. 일상생활   C. 다중매체   D. 단어 암기

E. 기타 (설명 필요) _____

6. 외래어 표기법을 알고 계십니까?

A. 완벽하게 알고 있다   B. 거의 알고 있다   C. 일부만 알고 있다

D. 모른다   E. 기타

7. 외래어 습득에 어려움을 주는 요인은 어떤 것들이 있다고 생각하십니까?(두

개 이상 선택 가능)

A. 외래어 자체의 난이도 B. 중국어 영향   C. 영어 원음 영향

D. 심리적 요인

E. 기타 (설명 필요) _____

8. 외래어와 영어 원음의 발음상 차이가 크다고 생각하십니까?

A. 매우 크다   B. 크다   C. 크지 않다

D. 차이 없다   E. 기타

중국인 학습자의 확인의문문 억양 연구

구려나

1. 서론

세계 언어에서 성조가 없는 언어들은 많지만 억양이 없는 언어는 없다[1]. 다만 언어마다 억양이 가지는 역할이 조금씩 다를 뿐이다. 그래서 학습자가 제2언어를 습득할 때 해당 언어의 억양도 함께 배워야 한다. 특히 한국어의 경우 발화에서 억양은 아주 중요한 역할[2]을 맡고 있다. 한국어 학습에서 억양에 대한 습득이 중요하지만 중국인 학습자들은 한국어 억양을 제대로 표현하지 못하는 경우가 많다. 가끔은 중국인 학습자들이 한국어 모어 화자의 발화 관습과 다른 억양으로 발화하여 모어 화자들에게 어색한 느낌을 주기도 한다. 그러므로 중국인 학습자가 한국어를 습득할 때 정확한 발음뿐만 아니라, 모어 화자처럼 자연

---

[1] The world atlas of language structures http://wals.info/chapter/13(검색일자: 2017.04.06)

[2] 억양이 문법적 기능, 태도적 기능 그리고 화용론적 기능을 갖게 된다(김선철, 2005: 9-10). 화자가 '억양'에 의해 발화의 공손성을 드러난 것이다(김서형, 2013: 128).

스러운 발화를 위해서는 한국어의 정확한 억양도 함께 익혀야 한다. 만약 억양을 잘못 이용하면 화자의 발화 의도를 제대로 전달하지 못할 수도 있다. 게다가 한국어의 경우, 같은 문장이더라도 억양에 따라 해석이 전혀 다를 만큼 매우 복잡하다. 구본관(2015:59)에서 '일하러 갔어?(↗)'와 '일하러 갔어?(↘)'는 동일한 의문문이지만 억양에 따라서 전달하는 의미는 상당히 달라진다고 하였다. 전자처럼 끝을 급격히 올리는 경우에는 '일하러 간 사실'에 대한 놀람 또는 경멸의 의미가 전달될 수 있다. 반면에 후자처럼 급격히 올리지 않는 경우에는 설마 일하러 가리라고는 생각하지 못했다는 의미가 전달될 수 있다. 이처럼 같은 한국어 의문문이더라도 억양에 따라 해석도 달라지지만 중국인 학습자는 이런 억양 차이를 파악하지 못하여 발화 실수를 많이 하게 된다. 이로 보아 억양의 습득도 한국어 학습에서 매우 중요한 과제임을 알 수 있다.

억양은 자연스러운 의사소통을 하고자 할 때 필요한 요소임에도 불구하고 국내에서 큰 관심을 받지 못했다. 그중에서 중국인 학습자들의 억양에 관한 고찰은 2000년부터 시작하여 주로 중국인 학습자들의 억양 실태와 억양 실현에 미치는 요인들만을 많이 다루었다. 여기서 주목을 받게 된 것이 확인의문문인 '-지요'의문문의 억양 연구이다. 선행연구에서는 중국인 학습자들의 확인의문문의 억양을 살피기 위해서 한국어 '-지요'의문문과 중국어 의문사 '嗎'에 의해 실현된 의문문과 대응시켜 연구하고 있는데(황현숙 2004:166, 정명숙 2005:357 등), 이런 대응 관계는 재고의 여지가 있다.

문법적인 측면으로 보면 한·중 의문문 유형은 분류 기준에 따라 많이 달라진다. 우선 한국어 의문문을 서정수(1994:367-411)에서는 내포

된 의미에 따라 크게 일반의문문, 확인의문문 그리고 특수의문문 세 가지로 나눈다. 그중에서 한국어 확인의문문은 화자가 이미 알고 있거나 믿고 있으면서 그것을 청자의 동의를 구하여 확인하기 위한 유형이며, '-지요'에 의해 표현되는 것이 가장 대표적이다. 한편 중국어 문법 교재들(呂叔湘 1979, 劉月華외 2001, 黃伯榮·廖旭東 2011)에 따르면 중국어의 의문문은 의문형 어조사(嗎, 呢, 啊, 吧)에 의해 문장을 부드럽게 실현되는 것이다. 이런 의문형 어조사에 의해 실현되는 중국어 의문문은 주로 판단(判斷)의문문, 특지(特指)의문문, 선택(選擇)의문문, 정반(正反)의문문 4가지가 있다. 그중에서 중국어 판단(判斷)의문문은 다시 두 가지 유형으로 분류할 수 있다. 하나는 화자가 질문에 대해 객관적인 응답을 요구하는 의문문이고, 다른 하나는 화자가 이미 알고 있는 내용에 대해서 다시 확인할 때 사용되는 의문문이다. 전자는 주로 어조사 '嗎'를 많이 쓰는 반면에, 후자는 어조사 '吧'만 이용할 수 있다. 확인의문문의 내적 의미 및 기능을 고려하면 한국어의 '-지요'의문문은 중국어의 '嗎'의문문이 아니라 '吧'의문문과 대응시켜야 한다.

한편 음성학 측면으로 보면 중국어 판단 의문문에서 쓰이는 어조사 '嗎'의 억양은 무조건 상승한다. 때문에 선행연구에서 이런 억양을 가지고 중국인 학습자의 한국어 확인의문문의 억양을 대조하여 살피는 것은 문제를 안고 있다.

또한 한국어의 억양 습득 과정에서 중국인 학습자에게 가장 문제가 될 수 있는 요인이 모국어의 전이라고 보는데, 선행연구에서는 구체적으로 어떠한 영향을 미치고 있는지를 깊게 살피지 못했다.

그리하여 본고는 '-지요' 의문문과 '吧'의문문을 대응시켜 중국인 학습자들의 억양 실태를 밝히고자 한다. 우선 한·중 피험자를 선정하여 인터뷰 및 실험 조사를 한 다음, 음성분석 프로그램인 praat6023을 통해 그들의 억양 실태 특징을 자세하게 제시하기로 한다. 이를 위해 먼저 선행연구를 살핀 다음에, 3장에서는 연구 방법을 소개하고, 4장에서는 한국인 모어화자의 억양과의 억양 비교와 각 단계별 중국인 학습자의 억양 비교를 통해서 중국인 학습자의 '-지요'의문문의 억양 특징을 밝히고자 한다.

2. 선행 연구 검토

앞에서 언급했듯이 중국인 학습자의 억양에 관한 고찰은 2000년부터 국어학 분야와 한국어 교육 분야에서 본격적인 연구가 시작되었다. 중국인 학습자의 억양에 관한 선행연구들은 주로 억양에 대한 교육 방안을 모색하고 있다. 최태연(2001)에서는 발음 교육을 위한 억양 교육의 필요성을 먼저 제시하였다. 또한 정명숙(2002, 2005), 곡향봉(2005)에서는 중국인의 억양 오류가 중국어의 성조에서 기인한 것임을 논의하고, 교육 방안을 모색하였다. 황현숙(2006ㄱ, ㄴ)에서는 중국인의 의문문 억양 실현 오류의 고찰을 통해 교육 방안을 제시하였다. 정명숙(2008)에서는 중국인 학습자들의 다섯 가지 초분절소 오류 유형을 지적하여 교육 방법을 제안하였다. 제갈명·김선정(2010)에서는 중국인 학습자들이 평서문, 의문문, 명령문, 청유문의 기본 억양을 잘 표현하고 있는지와 모국어에 의한 억양전이가 나타나는지, 그리고 화자의 화용적 의도에 의해 달라질 수 있는 억양을 올바르게 표현할 수 있는지를 살피고 교육 방안을 제시하였다. 그밖에도 이조아(2010), 예풍(2015),

이명진(2015), 장혜진(2015) 등의 연구가 있다.

중국인 학습자의 억양 실태와 억양에 미치는 요인 등에 대한 학술적 연구도 많이 이루어졌다. 황현숙(2004)에서는 실험을 통해 중국인 학습자들의 의문문 억양은 모국어가 갖고 있는 억양적 요소, 즉 단어 강세, 성조, 악센트구의 억양 유형, 문미 억양의 특징 등에 모국어의 간섭을 받았다고 명시하였다. 권성미(2011)에서는 중간언어의 입장으로 중국인 학습자의 한국어 억양의 실현 양상을 양적인 측면에서 분석하였다. 송윤경(2012)에서는 중국인의 요청/거절 화행을 중심으로 중국인 학습자의 발음과 억양 실태를 고찰하였다. 오재혁(2014)에서는 한국어 숙달도에 따라 중국인 학습자 간에 억양 실현 차이가 있다고 명시하였다. 김태경 · 백경미(2016)는 중국인 학습자가 한국어 발화에 나타난 운율을, 특히 관형구성 합성명사와 관계절 구성에서 강세구 경계 위치와 성조 패턴 등의 운율 특성에 대해 분석하고 모어 화자와 대비되는 특징이 무엇인지 알아보았다. 오선화(2016)에서는 중국인 초급 학습자 문두 강세구와 문미 억양에 대한 고찰을 통해 학습자가 중간언어의 영향을 심하게 받기 때문에 여러 억양 오류가 보인다고 하였다.

한편 한국어 확인의문문인 '-지요'의문문의 억양 연구를 살펴보면 억양 유형을 지칭하는 용어를 각기 다르게 사용하고 있음을 발견할 수 있다. 90년대 이후 한국어 억양에 대한 이론적 접근의 대표적인 논의로는 이호영(1996)과 Jun(1993, 2000)이다. 이호영(1996:227)에서는 한국어에는 '낮은수평조, 가운데수평조, 높은수평조, 높내림조, 낮내림조 온오름조, 낮오름조, 내리오름조 오르내림조' 등 9개 핵억양과 '수평조, 내림조, 오름조, 오르내림조' 등 4개의 말토막 억양이[3] 있다고 제시하였다. 그 가운데서 '-지요'를 포함한 확인의문문의 경우는 주로

낮은 수평조, 높내림조, 낮내림조, 오르내림조 핵억양이 사용된다고
하였다. Jun(1993, 2000)에서 한국어는 L%, H%, LH%, HL%, LHL%,
HLH%, LHLH%, HLHL%, LHLHL%와 같이 9개의 억양구 유형을 제시
하고 있는데, '-지요'의문문의 경우는 LHL%로 속하게 된다고 했다.
정명숙(2002)에서는 억양 유형으로 L%, H%, LH%, HL%의 네 가지를
기본 유형으로 설정하였다. 정명숙(2005:358)에서는 한국어 의문문의
억양이 긍·부정 의문문은 H%, 의문사 의문문은 LH%, 확인 의문문은
HL% 유형으로 실현되는데, 중국인 학습자들은 모국어 전이 영향으로
이 세 가지 의문문 모두가 H%형의 억양으로만 실현한다고 제시하였
다. 황현숙(2006ㄴ)·오선화(2016)에서 '-지요'의문문의 억양은 LH% 억
양으로 실현되어야 하는데, 초급 단계의 중국인 학습자들은 일반의문
문의 억양과 같은 H%억양으로 실현된다고 제시하였다. 이처럼 선행연
구에서 용어 차이는 있지만 '-지요'가 사용된 확인의문문은 의문문의
끝에서 두 번째 음절이 하강하고 마지막 음절이 상승했다가 하강하는
억양 유형이다.

　선행연구를 종합해보면 한국어 확인의문문인 '-지요'의문문은 '강승
강' 억양으로 실현되어야 한다. 하지만 중국인 학습자들이 모국어 성조
전이(전명숙 2002, 전명숙2005, 황현숙 2004, 곡향봉 2005, 김태경·백경미 2016
등), 한국어 숙달도(권성미 2011, 오재혁 2014) 등 다양한 원인으로 이를
제대로 파악하지 못한다.

　지금까지 한국어 학습자의 억양에 대한 연구에서 일정한 성과를 이

3　말마디의 마지막 음절에 얹히는 억양 패턴을 핵억양이라고 하고 말토막에 얹히는 억양
　　패턴을 말토막 억양이라고 한다(이호영, 1996: 221).

루었지만, 중국어 확인의문문의 유형을 제대로 파악하지 못하여 한국어의 '-지요'의문문을 중국어의 '嗎'의문문과 대응시켜 대조 연구가 이루어진 것, 한국어 억양에 영향을 미치는 요인으로 비록 중국어 성조 전이를 지적하였지만 더 깊이 있는 연구로 발전시키지 못한 것 등은 연구에서 한계가 아닐 수 없다.

3. 연구 대상 및 방법

1) 연구 대상

피험자를 선정할 때 그들의 성별, 출신 지역, 언어 능력, 연령 등을 함께 고려해야 한다. 먼저 한국어능력시험(Topik) 성적에 따라 1-2급 증명서를 소지한 학습자를 초급, 3-4급 증명서를 소지한 학습자를 중급, 5-6급 증명서를 소지한 학습자를 고급 화자로 구분하였다. 1급 단계인 중국인 학습자들은 아직 발음 규칙이나 간단한 문법을 배우는 과정이라서 언어 능력이 많이 부족하고, 또 '-지요'의문문은 1급 단계에서는 교육이 이루어지지 않으므로 1급 단계의 중국인 피험자들은 본 실험에서 제외하였다. 본 연구에서는 전남대학교 언어교육원에서 한국어를 연수하고 있는 초급(2급) 단계의 중국인 학습자 20명, 중·고급 단계의 중국인 학습자 각 40명과 한국어 모어 화자 10명을 피험자로 선정하였다.

본고에서는 20대 피험자만 선정하고, 그중에서 중국인 학습자의 출신 지역은 넓은 지역으로 선정하였지만, 모어 화자는 모두 광주 출신으로 선정하였다. 정명숙·조위수(2010)에서는 학습 지역 방언의 억양도 중국인 학습자의 억양 습득에 부정적으로 전이될 수 있다고 하였다. 가령 A지역 방언의 억양을 습득한 중국인 피험자와 B지역 모국어 화자의 억양을 비교하려면 오차가 발생할 수 있다. 때문에 본고에서 연구 대상으로 선정된 중국인 학습자들이 모두 전남대학교 언어교육원에서 한국어 연수 과정에 있고, 그들의 일상 언어 환경이 광주이기에 억양 비교 결과의 정확성과 타당성을 고려해서 연구 대상인 모어 화자도 광주 출신, 광주에 활동 중인 원어민에 한정하였다.

앞에서 이미 언급했듯이 지금까지의 연구에서 중국인 학습자들이 한국어 확인의문문의 억양 실태에 가장 영향을 미치는 요인이 모국어 성조의 전이 영향이라고 하였다(전명숙 2002, 전명숙 2005, 황현숙 2004, 곡향봉 2005, 김태경·백경미 2016 등). 그러나 중국어의 성조가 구체적으로 어떻게 영향을 미치는지에 대해서는 깊이 있게 살피지 못했다. 그러므로 본고에서는 중국인 학습자가 한국어 확인의문문을 표현할 때 중국어의 성조가 어떤 영향을 미치는지를 중심으로 고찰하기로 한다. 이를 위해서 대조 실험을 진행하였다. 곧 각 단계의 중국인 피험자들을 모두 두 팀으로 양분하여, 팀1에 속한 중국인 피험자들에게는 한국어 실험 자료만 제시해 주고, 팀2에 속한 중국인 피험자들에게는 한·중 실험 자료를 모두 제시해준다. 이렇게 양분한 의도는 중국인 학습자가 대응한 중국어 대화 표현의 유무에 따라 한국어 대화를 실현할 때 수반한 목표 억양 실태가 어떤 차이 혹은 어떤 변화가 있는지를 밝혀보기 위한 것이다.

이상의 피험자 인적사항[4]을 정리하면 다음과 같다.

---

4 중국은 23개의 성(省), 5개의 자치구(自治區)와 4개의 직할시(直轄市), 2개의 特別行政

〈표 1〉 피험자 인적 사항

〈표 1-1〉 한국인 피험자

원어민	여1	여2	여3	여4	여5	남1	남2	남3	남4	남5
나이(세)	25	29	29	27	29	28	24	28	27	28
출생지	광주	광주	광주	광주	광주	광주	광주	광주	광주	광주

〈표 1-2〉 중국인 학습자(초급 단계)

	피험자	여1	여2	여3	여4	여5	남1	남2	남3	남4	남5
팀1	나이(세)	20	20	21	23	22	21	23	24	22	22
	출생지	江蘇	黑龍江	江蘇	浙江	河南	江西	浙江	山東	山東	黑龍江
	언어(급)	2	2	2	2	2	2	2	2	2	2
	피험자	여6	여7	여8	여9	여10	남6	남7	남8	남9	남10
팀2	나이(세)	23	22	23	20	21	25	23	23	22	22
	출생지	江蘇	山東	江西	江蘇	山東	山東	山東	江蘇	山東	江蘇
	언어(급)	2	2	2	2	2	2	2	2	2	2

〈표 1-3〉 중국인 학습자(중급 단계)

	피험자	여1	여2	여3	여4	여5	여6	여7	여8	여9	여10
팀1	나이(세)	24	24	25	24	27	21	25	28	26	28
	출생지	吉林	安徽	河南	廣東	山東	浙江	新疆	遼寧	河南	浙江

區, 총 34개의 성급이상의 행정구역이 있는데, 이는 지리적 위치에 따라 다음과 같이 분류된다.
华北地區: 北京市、天津市、河北省、山西省、內蒙古自治區
东北地區: 遼寧省、吉林省、黑龍江省
华东地區: 上海市、江蘇省、浙江省、安徽省、福建省、江西省、山東省
华中地區: 河南省、湖北省、湖南省
华南地區: 廣東省、海南省、广西壮族自治區
西南地區: 重慶市、四川省、貴州省、雲南省、西藏自治區
西北地區: 陝西省、甘肅省、青海省、寧夏回族自治區、新疆维吾尔族自治區
港澳台地區: 香港特別行政區、澳门特别行政區、台灣省

	언어(급)	3	3	3	3	3	4	4	4	4	4
	피험자	남1	남2	남3	남4	남5	남6	남7	남8	남9	남10
	나이(세)	22	26	25	23	24	24	21	23	22	25
	출생지	黑龍江	江蘇	浙江	河北	遼寧	黑龍江	江西	河南	北京	廣西
	언어(급)	3	3	3	3	3	4	4	4	4	4
팀2	피험자	여1	여2	여3	여4	여5	여6	여7	여8	여9	여10
	나이(세)	23	20	23	26	20	22	23	21	29	26
	출생지	黑龍江	黑龍江	河南	黑龍江	上海	黑龍江	遼寧	山東	內蒙古	山東
	언어(급)	3	3	3	3	3	4	4	4	4	4
	피험자	남1	남2	남3	남4	남5	남6	남7	남8	남9	남10
	나이(세)	27	27	22	25	21	24	22	23	22	27
	출생지	黑龍江	福建	河南	河南	安徽	黑龍江	河南	山東	上海	河北
	언어(급)	3	3	3	3	3	4	4	4	4	4

〈표 1-4〉 중국인 학습자(고급 단계)

	피험자	여1	여2	여3	여4	여5	여6	여7	여8	여9	여10
	나이(세)	22	23	27	22	27	24	27	25	25	21
	출생지	廣東	山西	浙江	江蘇	廣西	江蘇	山東	浙江	山東	湖南
	언어(급)	5	5	5	5	5	6	6	6	6	6
팀1	피험자	남1	남2	남3	남4	남5	남6	남7	남8	남9	남10
	나이(세)	25	25	25	21	20	23	25	23	27	26
	출생지	浙江	吉林	黑龍江	浙江	廣西	湖北	浙江	廣東	陝西	山東
	언어(급)	5	5	5	5	5	6	6	6	6	6
	피험자	여1	여2	여3	여4	여5	여6	여7	여8	여9	여10
	나이(세)	20	20	21	22	21	20	27	28	28	28
팀2	출생지	四川	江蘇	湖南	山東	江蘇	山東	廣東	黑龍江	廣西	福建
	언어(급)	5	5	5	5	5	6	6	6	6	6
	피험자	남1	남2	남3	남4	남5	남6	남7	남8	남9	남10

나이(세)	24	23	23	23	25	26	27	29	23	28
출생지	貴州	江蘇	黑龍江	陝西	河南	河南	河南	黑龍江	山東	河南
언어(급)	5	5	5	5	5	6	6	6	6	6

2) 연구 자료

중국인 학습자의 확인의문문의 억양을 고찰하기 위해서는 같은 문장 유형으로 비교해야 한다. 본고에서는 문법적 측면·음성학적 측면에 따라 한국어 확인의문문인 '-지요'의문문을 중국어 확인의문문인 '吧' 의문문과 대응시켜 연구 자료를 구성하였다. 실험 자료의 타당성을 고려하여 먼저 선행연구에서의 실험 자료(황현숙 2004:166, 정명숙 2005 :357)를 참고하였고, 피험자가 전남대학교 언어교육원 2급 이상 학생인 점을 고려하여 언어교육원에서 사용하고 있는 교재(김영규 외 2012ㄱ 김 영규 외 2012ㄴ, 양영희 외 2014ㄱ, 양영희 외 2014ㄴ, 나은영 외 2014, 이정연 외 2012, 이수행 외 2012)도 참고하였다. 곧 실험 자료 작성 시에는 다음 〈표 2〉와 같이 피험자들이 이미 학습한 문법을 이용하였다.

〈표 2〉 억양 실험 자료

실험 자료(한국어)	實驗資料(中國語)
A. 화요일에 수업 있어요?	A. 星期2有課嗎?
B. 아니요. 없는데, 무슨 일이에요?	B. (不), 沒課.有事嗎?
A. 시간 괜찮으면 영화 보러 같이 갈래요?	A. 有時間的話一起去看電影吧?
B. 미안하지만, 보고서를 작성해야 하거든요.	B. 不好意思.我得提交報告書.
A. 보고서요? 언제까지 내야 하죠?	A. 報告書? 截止到什麼時候呢?
B. 수요일까지요.	B. 到星期三爲止.
A. 아 그래요? 많이 힘들지요?	A. 啊, 這樣啊? 很難吧?
B. 예, 한국어로 보고서를 쓰려니까 너무 어려워요.	B. 是的, 用韓語寫報告書太難了.

| A. 제가 뭐 좀 도와드릴까요? | A. 我能幫上什麼忙呢? |
| A. 아니요. 괜찮아요. | B. 不, 沒關係. |

　위의 실험 자료 중에 확인의문문인 "많이 힘들지요?"와 "很難吧?"를 목표 발화로 선정하였다.

3) 연구 방법

　본고에서 한국인 모어 화자와 각 단계의 중국인 피험자 간의 억양 실태를 고찰할 뿐만 아니라 중국어 성조의 전이 영향에 대해서 검토하기 위해 각 단계의 중국인 피험자들을 다시 양분하여 대조 실험을 진행하였다. 특히 대조 실험을 할 때 피험자들의 정보 공용을 막아 실험 결과의 타당성을 확보하기 위해 각 단계의 팀1과 팀2의 실험 시간을 서로 엇갈리게 하였다. 구체적인 연구 방법을 제시하면 다음과 같다.

　실험을 시작하기 전에 중국인 피험자들이 '-지요'의문문에 대한 전체적 인식을 파악하기 위해 1차 인터뷰를 하였다. 1차 인터뷰에서는 주로 중국인 피험자들이 '-지요'의문문을 배운 배경, 문법적 인식, 억양에 대한 이해, 언어생활에서의 사용 문제 등에 대해서 간단하게 조사하였다.

　실험 자료를 녹음하기 전에 각 단계 중국인 피험자들의 언어 실력에 따라 적절한 연습 시간(초급 2분, 중급 1분, 고급 없음)도 주었다.

　녹음 질을 고려해서 본고는 실험할 때 비교적으로 조용한 교실 환경에서 녹음을 하였다. 실제 조사의 편리함과 녹음의 질을 고려하여 조사할 때 Sony사의 ICD-PX440 보이스레코더/녹음기를 사용하였다. 녹음 자료는 모두 음성분석 프로그램 Praat6023을 통해 음성을

분석하였다. 따라서 모어화자 10명의 100발화, 초급 단계의 중국인
학습자 20명의 300발화(팀1의 100발화, 팀2의 200발화), 중급 단계의 중
국인 학습자 40명의 600발화(팀1의 200발화, 팀2의 400발화), 고급 단계
의 중국인 학습자 40명의 600발화(팀1의 200발화, 팀2의 400발화), 총
1600발화에 대해서 Praat6023을 이용하여 음성을 제시하였고, 그 가
운데의 목표 발화 총 160개의 억양을 분석하였다. 인터뷰 내용도 모
두 전사하고 정리하였다.

조사 결과를 통계한 다음에 목표 발화를 표현할 때 목표 억양 실현이
가능한 중국인 피험자에 대해서만 2차 인터뷰를 다시 진행하였다. 2차
인터뷰는 주로 그들이 목표 억양에 대한 인식, 본인의 억양 실태 인식
(즉 자기가 이용한 억양과 한국인 화자 간의 억양 차이도 인식), 그리고 목표
억양의 습득 과정을 다시 확인하였다.

4. 연구 결과 및 논의

먼저 1차 인터뷰 결과가 각 단계의 중국인 피험자들의 '-지요'의문문
에 대해 문법적 인식과 해당 억양의 이해도 각각 다르게 나타났다. 2급
단계인 중국인 피험자들이 '-지요'의문문은 의문문의 일종이라는 것만
인식하고 있다. 따라서 확인의문문인 '-지요'의문문은 비록 2급 단계
문법이라도 초급 단계인 피험자들이 이에 대해 정확한 문법적 인식을
가지지 못한다는 것을 확인할 수 있었다. 3급 단계부터 '-지요'의문문
은 확인의문문임을 차차 알게 된다. 그러나 중급 단계의 정답률(3급:
33.3%, 4급: 50%)을 보면 반수 이하의 중국인 피험자만 이 문법에 대해

정확하게 인식하고 있다. 고급 단계에 도달하면 정답률이 높아지지만 (5급: 65%, 6급: 90%), '-지요'의문문에 대해서 확인의문문으로 인식하지 못하는 학습자들이 아직 존재한다.

피험자들의 실제 발화에서 나타나는 억양 유형 및 빈도수를 살펴보면 〈표 3〉과 같다.

〈표 3〉 피험자 억양 실태

실태 단계	상승 (명/%)	하강 (명/%)	강승 (명/%)	승강 (명/%)	강승강 (명/%)	합계 (명/%)
모어 화자	0	0	0	1/10	9/90	10/100
초급 단계	10/50	4/20	3/15	3/15	0	20/100
중급 단계	5/12.5	10/25	14/35	8/20	3/7.5	40/100
고급 단계	3/7.5	10/25	9/22.5	3/7.5	15/37.5	40/100

〈표 3〉을 보면 중국인 피험자들이 '-지요'의문문을 발화할 때 주로 '상승, 하강, 강승, 승강, 강승강' 총 5가지 억양을 수반하고 있음을 알 수 있다. 이 5가지 억양을 간단하게 말하면 상승 억양은 지속적인 상승 추세를 보인 양태이고, 하강 억양은 지속적인 하강 추세를 보인 양태이다. 강승 억양은 '-지요'가 사용된 확인 의문문의 끝에서 두 번째 음절이 하강하고 마지막 음절이 하강하는 억양을 가지고 있다. 이와 반대일 경우는 승강 억양이 된다. 강승강 억양은 '-지요'가 사용된 확인의문문의 끝에서 두 번째 음절이 하강하고 마지막 음절이 상승했다가 하강하는 억양, 소위 말하면 본 연구의 목표 억양이다.

〈표 3〉을 보면 90%의 모어 화자들의 '-지요'가 사용된 확인의문문은 강승강 억양으로 실현된다. 하지만 단계별에 따라 중국인 학습자가 가진 억양 유형도 달라진다. 본고는 중국인 피험자의 억양 특징을 자세하

게 제시하기 위해 한·중 피험자들의 억양 실태를 비교할 뿐만 아니라, 각 단계별의 중국인 피험자의 목표 억양 실태도 비교를 한다.

1) 한·중 피험자의 억양 실태 비교

성별, 발화 속도, 말투 등 개인적 차이가 존재하겠지만 실험 결과를 보면 90%의 한국인 피험자가 '-지요'의문문을 발화할 때 아래와 같이 강승강 억양이 수반된다.

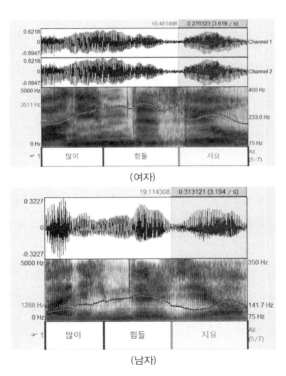

(여자)

(남자)

〈그림 1〉 한국인 피험자 억양 패턴

〈그림 1〉을 보면 같은 발화임에도 남자보다 여자의 억양 곡선 변화가 더 명확하게 보인다. 이런 남녀 간의 억양 차이를 고려하여 본고에서 억양 패턴을 정리하는 과정에 피험자들의 억양 변화 곡선을 최대한으로 도출하기 위해서 조역 범위[5]를 정하지 않았다.

모어 화자와 달리, 제2언어 학습자로서 중국인 학습자는 한국어 습득과정에서 목표 억양을 도출할 때 어려움을 많이 겪게 된다. 먼저, 한국어 학습 시작 단계에 처해 있는 초급 단계의 피험자들은 모어 화자와 비슷한 억양으로 발화하는 것이 거의 불가능하다. 1차 인터뷰 결과를 보면 비록 극소수의 초급 단계 학습자들이 '-지요'의문문의 억양은 다른 의문문의 억양과 다르다고 느끼고 있지만, 초급 단계의 반수의 피험자들이 '-지요'의문문은 일종의 의문문으로만 인식하고 있어, 목표 억양에 대한 인식이 전혀 없다. 이런 인식으로 초급 단계에서 50% 이상의 피험자들이 목표 발화를 간단한 상승 억양으로 실현하고 있다. 또한 초급 단계의 피험자들이 목표 발화를 할 때 상승 억양뿐만 아니라, '하강, 강승, 승강' 억양도 각각 20%, 15%, 15%의 사용률을 보인다. 따라서 초급 단계부터 중국인 학습자의 억양 실현은 매우 복잡함을 알 수 있다. 다음은 초급 단계의 중국인 학습자의 4가지 억양 패턴이다.

---

5 사람에 따라 조역의 높이와 넓이가 달라서 남자는 약 100-200Hz이고, 여자는 약 150-300Hz인데, 설령 같은 사람이라도 말할 때의 감정이나 어조에 따라 조역의 높낮이와 넓이에 변화가 생길 수 있다(심소희, 2013: 206).

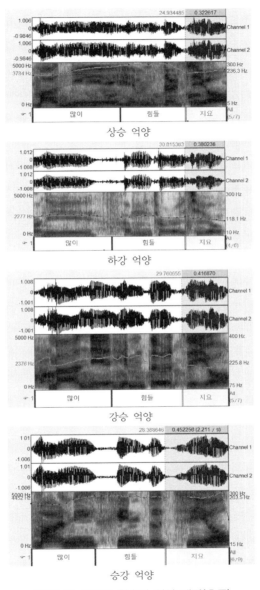

상승 억양

하강 억양

강승 억양

승강 억양

〈그림 2〉 중국인 학습자 억양 패턴(초급)

〈그림 2〉를 보면 초급 단계인 중국인 피험자들이 한국인 화자처럼 '-지요'의문문을 발화할 때 강승강 억양으로 도출하지 못하고 대신에 주로 '상승, 하강, 강승, 승강' 4가지 억양으로 실현된다.

따라서 초급 단계의 중국인 학습자들이 '-지요'의문문을 발화할 때 선행연구에서 제시한 상승 억양뿐만 아니라 '하강, 강승, 승강' 억양으로 각각 실현하고 있음을 확인할 수 있다. 그만큼 초급 단계부터 중국인 피험자의 억양 변화가 많이 존재하고 있다.

중국인 학습자들이 한국어를 습득하는 과정에서 억양도 계속 모방하므로 중급 단계로 넘어가면서 억양 실태가 급격한 변화가 일어나는 것을 확인할 수 있다. 〈표 3〉을 보면 상승 억양은 초급 단계보다 절반 이하로 줄었고, 다른 억양의 실현 수는 초급 단계보다 상승한 것을 확인할 수 있다. 특히 실험 결과를 정리하면 7.5%의 중급 단계의 중국인 피험자가 다음과 같이 '강승강' 억양으로 '-지요'의문문을 발화하였다.

〈그림 3〉과 같이 중급 단계의 중국인 학습자 3명이 강승강 억양으로 '-지요'의문문을 발화하였다. 그런데 중국인 학습자의 '강승강' 억양은 모어 화자의 '강승강' 억양과 많은 차이를 보인다. 가장 두드러진 특징 중의 하나가 바로 중국인 학습자의 음절 간의 휴지 현상[6]이다. 〈그림 3〉에서 보이는 것과 같이 음절 휴지의 정도에 따라 억양 실현도 달라지는 것을 확인할 수 있었는데, 이로 보아 음절과 억양 사이에는 일정한 연관이 있는 것으로 보인다. 이는 중국어 음절 특징 전이 때문에 목표

---

6 본고에서 말하는 음절 휴지 현상은 음절과 음절 사이에 진짜 끊기가 아니다. 전문 음성 프로그램을 이용하여 분석해보면 이런 음절과 음절 연결이 매우 미약해서 청각적으로 마치 끊어버린 상태인 것 같다.

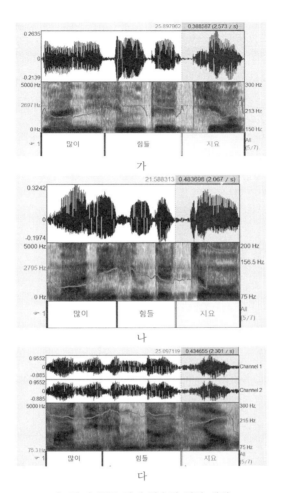

〈그림 3〉 중급 단계 강승강 억양 패턴

억양에 대해서도 영향을 미치게 된다고 생각한다. 다시 말하면 중국어
는 한국어와 달리, 성조에 따라 음절과 음절 간에 연음 없이 잘 구분되
고 있다. 이런 모국어 음절 특징 전이로 중국인 학습자들이 한국어 발
화에서도 마치 음절과 음절이 떨어져 발음되는 것 같다. 이는 결국 중

국인 학습자의 억양에도 영향을 미친다. 따라서 중국인 학습자의 억양 특징을 고찰하기 위해서 이런 음절 휴지 현상을 다룰 필요가 있다.

중국인 학습자의 음절 휴지 현상을 좀 더 자세하게 검토하기 위해 한·중 두 언어의 음절 특징을 먼저 살펴볼 필요가 있다. 이진호 (2014:120)에서는 한국어의 음절 유형은 이론적으로 다음과 같이 12가지가 존재한다고 했다.

> 가. V형: 아, 어, 오, 우…
> 나. CV형: 가, 너, 도, 루…
> 다. SV형: 야, 여, 와, 워…
> 라. VS형: 의
> 마. VC형: 악, 언, 온, 울…
> 바. CSV형: 갸, 녀, 묘, 류…
> 사. CVC형: 각, 난, 달, 랄…
> 아. CVS형: [조구긔](조국+의), [바틔](밭+의)…
> 자. VSC형: [회읨니다](회의+입니다), [의원데](의의+인데)…
> 차. SVC형: 약, 연, 욜, 융…
> 카. CSVC형: 격, 년, 명, 별…
> 타. CVSC형: [노닐](논의+는), [하빌](합의+를)…
>
> — 이진호(2014:120)[7]

이진호(2014:120)에서는 12가지 음절 유형은 표준 발음법에서 인정하는 최대한 음절 유형이라고 한다. 즉 표준 발음법에서 한 형태소 안의

---

7 'C'는 자음, 'V'는 모음, 'S'는 반모음을 가리킨다.

음절 유형뿐만 아니라 '아, 자, 타'처럼 둘 이상의 형태소가 결합하는 과정에서 생겨나는 음절 유형도 있음을 알 수 있다.

한국어의 경우와 달리 중국어의 음절 변화는 한 형태소 안에서만 한정되어 있다.[8] 이를 이해하기 위해 중국어의 음절 구조를 살펴볼 필요가 있다. 심소희(2013:170)에서는 중국어의 음절 구조를 다음과 같은 공식으로 귀납하였다.

$$(C) + (V) \ V \ (V) + (N, \ P)$$

— 심소희(2013:170)[9]

앞의 음절구조 공식에 따라 중국어는 주로 V형, VV형, VVV형, CV형, CVV형, CVVV형, VN형, VP형, VVN형, VVP형, CVN형, CVP형, CVVN형, CVVP형 14가지가 있다. 그렇지만 이들은 모두 한 형태소 안에서만 한정되어 있다. 다시 말하자면 중국어의 음절 변화는 둘 이상의 형태소가 결합하여도 음절 간의 연음변화가 없이 음절과 음절끼리 잘 구분되어 있다. 중국인 학습자들이 이런 중국어의 음절 특징의 전이 영향을 받아 한국어 발화에서도 음절과 음절을 끊는 현상을 쉽게 발견할 수 있다. 이런 음절끼리의 휴지 현상도 역시 억양 실현에 영향을 준다. 앞에 제시한 중국인 피험자들의 억양 패턴을 통해 음절 사이 휴지가 있을 경우 해당 억양의 휴지도 많이 존재하고 있음을 확인할 수

---

8 보통 중국어에서 한 음절은 하나의 한자를 나타낸다. 그러나 중국어 '兒話音'의 경우, '花兒(꽃), 樹兒(나무)' 등은 글자가 두 개이지만 [huar], [shur] 하나의 음절로 발음된다.

9 'C'는 자음, 'V'는 모음, 'N'는 비음, 'P'는 폐쇄음을 가리킨다.

있다. 이로써 중국인 화자들의 발화가 많은 경우 모어 화자들에 비해 딱딱한 느낌을 준다.

또 하나의 차이점은 3명의 중국인 학습자가 '-지요'의문문을 발화할 때 '강승강' 억양으로 실현되었지만 모어 화자보다 억양 곡선의 변화가 더욱 명확하다. 이런 현상도 역시 중국어 성조의 영향이 워낙 강하기 때문이다. 곧 중국어의 성조는 선율형(旋律型) 성조이며[10] 높음과 낮음, 상승과 하강, 직선과 곡선 등 다양한 변화가 있어 음악성이 매우 강하다. 이런 운율 규칙이 제2언어인 한국어 습득 과정에서도 작용하여, 모어 화자보다 중국어 화자의 억양 곡선 변화가 더욱 많고 억양 실현이 더욱 부자연스럽다. 게다가 2차 인터뷰를 통해 이 3명의 학습자가 언어생활에서 다른 사람들의 억양을 모방하는 과정에서 점차 억양을 배워 간다고 응답하였다. 그들은 자신 억양의 정확성 여부에 대해서 100% 확신하지 못하지만 모어 화자와 비슷한 것으로 표현한다고 답하였다. 따라서 중급 단계의 중국인 피험자들이 모국어 성조의 영향과 목표 억양을 아직 익숙하게 사용하지 못하는 단계이므로 이런 부자연성은 피할 수 없다.

중급 단계에서 중국인 학습자들이 '-지요'의문문의 실현에서 여러 억양을 극복하지 못하고, 강승강 억양으로 '-지요'의문문을 실현하더라도 모국어 화자의 억양과 많은 차이가 존재한다. 하지만 이 단계는

---

10 성조 언어는 고저형(高低型)과 선율형(旋律型) 두 가지 유형으로 나눌 수 있다. 이 중에서 선율형(旋律型)에 속한 성조언어는 음의 높낮이 이외에 오르내림의 변화에 따라 성조를 구분한다. 성조의 음높이는 시간과 함수관계를 이루기 때문에, 선율형(旋律型) 성조의 음높이는 시간에 따라 높아지기도 하고, 낮아지기도 하며, 또 높기도 평평하기도 하고, 낮기도 하며, 또 아치형을 띠거나 물결모양을 띨 수도 있다. 마치 악보의 멜로디처럼 강한 음악형이다(심소희, 2013: 203).

중국인 학습자들이 목표 억양을 습득하는 시작 단계라고 말할 수 있다. 이 단계의 중국인 학습자들의 목표 억양에 대한 인식의 불명확성, 중국어 성조 전이 영향, 음절 휴지 영향 등 여러 요인으로 인해 도출된 억양은 매우 부자연스러운데, 학습자가 목표 억양을 배울 때 '인식→모방→실현' 과정을 거치기 때문이다.

1차 인터뷰에서 고급 단계 중국인 학습자들이 목표 발화에 대한 인식 정답률은 5급이 65%, 6급은 90%로 나왔다. 그런데 목표 발화에 대해서 정확하게 인식하면 목표 억양에 대한 파악도 다른 단계보다 원어민 화자와의 억양 차이가 더욱 적어야 한다. 그러나 실제 통계 결과를 보면 고급 단계 학습자도 억양 문제가 존재하였다. 간단하게 말하면 고급 단계의 중국인 학습자 중에 강승강 억양의 실현 수가 중급 단계보다 많이 증가하였지만, 다른 억양 양상들도 극복하지 못하고 여전히 존재하였다. 그럼에도 불구하고 고급 단계에서 37.5%의 중국인 피험자들이 목표 발화, 즉 "많이 힘들지요?"를 발화할 때 강승강 억양으로 발화를 하고 있었다. 그들의 강승강 억양은 중급 단계보다 확실히 자연스러웠고, 원어민 화자와 비슷한 것으로 나타날 수 있었다.

특히 앞에서 제시한 중국인 학습자의 음절 휴지 현상이 고급 단계에서 극복되는 추세가 보인다.

다음 〈그림 4〉에서 고급 단계 피험자의 강승강 억양 실태는 음절 휴지 여부에 따라 〈그림 4〉의 (가), (나)처럼 두 가지 유형으로 나눠 볼 수 있는데, 이 두 가지 유형의 비율은 11:4이다. 따라서 음절 휴지로 야기된 억양 휴지 현상은 학습자의 한국어 숙달도에 따라 충분히 나아질 수 있다.

이상을 정리하면 초급 단계의 피험자들은 목표 억양을 실현하지 못하

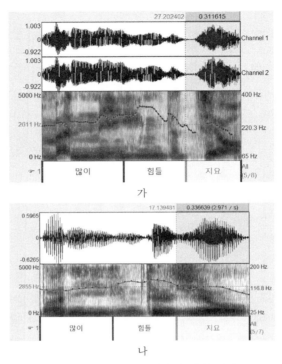

〈그림 4〉 고급 단계 강승강 억양 패턴

고, 대신에 '상승, 하강, 강승, 승강' 총 4가지 억양을 통해 실현된다. 중급 단계의 피험자들은 초급 단계처럼 여러 억양 양상을 가지고 있지만 이 단계에서 7.5%의 학습자가 강승강 억양으로 목표 발화를 실현한다. 그러나 이 단계의 중국인 피험자의 강승강 억양은 모어 화자와 비교하면 음절 휴지 문제나 억양 변화가 매우 부자연스러운 문제도 존재한다. 고급 단계에서는 37.5%의 피험자가 모어 화자와 비슷한 억양으로 목표 발화를 실현한다. 이때의 강승강 억양 실태는 더욱 자연스럽고 음절 휴지 현상도 극복되고 있는 추세가 보인다. 따라서 중국인 학습자들이 한국어를 배우는 과정에 해당 억양 습득이 어렵지만 습득은 가능하다.

2) 한·중 실험 자료의 억양 실태 비교

앞부분은 주로 한국인 화자의 억양과 비교하여 각 단계의 중국인 피험자들의 억양 특징을 정리하였다. 중국인 학습자의 억양 실태를 파악하기 위해서는 원어민 억양과의 비교뿐 아니라 각 단계의 한·중 실험 자료의 억양 비교도 필요하다. 그리하여 이 부분에서는 주로 각 단계의 중국인 피험자들의 한·중 목표 발화인 "많이 힘들지요?"와 "很難吧?"의 억양 실태를 비교하여 각 단계의 억양 특징을 제시하기로 한다. 특히 앞에서 이미 제시한 바와 같이 각 단계별 중국인 피험자들을 두 팀으로 나누어 대조 실험을 진행하였다. 실험 결과를 간단하게 정리하면 다음과 같다.

<표 4> 한·중 실험 자료의 억양 실태

등급	팀	상승 (명/%)	하강 (명/%)	강승 (명/%)	승강 (명/%)	강승강 (명/%)
초급	팀1 '-지요'	7/35	2/10	1/5	0	0
	팀2 '-지요'	3/15	2/10	2/10	3/15	0
	팀2 '吧'	1/10	1/10	0	8/80	0
중급	팀1 '-지요'	3/7.5	5/12.5	6/15	5/12.5	1/2.5
	팀2 '-지요'	2/5	5/12.5	8/20	3/7.5	2/5
	*팀2 '吧'	0	5/25	0	14/70	0
고급	팀1 '-지요'	2/5	5/12.5	6/15	1/2.5	6/15
	팀2 '-지요'	1/2.5	5/12.5	3/7.5	2/5	9/22.5
	*팀2 '吧'	0	2/10	0	15/75	0

[피험자가 목표 발화를 잘못 도출한 상황('吧' 대신에 '嗎'로 발화하기)이 존재할 때 '*'로 표시함]

앞에서 언급한 바와 같이 반수의 초급 단계 피험자가 목표 발화를 의문문의 일종으로 인식하고 있으며, 상승 억양으로 실현하였다. 〈표 4〉를 보면 구체적으로는 초급 단계 팀1에서 7명, 팀2에서 3명, 총 10명의 피험자가 목표 발화("많이 힘들지요?")를 상승 억양으로 실현하였다.

〈표 4〉의 초급 단계의 통계결과를 보면 가장 직관적인 것이 팀1에서 '-지요'의문문은 주로 '상승, 하강, 강승' 3가지 유형으로 실현하는데 반해, 팀2의 억양 유형은 팀1보다 '승강' 억양이 하나 더 있다. 팀2에서 왜 '승강' 억양이 존재하는가가 문제가 된다. 전체적으로 보아 초급(팀1)만 제외하면 중·고급 단계에서 승강 억양이 모두 존재하는데, 이 억양은 모국어 전이의 가능성이 높다. 필자는 이런 억양이 중국어의 경성변음규칙(輕聲變音規則) 전이 영향이라고 생각한다.

경성변음규칙(輕聲變音規則)은 글자 그대로 경성에 의해 일어난 음성 변화이다. 이 규칙을 알아보기 위해서는 우선 중국어 경성에 대해서 검토해야 한다. 경성은 중국인 4성 이외에 특수한 성조 유형으로써 앞 음절의 성조 영향을 받아, 원래의 성조를 쉽게 잃어버리고 매우 가볍게 읽히는 경우이다. 경성에 의해 일어난 경성변음규칙(輕聲變音規則)에 대해서는 중국어 음운 연구에서 많이 다루었는데, 다음은 이재돈(2007:82)의 견해이다.

음평성 뒤의 경성은 次低調(2도)이다.[11]   예) 商量[ṣaŋ¹ liaŋ⁰]

---

11 중국어의 성조를 가장 간편하게 묘사하는 효과적인 방법은 성조를 '5도제(5度制)'로 표시하는 것이다. 즉 5도제는 조역을 5도로 나눈 것으로서, 세로선을 사등분하여 아래에서 위로 1, 2, 3, 4, 5의 다섯 개 점으로 표시하는데, 이는 저(低)·반저(半低)·중(中)·반고(半高)·고(高)의 5도의 음높이를 나타낸다(심소희, 2013: 209).

양평성 뒤의 경성은 中調(3도)이다.	예) 明白[miŋ² pai⁰]
상성 뒤의 경성은 次高調(4도)이다.	예) 紫的[tsɿ³ tə⁰]
거성 뒤의 경성은 低調(1도)이다.	예) 木頭[mu⁴ thou⁰]

– 이재돈(2007:82)

이재돈(2007)에서 제시한 경성변음규칙에 따르면 양평성(즉 2성) 뒤의 경성의 조치는 中調(즉 3성)로 변화한다. 이때의 경성의 억양 패턴은 대체로 상승되다가 다시 하강된다. 말하자면 중국어 문법책에 따르면 의문형 어조사 '吧'[12]는 하강 억양으로 실현해야 하는데 실제 확인의문문 상태에서 경성인 '吧'가 단순히 하강 억양으로 보이지 않고 승강 억양으로 실현된다. 이로써 목표 발화인 '很難吧?'에서 2성인 '難[nan]' 뒤의 경성인 '吧'도 승강 억양으로 실현되는 것이 일반적이다.

이런 경성변음규칙(輕聲變音規則)의 전이 영향이 확실히 각 단계 중국인 피험자에게 직접적으로 영향을 준다. 〈표 4〉의 통계 결과에서 초급 단계(팀2)는 15%, 중급 단계는 20%(팀1: 12.5% + 팀2: 7.5%), 그리고 고급 단계는 7.5%(팀1: 2.5% + 팀2: 5%)의 피험자가 승강 억양으로 '–지요'의 문장을 실현하는 것처럼 중국인 피험자들이 모국어의 경성변음규칙의 전이로 한국어 목표 발화인 '–지요'의문문도 비슷한 억양으로 실현하게 됨을 알 수 있다. 다음은 초급 단계 피험자 중에 승강 억양으로 목표 발화를 실현한 것이다.

---

12 중국어 어조사인 '吧'는 의문문뿐만 아니라, 진술문, 청유문 등 여러 문장 유형에서 사용되는데, 문장 유형에 따라 억양도 달라질 수 있기 때문에, 이를 구분하기 위해서 본고에서는 의문형 어조사 '吧'로 부른다.

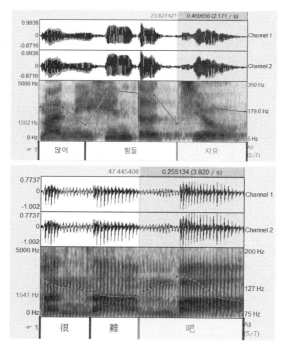

〈그림 5〉 초급 단계(팀2) 승강 억양 패턴

　〈그림 5〉는 팀2의 한 피험자의 승강 억양 실태이다. 중국어의 경성
변음규칙(輕聲變音規則) 때문에 '很難吧?'에서 경성인 '吧'가 승강 억양
으로 실현된다. 발화자의 이런 억양 전이를 극복하지 못하고 한국어
발화에서도 계속 작용하기 때문에 '-지요'도 비슷한 승강 억양으로 실
현하게 된다.

　한편 중국어 문법책에서 경성인 '吧'는 하강 성조로 정하고 있으므
로 중국인 학습자들은 한국어 목표 발화를 할 때 '-지요'는 하강 억양
으로 실현하는 데에 경성인 '吧'의 표준 성조의 영향이 어느 정도 있
을 것이다.

이상를 정리하면 대부분 초급 단계에 처한 중국인 학습자들은 목표 발화를 단순 의문문으로 인식하고 있기 때문에 목표 억양도 압도적으로 상승 억양으로 실현된다. 중국어의 경성변음규칙 전이로 한국어 목표 발화 또한 승강 억양으로 실현된다. 그리고 경성인 '吧'의 표준 성조도 중국인 학습자들의 '-지요'의문문의 하강 억양에 어느 정도 영향이 있을 것이다.

중국인 학습자들이 중급 단계로 가면서 억양 변화도 점차 나아지고 있다. 먼저 2차 인터뷰 결과를 보면 중급 단계 피험자들이 목표 발화인 "많이 힘들지요?"를 확인의문문으로 인식하고 있다. 뿐만 아니라 중국인 피험자들이 중급 단계부터 목표 억양을 실현하기 시작한다. 〈그림 6〉은 앞에 제시된 〈표 4〉의 억양 실태에 의해 정리된 초·중급 단계의 억양 변화를 보인 것이다.

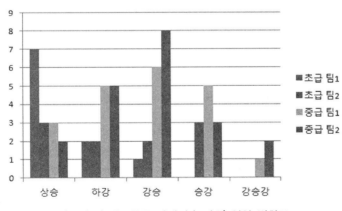

〈그림 6〉 초·중급 단계의 '-지요' 억양 변화도

위의 〈그림 6〉을 보면 초급 단계보다 중급 단계에서 상승 억양을 제외하면 기타 억양의 실현 인수가 모두 뚜렷한 상승세를 보인다. 이는

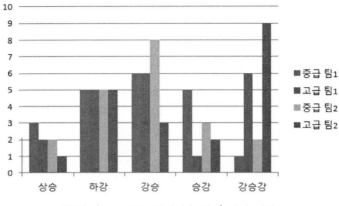

〈그림 7〉 중·고급 단계의 '-지요' 억양 변화도

중급 단계의 중국인 학습자들이 '-지요'의문문은 단순히 상승 억양으로 실현되지 않는다는 것을 인식한 결과이다. 한편 중급 단계에서 가장 두드러진 점은 목표 억양인 강승강 억양이 나타난 것이다. 2차 인터뷰를 통해 이는 중국인 학습자가 한국어를 배우는 과정에서 모어 화자의 억양을 끊임없이 모방한 결과라는 것을 확인하였다.

마지막은 고급 단계인데, 이때의 중국인 피험자들은 한국어가 초·중급 단계 때보다 많이 익숙해져 확인의문문인 '-지요'의문문의 억양에 대한 파악도 많이 이루어진 상태이다. 다음은 중·고급 단계의'-지요' 억양 변화도이다.

위의 〈그림 7〉을 보면 중급 단계부터 하강 억양을 제외하면, 다른 억양들은 각각 변화가 있는 것을 확인할 수 있다. 곧 고급 단계의 중국인 피험자들이 목표 발화에 대한 억양 인식이 강해지면서 목표 발화가 상승 억양, 강승 억양, 그리고 승강 억양으로 실현하는 수가 지속적으로 줄었다. 이와 반면 '하강' 억양은 중급 단계부터 고급 단계까지 별 차이가 없다. 특히 고급 단계에서 강승강 억양이 두드러진 상승세를 보인다. 이는 중국인 피험자들이 중급 단계부터 고급 단계까지 끊임없이 모어 화자와 비슷한 억양을 모방하여 자기 억양을 계속 수정한 결과이다. 다음은 중국인 피험자의 목표 억양인 강승강 억양의 변화도이다.

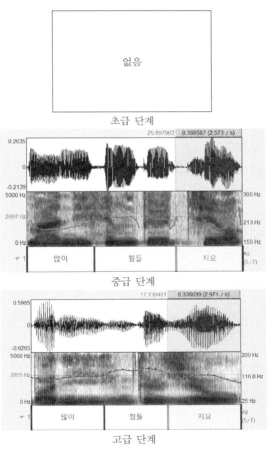

없음

초급 단계

중급 단계

고급 단계

〈그림 8〉 중국인 피험자의 강승강 억양 변화 패턴

위의 〈그림 8〉은 각 단계의 중국인 피험자의 목표 억양 변화 패턴이다. 초급 단계에서 목표 억양 도출은 전혀 불가능하고, 중급 단계에서부터 목표 억양 실현이 시작된다. 다만 중급 단계 학습자가 목표 억양을 도출할 때 억양 휴지 현상도 있을 뿐만 아니라, 억양 곡선도 미끄럽지 않다. 고급 단계 학습자의 강승강 억양을 보면 중급 단계의 학습자의 억양보다 더욱 자연스럽다. 따라서 중국인 학습자들이 실제 언어생활에서 억양 연습을 많이 하면서 자기의 억양을 지속적으로 수정해 가는 과정을 엿볼 수 있다. 여기서 중·고급 팀2에 속한 중국인 학습자가 팀1에 속한 중국인 학습자보다 강승강 억양 실현 수가 더 많다는 현상도 발견되었다.

이상을 보면 중국인 학습자들이 '-지요'의문문에서 강승강 억양의 실현이 가능하지만 연습이 많이 필요하다. 소위 말하면 중국인 피험자들의 억양이 모국어 성조 전이, 음절 휴지, 경성변음규칙 등 여러 원인으로 이미 화석화된 것이다. 이러한 원인으로 중국 학습자들이 고급 단계에 이르러서도 '-지요'의문문에서 강승강 억양을 자유롭게 실현하지 못하는 것은 참 안타까운 일이다.

5. 결론

본고는 '-지요'의문문과 '吧'의문문을 대응시켜 중국인 학습자들의 억양 특징을 밝히기 위해서 10명의 한국어 모어화자와 전남대학교 언어교육원에서 한국어를 연수하고 있는 100명의 중국인 학습자를 대상으로 두 번의 인터뷰와 실제 조사를 진행했다. 수집된 녹음자료는 모두 음성분석을 통해 목표 억양을 파악하였다.

우선 한국어 모어화자의 억양과의 비교를 보면 초급 단계 학습자들이 아직 목표 억양을 도출하지 못하고 '상승, 하강, 승강, 강승' 4가지 억양으로 목표 발화를 실현한다. 중급 단계의 피험자들은 초급 단계처럼 여러 억양을 가지고 있지만 이 단계에서 7.5%의 학습자가 강승강 억양으로 목표 발화를 실현한다는 것이다. 그러나 이때의 강승강 억양은 모어화자와 비교하면 음절 휴지 문제나 억양 변화가 부자연스럽다는 문제도 있다. 고급 단계에서는 37.5%의 피험자가 모어화자와 비슷한 억양으로 목표 발화를 실현한다. 중급 단계보다 이때의 강승강 억양은 더욱 자연스럽고 음절 휴지 현상도 극복되고 있는 추세가 보인다.

또한 각 단계의 중국인 피험자의 한·중 실험 자료를 비교해 보면 초·중·고급의 중국인 피험자들이 목표 언어를 배우는 과정에서 억양이 모국어 성조 전이, 음절 휴지, 경성변음규칙 등 여러 원인으로 목표 억양 이외에 '상승, 하강, 승강, 강승' 억양을 완전히 극복하지 못하고 억양 화석화 현상도 존재한다.

물론 중국인 학습자들이 한국어 억양 습득 과정에서 모국어 전이 영향은 피할 수 없다. 그렇지만 모국어뿐만 아니라 모어의 영향, 즉 학습자들의 방언 성조도 한국 억양 습득에 큰 영향을 미친다. 특히 중국어는 표준어뿐만 아니라 방언도 나름대로의 성조를 가지고 있다.[13] 중국인 학습자들이 갖고 있는 방언 성조는 제2, 제3 언어 습득할 때에

---

13 廣東말은 9가지, 福州말은 7가지, 江西말은 6가지, 湖南말은 5가지 성조를 가지고 있다 (안영희, 2016: 205).

도 영향을 미칠 것이라는 것을 예측할 수 있다. 이 부분과 관련된 내용
은 추후 후속 연구를 통해 진행할 예정이다.

이 글은 지난 2017년 이중언어학회에서 발간한
『이중언어학』 제67권에 게재된 것이다.

참고문헌

곡향봉, 「중국인을 위한 한국어 발음 교육 방안」, 신라대학교 석사학위논문, 2005.

구본관·백재연·이선웅·이진호·황선엽, 『한국어 문법 총론 I (개관, 음운, 형태,
　　　통사)』, 집문당, 2015.

권성미, 「중국인 한국어 학습자의 중간언어에 나타나는 억양의 특성 연구(문두 강
　　　세구와 문말 억양을 중심으로」, 『이중언어학』 45, 2011, 1~25쪽.

김영규·박은선·박정은·안병규·이선영·이영주, 『한국어1-1』, 전남대학교출판
　　　부, 2012ㄱ.

　　　　　　　　　　　　　　　　　　　　, 『한국어1-2』, 전남대학교출판
　　　부, 2012ㄴ.

김태경·백경미, 「중국인 학습자의 한국어 습득 과정에 나타난 강세구 실현 양상
　　　연구」, 『우리말글』 68, 2016, 93~114쪽.

나은영·박근순·양영희·오미라·이정현, 『한국어3』, 전남대학교출판부, 2014.

서정수, 『국어문법』, 집문당, 1994.

송윤경, 「중국인 한국어 학습자의 발음과 억양 연구」, 『언어학』 62, 2012, 145~171쪽.

심소희 역, 『중국 음운학』, 교육과학사, 2000. (唐作藩, 『語音學教程』, 복경대학교
　　　출판사, 1991.)

　　　　 역, 『중국어 음성학』, 교육과학사, 2013. (林燾·王理嘉, 『語音學教程』, 복

경대학교 출판사, 1992.)

안영희, 『현대 중국어 음성학』, 한국HSK사무국, 2016.

양영희·오미라·유영지·최지수·최현정, 『한국어2』, 전남대학교출판부, 2014ㄱ.

양영희·오미라·조혜화·진영아, 『한국어4』, 전남대학교출판부, 2014ㄴ.

예 풍, 「중국인 학습자의 한국어 표준 억양 교육 방안 연구: 드라마 동영상 활용을 중심으로」, 경인교육대학교 석사학위논문, 2015.

오선화, 「중국인 한국어 초급 학습자의 억양 특성 연구(강세구와 문말 억양을 중심으로)」, 『한국(조선)어교육연구』 11, 2016, 89~108쪽.

오재혁, 「숙달도에 따른 중국인 학습자의 한국어 억양 실현 양상」, 『Journal of Korean Culture』 26, 2014, 35~61쪽.

이명진, 「한국어 의문문의 억양 교육 방안 연구」, 『국제어문』 64, 2015, 297~231쪽.

이수행·조정민·박진철·조인숙·박수연, 『이화 한국어(6)』, 이화여자대학교출판부, 2012.

이재돈, 『中國語音韻學』, 學古房, 2007.

이정연·이민경·김민정·박수연·송순미, 『이화 한국어(5)』, 이화여자대학교출판부, 2012.

이조아, 「중국인 학습자의 한국어 억양 지도 방안」, 한남대학교 석사학위논문, 2010.

이진호, 『국어 음운론 강의』, 삼경문화사, 2014.

이호영, 『국어 음성학』, 태학사, 1996.

장혜진, 「한국어 교육을 위한 억양 교육 항목에 대하여」, 『한국어학』 67, 2015, 193~215쪽.

정명숙, 「한국어 억양의 기본 유형과 교육 방안」, 『한국어 교육』 13(1), 2002, 225~241쪽.

_____, 「중국어권 학습자를 위한 한국어 억양 교육 방안」, 『한국(조선)어 교육연구』 3, 2005, 355~374쪽.

_____, 「한국어 학습자를 위한 전략적 발음 교육(중국인 학습자를 중심으로)」, 『한국어학』 39, 2008, 345~369쪽.

정명숙·조위수, 「학습 지역이 한국어 억양 습득에 미치는 영향(중국인 학습자를 중심으로)」, 『우리어문연구』 36, 2010, 327~355쪽.

제갈명·김선정, 「화용론적 기능 중심의 억양 교육을 위한 기초연구~중국인 학습

　　　　자의 한국어 억양 분석」, 『교육문화연구』 16(2), 2010, 191~215쪽.

황현숙, 「중국인 학습자의 한국어 억양 실태 연구: 두 가지 의문문을 중심으로」,
　　　　『인문학연구』 31(2), 2004, 161~182쪽.

_____, 「중국인의 문미 억양 실현 분석과 교육 방안(방복의문문을중심으로)」, 『새
　　　　국어교육』 73, 2006ㄱ, 285~317쪽.

_____, 「중국인의 한국어 의문문 억양 실현 연구」, 충남대학교 박사학위논문,
　　　　2006ㄴ.

呂叔湘, 『漢語語法分析問題』, 商务印书馆, 1979.

劉月華·潘文娛·姑韓, 『实用现代汉语语法(上)』, 商务印书馆, 2001.

_____, 『实用现代汉语语法(下)』, 商务印书馆, 2001.

李茂燦, 漢語語調與聲調, 『語言文字運用』(3), 2004, 57~67.

黃伯榮·廖旭東, 『現代漢語(五版)』, 高等教育出版社, 2011.

Jun, Sun-Ah, *The Phonetics and Phonology of Korean Prosody*. Ph. D.
　　　　dissertation, The Ohio State University, 1993.

_____, *(Korean ToBI) Labelling Conventions(version 3.1)*, 2000.
　　　　http://www.humnet.ucla.edu/humnet/linguistics/people/jun/ktobi
　　　　/K-tobi.html.

제2장

지역어 연구의
한·중 학술 교류 성과

연변 지역어에서의
대화 요청 행위 표현에 대한 고찰

자연 의미 메타언어(NSM) 분석을 중심으로

량빈 · 조재형

1. 緖論

이 글의 목적은 연변 지역어의 대화 요청 행위 표현을 Wierzbicka(2003)[1]
에서 記述한 '자연 의미 메타언어(Nature Semantic Meta-language)'를 이용
하여 고찰하는 데에 있다.

'연변 지역어'는 일반적으로 중국 내 연변조선족자치주에서 사용하
는 조선어를 가리킨다. 연변조선족자치주는 지리적으로 북한의 함경
북도와 양강도와 맞닿아 있다. 따라서 연변 지역어는 해방 전의 함경북
도 방언을 그 모태로 하고 있으며, 현재는 함경북도 방언을 바탕으로
일부 중국어[2] 어휘를 그대로 음역하여 섞어 쓰거나 습관적으로 중국어
를 그대로 사용하기도 하며, 한중수교이후 한국어의 영향을 받아 한국
어식 표현을 사용하는 등의 혼합된 언어 양상을 보이고 있다. 따라서

---

1 Anna Wierzbicka(2003), Cross-cultural pragmatics: The semantics of human
   interaction, Berlin: New York : Mouton de Gruyter, 2nd ed.
2 본문에서의 '중국어'는 일반적으로 '漢語'를 가리킨다.

이러한 연변 지역어의 의미적 특성을 분석하려면 어느 한 언어의 문화 요소만으로 접근하기보다는 함경북도 방언, 중국어, 한국어가 가지고 있는 복합적인 문화요소를 고려해야 할 것이다.[3]

Wierzbicka(2003)에서는 기존의 화용론 이론과 용어들은 자민족 중심주의의 결점이 존재하며, 이러한 문제를 해결하기 위하여 어느 언어권에나 존재하는 '의미 원초소(semantic primitives)'를 추출하여 '자연 의미 메타언어(Nature Semantic Meta-language)'를 이용하여 기술하면 문화권마다 존재하는 차이점을 정확하게 설명할 수 있다고 주장하였고, 또한 많은 특정 언어의 발화 행위와 발화 장르에는 특정 문화가 갖는 특징적인 사회적 상호작용의 형태가 구체화되어 있으며 의미 記述은 메타언어인 보편적 '의미 원초소'로 공식화된 의미 설명의 형태를 취하여야 한다고 주장하였다.[4]

본고에서는 복합적인 문화요소를 고려해야 하는 연변 지역어에서의 대화 요청 행위 표현을 Wierzbicka(2003)에서 제시한 '자연 의미 메타언어(Nature Semantic Meta-language)'[5] 방법론에 기초하여 논의를 진행하고자 한다.

본고에서는 연변 지역어에서 사용하는 대표적인 대화 요청 행위 표현을 설문조사를 통하여 추출하였다. 피조사집단은 성별과 연령을 기준으로 선정하였고, 질문 형식은 개방형 질문(open-ended questions)의 방식을 취하였다.[6]

---

3 연변 지역어의 특징에 대해서는 3장에서 자세히 언급하고자 한다.

4 '자연 의미 메타언어(Nature Semantic Meta-language)' 방법론에 대해서는 2장을 참조.

5 이하 'NSM'으로 표기함.

6 설문조사 방법에 대해서는 4장에서 자세히 기술하고자 하며, 설문지 내용은 부록을

원활한 논의의 전개를 위하여 본고에서는 우선, 2장에서 '자연 의미 메타언어'(NSM) 연구 방법론을 구체적으로 기술하고, 3장에서는 연변 지역어의 특징에 대해 언급하고자 한다. 마지막으로 설문조사를 통하여 추출한, 연변 지역어에서 사용하는 대화 요청 표현을 NSM 방법론을 통하여 분석하고, 나아가 여러 표현들 사이의 의미적 차이점을 살펴보고자 한다.

2. '자연 의미 메타언어(NSM)' 방법론에 대하여

Wierzbicka(2003)은 기존의 화용론[7]에서 보편적으로 사용하고 있는 개념들에 대해 비판적인 태도를 보이고 있다. 즉, Wierzbicka(2003)에서는 기존의 화용론 관련 논의에서 아무런 의심 없이 사용하는 '대화의 격률[8]'이나 '공손성의 원리[9]'에 대하여 실질적인 예문을 통하여 각기

참고할 것.

7 Yan Huang, 이해윤 (역)(2009)에서 화용론은 언어의 사용에 의존하는, 혹은 언어 사용에 의한 의미를 체계적으로 연구하는 것으로, 화용론 연구의 주요 주제들로 함축, 전제, 직시, 화행 등이 있다.

8 이정애(2012:39-40)에서는 아래와 같이 서술하였다. Leech(1983:132)의 '찬동'과 '겸양'의 격률이 본질적으로 보편적인 대화의 원리로 설명될 수 없다. Kochman(1981: 29-30)은 무하마드 알리의 자서전 제목 'I am the greatest'(나는 위대하다)에 대해서 언급하면서, 미국 흑인 문화에서는 '겸양'(modesty)의 규범이 적용되지 않으며 자신에 대한 칭찬을 전혀 부정적인 태도로 보지 않기 때문에 그러한 제목은 자연스러운 일이라고 하였다. 마찬가지로 Honna & Hoffer(1987: 74)는 일본 문화에서는 '타인에 대한 찬사'가 매우 오만하고 무례한 것으로 어겨지기 때문에 가까운 사람에게 칭찬의 말을 해야 할 때조차도 '나는 정말 칭찬의 뜻으로 말하는 것은 아니지만', '나는 칭찬하기에는 너무 주제넘다는 것을 알지만' 등의 문구로 말을 시작한다는 것을 지적하고 있다. 이는 곧 Sohn(1983:132-133)에서 제시한 인간의 대화 법칙이나 상호작용에 대한 다양한 격률들

다른 사회의 인간 상호작용의 규범들은 각기 다른 문화적 태도와 가치
들을 반영하고 있다(이정애 2013:754)고 끊임없이 문제제기를 하고 있다.
특히 주로 영어 중심의 화용론의 이러한 용어들은 다른 언어에서는
그 개념이 분명하지 않을 뿐만 아니라, 다른 언어들은 대부분 이와 동
일한 표현들(equivalents)을 가지고 있지 않은, "매우 앵글로 중심적인
(anglocentric) 표지(labels)"라고 지적하고 있다. 즉 기존의 영어 중심 화
용론 관련 이론들은 앵글로색슨의 자민족 중심주의(ethnocentrism)[10]의
산물이기 때문에 다른 문화권의 언어적, 문화적 태도와 가치를 설명함
에 있어서 문제점이 발생한다. 이정애(2006)에서 자민족중심의 시각은
자신이 속한 문화권의 보편적인 개념과 틀을 사용하므로 다른 문화적
배경에서 형성된 개념과 틀로 설명되기 어려울 뿐만 아니라 궁극적으
로 자기중심적 틀 또는 관점에서 상대국의 문화나 언어를 이해하는
수준에 그칠 수밖에 없다.

　이러한 문제를 해결하기 위하여 Wierzbicka(2003)에서는 NSM을 이
용하여 어떠한 문화에도 치우치지 않으면서도 다문화적이고 특정 문화

은 문화에 따라 다르므로 보편적으로 적용할 수 없다는 것을 증명한다.

9　위의 글, p.39에서 Brown & Levinson(1987)의 '체면 위협 행위'(face-threatening
　acts)에 기초한 '보편적 공손 전략'의 'face'는 한국어의 '체면'의 의미를 담아내지 못한
　다고 하였다. 영어의 'face'는 지위와 상관없이 대인관계에서 누구에게나 요구되는 상
　호작용의 기본 법칙인 한국어의 '안면'에 가까운 개념으로 서양에서 'face'를 지켜주는
　행위는 'politeness(친절)'이지만 한국에서 '안면'을 지키고 지켜주는 방식은 '겸손'이
　다.(최상진 2011:162)

10　자민족중심주의(ethnocentrism)란 W.G. Sumner(1906)가 제시한 개념으로, 개인이
　자기 집단을 중심으로 해서 사물을 보는 관점이고, 자기 문화의 우수성을 믿고, 모든
　다른 사람들은 그것에 준거하여 측정되고 평가된다는 뜻을 갖는다. W.G. Sumner는
　이 용어를 내집단과 외집단의 구분과 관련하여 사용하였고, 그것을 애국주의와 국수주
　의 양자와 결합시켰다.(고영복 2000:310)

적인 의미를 탐구하고자 하였다.

NSM의 핵심 내용은 '의미 원초소'(semantic primitives)가 모든 언어에는 존재하며, 이러한 '의미 원초소'를 자연 언어에서 추출하고, 이들의 결합을 통하여 의미를 기술하는 것이다. 이정애(2006)에 의하면 자연 언어란 다른 많은 언어들, 즉 영어와 한국어와 같이 인간들 사이에서 자연적으로 형성되어 그 언어의 화자들이면 누구나 직관적으로 쉽게 이해할 수 있으며 모든 언어들에서 찾을 수 있는 개념을 형성하고 있으며 복잡하거나 정교한 개념보다는 단순하고 직관적으로 알 수 있는 개념이며, 이정애 외 역(2013:753)에서는 자연 언어로 이루어진 메타언어를 사용할 때 우리는 서로 다른 언어와 서로 다른 문화로 기호화된 의미들을 가장 중립적 관점에서 비교할 수 있다고 하였다.

'의미 원초소'는 문화적 특수성을 최대한 배제한 언어보편적인 메타언어이며, Wierzbicka(2003)에서는 이러한 '의미 원초소'를 上述한 자연 언어에서 추출하였고, 이정애(2011)에서는 이러한 자연 언어는 문화적인 영향을 받지 않는 범언어적인 개념으로 생각하였다. 즉, '의미 원초소'는 모든 언어에 존재하는 것이며 어떠한 문화권이라도 그 의미 차이가 존재하지 않기에 이러한 기술 방법으로 여러 언어를 분석하여야만 자민족 중심주의의 오류를 범하지 않는다는 것이다.

한편, Wierzbicka(2003)에서 호주 영어의 'chiak'는 무분별한 놀림을 뜻하는 'cheek'의 런던 토박이 발음에서 온 것으로, 호주인들은 이를 그들의 국민적인 여흥 혹은 오락의 형태로 보는 경향이 있다고 하였다. 'chiak'는 '동료애', '오락성', '남성성' 등 호주 문화의 가장 특징적인 자질을 반영하고 있는데 이에 근거하여 'chiak'에 대한 호주인들의 기호화된 태도를 아래와 같이 기술할 수 있다.

1)   'CHIAK'의 메타 언어적 분석[11]

　　a. 우리는 당신에 대해 무엇인가 좋지 않은 것을 말하기를 원한다.

　　b. 왜냐하면 우리는 무엇인가에 대해 웃고 느끼기를 원하기 때문이다.

　　c. 우리는 당신이 무엇인가 나쁜 것을 느끼는 것을 원하지 않기 때문
　　　이다.

　　d. 나는 당신이 안다고 생각한다. : 만일 이것을 한 남자가 다른 남자
　　　에게 하는 것처럼 우리가 우리와 같은 누군가에게 이것을 한다
　　　면, 우리는 무엇인가 좋은 것을 느낀다.

　이정애 외 역(2013)에서 'chiacking'의 개념은 호주 문화의 가장 특징
적 자질인 유대감, 동료애, 남자 친구와 함께 행동하는 즐거움, 악담으
로 남성성을 과시하는 것과 관련된 남성만의 유대감이라고 하였다. 1)
의 메타 언어적 방법으로 'chiak'의 이러한 문화적인 특질을 설명할
수 있다. 구성성분 1a)는 'chiacking'이 집단적인 행동이라는 것을 나
타낸다. 1b)는 'chiacking'이 즐거움과 재미를 위해서 행해진다는 것을
보여준다. 1c)는 'chiacking'이 어떤 적대적인 의도가 없는, 쾌활하고
선량한 행동이라는 것을 보여준다. 1d)는 'chiacking'이 전적으로 남성
들만의 것은 아니라고 해도, 무엇보다도 남성의 행동이며, 남자와 남자
사이에 상호적으로 이루어지거나 남자들의 집단에 의해 집단적으로

---

11 'chiack'의 NSM 영어 기술은 아래와 같다.

chiack

　(a) we want to say something bad about you

　(b) because we want to laugh and feel something good

　(c) not because we want you to feel something bad

　(d) I think we know: one feels something good if one can do this with someone
　　　like oneself, like a man with a man

이루어지며 '유대감'과 평등주의를 암시하고 있다는 것을 가리킨다.

1)의 분석처럼 가장 단순한 문법적 틀 속에서 보편적 의미를 표시하는 '의미 원초소'들을 메타 언어적인 방법으로 그 의미를 기술한다면 서로 다른 문화의 가치(또는 문화권마다 존재하는 차이점)를 혼란 없이 설명·이해할 수 있다는 것이 NSM 방법론의 핵심 논리이다.

한국어의 '사과'와 영어의 'apology'는 모두 '자신이 저지른 잘못을 인정하고 뉘우치는 것'을 포함하지만 문화권의 차이로 인하여 의미가 완전히 같은 것은 아니다.[12] 이와 같이 서로 대응, 번역되는 표현들이라도 문화권의 다름으로 인하여 그 의미는 차이를 갖는다. 그러나 기존의 화용론 연구 방법론은 자민족중심주의의 관점에서 다른 문화와 언어를 설명하려고 하기에 정확하게 설명할 수 없다.

NSM 방법론은 Wierzbicka(2003)의 제목 'Cross-cultural pragmatics: The semantics of human interaction'에서 제시한 것처럼 다문화간의 의사소통을 원활하게 하기 위한 것이며 특정 언어에 내재되어 있는 문화의 특징적인 자질을 모든 언어에 존재하는 의미 원초소를 이용하여 기술하는 것이다. 그리하여 자민족중심주의의 오류를 범하지 않고 다문화간의 표현이 가지고 있는 의미적 차이를 쉽게 이해할 수 있어서 비교 문화 화용론과 인간 상호작용에 의한 의미론을 연구하는 데 응용할 수 있다.

이러한 NSM 방법론을 한국어에 적용한 연구들은 크게 세 가지 부류

---

12 한국어 '사과'는 단순히 잘못을 인정하는 데에서 그치는 것이 아니라 그 잘못 때문에 피해나 고통을 받았거나 그럴 수 있었던 상대방에게 용서를 비는 것까지를 포함하고 있지만 영어의 'apology'는 용서를 구하는 것은 포함되지 않는 의미이다.(이성범 2015:266)

로 나누어 볼 수 있다.[13]

    2)   가. 한국어에 NSM 방법론을 적용한 타당성에 관한 연구.
               나. 한국어 어휘를 NSM 방법론으로 기술하는 연구.
               다. 한국어 표현[14]들을 NSM 방법론으로 기술하는 연구.

    2가)와 관련하여, Yoon(2002)에서는 NSM의 의미 원소들 중의 하나인 지시어 'THIS'가 한국어에도 어휘화되어 있는지를 조사함으로써 NSM의 보편 의미원소는(적어도 'THIS'의 개념과 관련하여) 한국어 상황에서 지지되며, 지시어 '그'와 '저'에 대해서도 NSM 방법에 의한 의미 분석을 제안하였다. Yoon(2003)에서는 한국어의 NSM 방법론에 대한 포괄적인 논의로 한국어의 의미 원초소 목록을 추출하여 제시하였다.

    2나)와 관련하여, 이해윤(2005)에서는 NSM 이론에 의거하여 독일어와 한국어의 색채 형용사들에 대한 의미 기술을 시도함으로써 이상적인 사전 정의문 기술의 예를 제시하고 나아가 유형론적 관점에서 영어, 독일어, 한국어의 색채 형용사들 간 의미차이를 살펴보았다. 이정애(2006)에서는 Yoon(2003)에서 제시한 한국어 의미 원초소 목록을 보완

---

13 NSM 방법론을 한국어에 적용한 연구들의 목적은 다음과 같은 변화 양상을 보인다.
   ① 2002-2003년의 연구들은 한국어에 NSM 이론을 적용할 타당성과 방법론적인 연구가 주된 목적이다.
   ② 2005-2008년의 연구들은 한국어의 어휘에 NSM 이론을 적용하여 기술하고 다른 언어와의 대조를 통하여 차이점을 찾는 것이 주된 목적이다.
   ③ 2008년-현재의 연구들은 조금 더 추상적이고 설명하기 힘든 한국어 표현들을 NSM 이론을 이용하여 설명하는 것이 주된 목적이다.
14 여기에서의 표현은 한국어의 담화 표지, 명제, 간투사 등 한국어를 표현하는 데 사용되는 모든 형식을 포함한다.

하여 제시하였다. 그리고 한국어의 '깨다, 부수다, 쪼개다, 나누다'를 NSM 이론을 이용하여 기술하였다. 이정애(2007)에서는 한국어의 감정어 '화[15]'를 NSM에 적용하여 논의하였다. Yoon(2007a)에서는 한국어 '마음'과 영어의 'heart'를 문화적인 차원에서 대조하여 NSM으로 분석하였고, Yoon(2007b)에서는 '정'을 한국 문화 심리학의 이전 연구뿐만 아니라 코퍼스 및 기타 자원에서 수집한 언어적 증거를 기반으로 NSM으로 그 의미를 기술하였다. 이정목(2008)에서는 한국어 교육에 있어서 의미 기술에 대한 연구는 거의 이루어지 않았다는 점에 착안하여 NSM 이론을 사용하여 '기쁘다'류 심리형용사 유의어의 의미를 분석하고 기술하는 방안을 제시하였다.

  2다)와 관련하여, Yu(2008)에서는 NSM을 기반으로 담화 표지 '좀'의 핵심 의미, 문맥상의 실용적 의미, 그것들을 연결하는 방법에 대해 다루었다. 이정애(2010)에서는 한국어의 항진명제에 대한 의미 기술을 유형화하여 분류[16]하고 NSM을 이용하여 기술하였다. 이정애(2011)에서는 간투사[17]의 의미 기술을 NSM의 방법론을 적용함으로써 다양한 상황에서 다양한 쓰임을 보이는 간투사들의 의미를 기술할 수 있는 가능성을 점검해보았다. 이정애(2012)에서는 한국어의 간접적인 표현[18]은

---

15 한국문화에서만 이해할 수 있는 '화'의 의미와 그와 관련한 감정어들의 의미를 설명하는 일이 한국 문화의 잣대를 벗어나 범문화간의 이해를 구현할 수 있을 것으로 생각하였다.

16 한국어의 항진명제를 '일반화의 인식과 부정', '인간 본성에 대한 체념적 인식', '현실 상황의 수용', '차이에 대한 인식', '차이 없음의 인식', '한계에 대한 인식', '바꿀 수 없는 사실', '강조' 등으로 분류하였다.

17 간투사의 의미 불변항들을 '나는 지금 무엇인가를 원한다.'와 '나는 지금 무엇인가를 느낀다.'로 지정하고 이를 각각 의지적 유형과 감각적 유형으로 구분하였다. 이어서 각 유형에 해당하는 국어의 간투사 몇 개를 선택하여 NSM의 의미 기술의 방식에 따라 그 의미에 대해 설명하였다.

언어로 정확하고 구체적인 것을 분명히 말하지 않음으로써 상대에게
선택의 여지를 주거나, 상대의 충격을 완화하고 청자와 화자의 부담감
을 줄이려는 한국어 화자들의 태도가 기호화된 것으로 파악하였고, 이
를 NSM 의미 기술로 재현하였다.

　본고에서는 Wierzbicka(2003)에서 주장하는, 많은 특정 언어의 발화
행위와 발화 장르에는 특정 문화가 갖는 특징적인 사회적 상호작용의
형태가 구체화되어 있으며 의미 기술은 메타언어인 보편적 '의미 원초
소'로 공식화된 의미 설명의 형태를 취하여야 한다는 의견에 기초하여
논의를 진행하고자 한다. 또한 본고에서는 이정애(2006)에서 제시한
'의미 원초소'[19]에 NSM 홈페이지[20]의 'tables of semantic primes'을
참고하여 작성한 '의미 원초소'[21]를 사용하고자 한다.

---

18 간접성을 크게 비언어적 의사소통 방식과 언어적 의사소통 방식으로 구분하였다. 비언
　어적 방식은 '눈치'의 개념과 관련하여 설명하였고, 고정된 언어적 표현으로 나타나는
　간접성은 유사성에 의한 간접표현 'N 같은 것', 대용에 의한 간접 표현 '거시기', 모호성
　에 의한 간접 표현 '괜찮다'로 구분하였다.(이정애 2012:55)
19 이정애(2006)에서 제시한 '의미 원초소'는 Yoon(2003)에서 제시한 '의미 원초소'에 접촉
　의 '닿다'와 특화의 '-이(다)', 시간의 '순간', 공간의 '안' 등의 원소를 추가한 것이다.
20 인터넷 상에서 Natural Semantic Metalanguage의 '의미 원초소'(tables of semantic
　primes) 목록을 다운로드 할 수 있다.
　(https://www.griffith.edu.au/humanities-languages/school-humanities-lang
　uages-social-science/research/natural-semantic-metalanguage-homepage/do
　wnloads)
21 한국어의 의미 원소 목록

3. 연변 지역어의 특징

旣述한 바와 같이 '연변 지역어'는 일반적으로 중국 내 연변조선족자치주에서 사용하는 조선어를 가리킨다.[22] 연변조선족자치주[23]는 지린성 동부지역으로 지리적으로 북한의 함경북도와 양강도[24]와 맞닿아 있

실재어	나, 너, 누구/어떤 사람, 무엇/어떤 일(것), 사람들, 몸
관계적 실재어	(~의) 종류, (~의) 일부
한정어	이, ~같은, 다른
수량어	한/하나, 두/둘, 많-, 몇/약간, 모든
평가어	좋-, 나쁘-
묘사어	크-, 작-
심리적 술어	생각하-, 알-, 원하-(~V+고 싶-), 느끼-, 보-, 듣-
발화어	말하-, 말, 사실
행위, 사건, 이동, 접촉	하-, 일어나-(생기다-), 움직이-(옮기-), 닿-
위치, 존재, 소유, 특정화	(~에)있다, (~가)있-/ 존재하-, 갖-, ~이(다)
삶과 죽음	살-, 죽-
시간	언제/때, 지금, 전(에), 후(에), 오래(동안), 잠깐(동안), 얼마(동안), 순간
공간	어디/곳, 여기, 위, 아래, 멀-, 가깝-, 쪽, 안
논리적 개념	안(V+지 않-), 아마 (으)ㄹ 것-, ~(으)ㄹ 수(가) 있-, (왜냐하면) ~때문(에), (만약)~(으)면
증가어, 강화어	아주, 더
유사성	같-

22 중국에서는 중국 조선족들이 사용하는 언어를 조선어라고 부르는데, 학자에 따라서는 한국어라고도 부른다. 현재 중국에 살고 있는 조선족은 약 200만 정도인데, 주로 동복3성인 길림성, 흑룡강성, 요녕성에 살고 있으며 조선족 인구의 97%를 차지한다. 그 중 연변에 거주하는 조선족이 약 82만 명 정도로 조선족 인구의 43%를 차지한다.(김선희 2013: 72)

23 이하 '연변' 또는 '연변 지역'으로 지칭함.

24 『한국민족문화대백과』에 따르면 1954년 10월 북한의 행정구역 개편시, 함경남도의 혜산군·보천군·운흥군·갑산군·삼수군·신파군·풍산군·부전군 등 19개 군과 함경북도의 백암군과 무산군의 일부, 자강도 후창군의 일부지역이 분리되어 새로운 행정구역으로 '양강도'가 신설되었다.

으며, 연변의 동부는 러시아와 국경을 맞대고 있으며, 과거 일본의 식
민지로서 일본의 지배를 받은 지역이다.

   3) 연변 지역 지도[25]

    전학석(1998)에서 연변 지역은 주로 함경북도 이주민들에 의하여 개
척되었으며 현재 조선족 거주민의 대부분은 함경북도 이주민의 2, 3대
이라고 하였다.
    따라서 이 지역 조선어는 대부분 함경북도 방언과 동일하다고 할
수 있다.[26] 연변 지역어는 대체로 해방 전의 함경북도 방언을 기조로

---

25 『두산백과』에서 인용
    (http://terms.naver.com/entry.nhn?docId=1165681&cid=40942&categoryId=400
    12)
26 전학석(1998:153)에 따르면 연변 지역에도 집단이주 또는 자유이주에 의하여 경상도나
    평안도 등 여러 도의 출신들이 있기는 하지만 극소수에 불과하다고 한다. 연변 지역어
    는 방언학적 측면에서 볼 때 육진지방의 이주민이 주로 살고 있는 지역으로서 '육진

일부 중국말 어휘를 그대로 음역하여 섞어 쓰는 말이라고 할 수 있으며
그 밖에 습관적으로 중국말을 그대로 사용하는 사람들도 있으며(이동
철, 2012:141) 연변의 조선족 노년층이 일본에 의한 식민지교육환경에서
습득한 일본어는 현재 의사소통 수단으로 사용되지는 않지만 아직 그
들의 머릿속에 보존되고 있다(황영희, 2011:67).

　이러한 이유로 연변 지역어는 해방 전의 함경북도 방언을 그 모태로
하고 있으며, 현재는 함경북도 방언을 바탕으로 일부 중국어 어휘를
그대로 음역하여 섞어 쓰거나 습관적으로 중국어를 그대로 사용하기도
하며, 한중수교이후 한국어의 영향을 받아 한국어식 표현을 사용하기
도 하며, 러시아와 인접한 연변 동부 지역은 러시아어를 쓰기도 하고
과거 일본어의 잔재가 많이 남아 있는 등의 혼합된 언어 양상을 보이고
있다.[27]

　'다이글로시아(diglossia)'란 Ferguson(1959)에서 처음 사용하였으며
이 연구에 따르면 한 언어의 두 가지 다른 형태가 한 언어 사회에서
사용되고 있는 현상이다. 그러나 Fishman(1967)은 이 개념을 언어 사회
에서 '서로 다른 두 언어가 사용되는 것'까지 확대하였다. 따라서
Ferguson(1959)의 개념은 '협의의 다이글로시아(narrow diglossia)'로

방언' 구역(경신, 반석, 영안, 밀강, 양수, 월청, 개산툰, 삼합 등)과 육진지방을 제외한
함경북도의 이주민이 주로 살고 있는 '함경북도 방언' 구역으로 크게 두 가지로 하위분
류할 수 있다. '육진 방언' 구역은 주로 투먼에 해당하고, 본고에서 설문조사한 지역인
연변의 중심지 옌지는 '함경북도 방언' 구역에 해당한다.

27 연변 조선족자치주는 길림성 동북에 위치해 있고, 중국, 러시아, 조선 3국 접경지대에
자리 잡고 있으며, 동해에 인접해 있다. 또한 중국과 북한, 한국, 일본 등 나라와 교류에
서도 제일 가까운 지역이다. 이러한 지리적 원인으로 인하여 연변 지역어는 중국어,
러시아어, 북한어, 한국어, 일본어까지 섞여 언어의 혼합이 이루어졌을 가능성이 높
다.(김선희, 2013: 73-74)

Fishman(1967)의 개념은 '광의의 다이글로시아(broad diglossia)'로 불린 다. 이밖에 한 개인이나 사회가 두 언어를 쓰는 상태(2개 언어 병용)를 지칭하는 개념으로 '바일링구얼리즘(bilingualism)'이 있다.

일반적으로 '바일링구얼리즘(bilingualism)'은 개인이 두 언어를 사용 한다는 것을 지칭하며, '다이글로시아(diglossia)'는 사회가 두 언어를 사용한다는 것을 지칭한다는 점에서 차이가 있다. 세부적으로 '바일링 구얼리즘(bilingualism)'은 사용되는 두 언어의 세력 관계가 비슷하여 어 떤 언어를 써도 불이익이 없는 상태를 말하며 다이글로시아는 사용되 는 두 언어 중에서 한 언어가 다른 언어의 위세보다 더 세서 센 언어를 사용하는 것이 유리한 상태, 즉 어느 사회에서 어느 언어를 사용하느냐 에 따라 차별을 받는다는 점에서 그 차이가 있다고 할 수 있다.

연변은 주로 조선어와 중국어를 사용하는 이중 언어 사회인데,[28] 연 변에서의 이중 언어의 성격은 스위스, 싱가포르에서와 같이 혼합적 성 격을 띠거나 미국에서와 같이 종속적 성격을 띠지 않고 조선어와 중국 어가 완전히 평등한 성격[29]을 띠고 있으며(문창덕, 1990:198), 사회공공장

---

28 언어가 셋 이상이 되면 '멀티링구얼리즘(multilingualism)' 또는 '폴리글로시아(poly-golssia)'라고 하는데, 여러 개의 언어가 비슷한 세력을 가진 '멀티링구얼리즘'은 이론 적 가상현실이지 실제로는 존재하지 않고 '바일링구얼리즘'은 벨기에나 캐나다의 퀘백 처럼 드물기는 하지만 존재한다고 한다. 연변의 경우는 조선어, 중국어, 러시아어, 일 본어의 혼합 양상이 있다고 할 수 있으나 주된 언어는 조선어와 중국어이며, 일부 지역 에서 러시아어를, 일부 계층에서 일본어를 사용한다는 점에서 '멀티링구얼리즘(multi-lingualism)'의 특성을 보인다고 할 수 없다.

29 이동철(2012:148)에 따르면 '중화인민공화국 민족구역자치법' 제49조에는 "두 가지 이 상 당지에서 통용되는 언어를 숙련되게 사용할 때에는 장려하여야 한다."고 규정되어 있다. '당지'란 중국어의 '當地'를 '음역+의역'하여 사용한 어휘로, 한국어로는 '현재 처한 곳'을 의미한다.

소의 교제어는 중국어 또는 조선어-중국어 병용 위주로 쓰이며 가정생
활에서는 조선어-중국어 병용이 우세적으로 쓰이는데, 특히 40세 이
하의 현대 가정의 부부사이와 자식과의 대화에서 이런 언어 병용 현상
을 쉽게 찾아볼 수 있다(렴광호 1990:295-196).

따라서 본고에서는 上述한 내용을 근거로 연변 지역은 '바일링구얼
리즘(bilingualism)'의 특성이 있다고 보고자 한다.

오석근(1993: 187-191)[30]과 이동철(2012: 143)[31]에서는 연변 조선족들의
일상용어의 특징을 서술하였는데, 이 두 논의를 종합하여 본고에서는
아래와 같이 연변 지역어의 특징을 세 가지로 분류하고자 한다.

4) 연변 지역어의 특징

　　가. 조선어 문장에 중국어 어휘를 섞어 쓰는 경향이 있다.

　　나. 조선어 문장 구조에 중국어 문장 구성 단위(句)를 그대로 사용하
　　　　는 경향이 있다.

　　다. 한중수교이후 한국어의 영향을 받아 한국어식 표현을 사용하는
　　　　경향이 있다.

---

30 ① 함경도사투리를 중심한 타지방말의 합성
　　② 남북의 분단과 제도의 차이에서 오는 조선어의 특수성
　　③ 세대의 차이에서 오는 언어적 특성
　　④ 중국에 사는 소수 민족으로의 특성

31 ① 회화 가운데 특히 요리 이름이거나 전자 계기 같은 말들은 중국어를 그대로 사용하는
　　경향이 많다.
　　② 어휘뿐만이 아니라 조선말에 중국말 구절을 그대로 섞어 쓰는 경향이 있다.
　　③ 중국말 어휘에 우리말을 섞어 쓰는 경향이 있다.
　　④ 북한 방언과 북한 방언에서 변형된 이형태적 표현이 많이 사용된다.
　　⑤ 중한수교 이후, 중한 교류와 더불어 인적내왕과 메스컴 특히는 TV의 영향으로 지금
　　까지 연변에서는 쓰지 않던 한국어식 표현이 젊은 세대를 중심으로 많이 사용되고
　　있다.

위의 논의들을 종합하면 연변에서는 조선어와 중국어가 동일한 위세로 사용하고 있으며, 조선어와 중국어의 코드 전환[32]이 아주 자연스럽게 진행되고 있다는 것을 알 수 있다. 이정애(2007)에서는 언어의 의미란 그 언어가 속한 문화와 무관하지 않으며, 언어의 진정한 의미는 그 언어가 속한 문화적 배경 안에서 결정된다고 보고 있다. 또한 2장에서 본고는 화용론에서의 언어 분석에 있어서 각기 다른 문화의 언어를 분석할 때 영어 중심의 화용론 용어들로는 다른 언어권의 의미를 정확하게 분석할 수 없으며, 이러한 문제를 해결하기 위하여 어느 언어권에나 존재하는 '의미 원초소'를 추출하여 NSM 방법론을 이용하여 기술하면 문화권마다 존재하는 차이점을 정확하게 기술할 수 있다고 기술한 바 있다.

上述한 바와 같이 연변 지역은 '바일링구얼리즘(bilingualism)'의 특성을 가지고 있다는 점에서 연변 지역어를 정확하게 분석하려면 조선어의 문화적 특징과 중국어의 문화적 특징을 모두 고려해야만 하며, 두 언어에 존재하는 '의미 원초소'를 NSM 방식으로 서술하는 방법론을 사용하여야 한다.

이상의 논의를 증명하기 위하여 본고는 서로 대응되는 한국어의 '놀려주다', 중국어의 '埋汰[mait'ai]', 연변 지역어의 '매태하다'[33]의 사용

---

32 이중 언어 사용자들은 서로 대화할 때, 동일한 담화 내에서 빈번하게 자신들의 두 언어 자료를 통합하는데 이 과정을 코드 전환(CODE-SWITCHING)이라고 한다. 어휘를 차용할 때는 차용 언어가 음운과 억양을 모어 규칙에 맞게 변화시키지만 코드 전환에서는 이러한 변화가 발생하지 않는다. 그 대신 변경된 요소는 원래의 음운 형태를 지니게 된다.(한국사회언어학회, 2002: 476)

33 이 '매태하다'의 어원은 중국어에서 '놀려주다'의 의미를 가진 '埋汰[mait'ai]'에서 음만 가져오고 한국어의 '하다' 구문으로 사용한 것이다.

환경을 분석하고 '매태하다'를 NSM 방법으로 분석하고자 한다.

중국어의 '埋汰[mait'ai]'는 온전히 상대방으로 하여금 기분 나쁘게 하려는 행위이며 친밀감을 위해서 하는 행동은 없다. 한국어의 '놀려주다'는 남자, 여자 모두에게 사용할 수 있다. 또한 어느 정도 친밀감을 표시하기 위해서도 하는 행동일 수 있고 상대방을 기분 나쁘게 만들기 위해서 하는 행동일 수도 있다. 연변 지역어 '매태하다'는 [+남성성]을 가진 것으로 이는 상대방을 기분 나쁘게 하려고 놀리는 것이 아니라 친밀하고 남자다움을 나타내기 위하여 서로 상대방에게 하는 행동을 의미한다. 또한 유흥을 즐기기 위해 하는 행동을 의미하기도 한다. 남자간의 화자와 청자 사이에서 이 행동을 했는데 만약 이로 인해 누군가가 기분이 나빠진다면, 그는 '속이 좁은', '남자답지 못함'으로 사람들에게 인식될 수 있다.

5) '매태하다'의 NSM 분석
   a. 우리는 당신에 대해 무엇인가 좋지 않은 것을 말하기를 원한다.
   b. 왜냐하면 우리는 무엇인가에 대해 웃기를 원하기 때문이다.
   c. 우리는 당신이 무엇인가 나쁜 것을 느끼는 것을 원하지 않는다.
   d. 나는 당신이 안다고 생각한다.: 이는 성인 남자들 사이에서 서로에게 할 수 있는 좋은 감정을 느끼게 하는 행동이다.

비록 한국어의 '놀려주다', 중국어의 '埋汰[mait'ai]', 연변 지역어의 '매태하다'는 서로 대응 번역할 수 있는 것이지만 문화권에 따라 그 의미는 차이가 존재한다. 연변 지역어의 '매태하다'를 5)와 같이 '의미원초소'를 이용한 메타 언어적 분석을 할 수 있다. 이에 한국어의 '놀려주다'와 중국어의 '埋汰[mait'ai]'를 대입하면 우리는 이들 사이의 차이점을 알 수 있다.

즉, 중국어의 '埋汰[mait'ai]'는 '더럽다'의 의미로 '물건이 더럽다 혹은 장소의 환경이 더럽다'에서 '상대방의 기분을 더럽게 하다'로 그 의미가 확장되었다. 이는 앞서 서술한 것과 같이 '친밀감'을 증강하기 위하여 하는 행위는 아니다. 우리는 이를 5) '매태하다'의 NSM 분석 중 5c)에 대입해보면 이 두 표현사이의 차이점을 쉽게 찾을 수 있다. 연변어의 '매태하다'는 이 행위로 '상대방이 무엇인가 나쁜 것을 느끼는 것을 원하지 않지만' 중국어의 '埋汰[mait'ai]'는 '상대방이 이 행위로 하여 무언가 나쁜 것을 느끼기를 원한다.'는 것이다. 한국어의 '놀려주다'는 나이, 성별에 상관없이 모두 사용하는 표현이다. 그러나 연변어 '매태하다'의 NSM 분석 중 5d)의 기술에서 '성인 남자'들 사이에서 사용하는 표현이라고 한정되어 있다. 이로써 우리는 한국어 '놀려주다'는 사회구성원 모두에게 보편적으로 허용되지만 연변어 '매태하다'는 성인 남성이라는 집단에서만 허용된다는 차이를 알 수 있다. '놀려주다', '埋汰[mait'ai]', '매태하다'는 서로 대응되고 번역할 수 있는 언어 표현들이지만 문화권의 차이 때문에 그 의미들이 대응되는 것은 아니다. 따라서 NSM 방법론을 이용하여 모든 문화권에 존재하는 의미 원초소들로 표현들의 의미를 기술하면 각 문화권에만 존재하는 특유의 의미 차이를 쉽게 이해할 수 있다.

4. 연변 지역어에서의 대화 요청 행위 표현 분석

본고에서는 설문조사를 통하여 연변에서 사용하고 있는 대표적인 대화 요청 행위 표현을 추출하려고 한다. 이러한 방식을 취하는 이유는 첫째, 연변 지역어는 아직까지 말뭉치가 구축되어 있지 않은 상태이기 때문에 연구자 개인의 인지로 대화 요청 행위 표현을 확정하면 주관적인 자료가 될 수 있으므로 연구 결과의 신뢰성을 획득하기 어렵다. 둘째, 인간 행태에 대한 이해는 설문조사의 목적[34] 중 하나이기 때문이다.

설문조사와 관련하여, 피조사집단의 선정은 이익섭(1994)에서 제시한 언어의 변화, 변이, 차이를 초래하는 원인들인 '사회 계층, 성별, 연령' 등에서 본고는 성별과 연령을 기준점으로 설문조사를 진행하였다. 이익섭(1994)에서 성별의 다름에 따라 언어 차가 존재하며 연령 또한 언어 변이를 일으키는 주요한 사회적 요인, 또는 사회적 변수의 하나임은 명확한 사실이며 전통방언학자들도 이 점을 일찍부터 인식하여 제보자 선정 기준으로 삼았다. 이는 역설적으로 언어 차이를 초래하는 사회적 요인인 성별, 연령을 제보자 선정 기준으로 하여야만 조사하려고 하는 언어의 내용을 빠짐없이 정확하게 추출할 수 있다. 그러나, 사회 방언은 성별, 연령, 인종에 의해 분화된 것 등을 포괄하는 개념이지만 사회 계층에 의해 분화된 것을 가장 전형적인 사회 방언으로 간주하는 경향이 높다(이익섭 1994:73). 이와 같은 맥락으로 본고에서는 사회 방언은 사회 계층에 의해 분화된다고 생각하여 사회 계층을 제보자 선정 기준으로 삼으면 특정 계층에서만 사용하는 언어만 조사할 수

---

34 Alreck & Settle(2004)은 설문조사는 다음 세 가지 목적 가운데 하나 때문에 실시된다. 첫째, 인간의 행태나 조건을 이해하거나 예측하려는 학문적 또는 전문직업적 목적을 달성하기 위해 설문조사가 실시된다. 둘째, 특정 집단에게 제공하고 있는 재화나 서비스와 관련된 자료를 획득하기 위해 설문조사가 실시된다. 셋째, 청중·관객·독자를 설득하기 위한 목적으로 설문조사가 진행된다.(김경호, 2014: 12)

있기 때문에 기준에서 배제하였다. 또한, 설문 방식과 관련하여 최종후·전새봄(2005:35-36)에서는 개방형 질문은 응답자가 아무런 제약 없이 자유롭게 응답할 수 있도록 만든 설문지이며, 따라서 응답자의 주관적인 판단으로 자유롭게 대답할 수 있는 형식의 질문이라고 기술한 바 있다. 본고는 이를 수용하여 개방형 질문(open-ended questions)의 방식을 취하였다

위의 방식을 종합하여 설문지를 작성하고, 2017년 1월 16일부터 2017년 1월 25일까지 연변조선족자치주 '옌지'시에서 우편 조사와 온라인 조사를 결합한 방법을 이용하여 설문 조사를 진행하였다. 구체적으로 20, 30대 남성들은 온라인 조사를 통하여 진행하고 기타 제보자 집단은 우편 조사로 미리 인쇄된 질문에 대한 답변을 수집하였다.

설문 조사 내용을 종합한 결과는 아래의 〈표 1〉, 〈표 2〉, 〈표 3〉과 같다.

〈표 1〉 연변의 대화 요청 표현

나이[35]	성별	인원	표현
20대	남	10	허드레 치다, 말하자, 술 마시자, 커피를 마시자, 까페에서 보자
20대	여	10	커피를 마시자, 까페에서 보자, 말하자
30대	남	10	허드레 치다, 술 마시자, 말하자, 커피를 마시자, 까페에서 보자
30대	여	10	커피를 마시자, 까페에서 보자, 말하자
40대	남	5	(장소)+보자, 말하자, 차를 마시자, 커피를 마시자, 찻집에서 보자
40대	여	5	(장소)+보자, 말하자, 커피를 마시자
50대	남	5	(장소)+보자, 말하자, 차를 마시자, 커피를 마시자, 찻집에서 보자
50대	여	5	(장소)+보자, 말하자, 커피를 마시자

〈표 2〉 제보자 집단별 표현 출현 횟수

제보자 집단	표현 출현 횟수[36]				
20(남)	까페에서 보자(6)	말하자(10)	커피를 마시자(8)	허드레치다(10)	술마시자(8)
20(여)	까페에서 보자(10)	말하자(10)	커피를 마시자(10)	시간 있어요(8)	
30(남)	까페에서 보자(7)	말하자(10)	커피를 마시자(6)	허드레 치다(10)	술마시자(9)
30(여)	까페에서 보자(10)	말하자(10)	커피를 마시자(10)	시간 있어요(7)	
40(남)	장소+보자(5)	말하자(5)	커피를 마시자(3)	차를 마시자(3)	찻집에서 보자(1)
40(여)	장소+보자(5)	말하자(5)	커피를 마시자(5)		
50(남)	장소+보자(5)	말하자(5)	커피를 마시자(2)	차를 마시자(4)	찻집에서 보자(2)
50(여)	장소+보자(5)	말하자(5)	커피를 마시자(5)		

〈표 3〉 표현별 빈도수

표현	총 출현 횟수	제보자 수	빈도수
말하자	60	60	100
커피를 마시자	49	60	81
까페에서 보자	33	60	55
허드레 치다	20	60	33
장소+보자	20	60	33

---

35 나이를 20대, 30대, 40대, 50대로 분류하여 조사한 것은 1992년도 한중수교이후 연변에서 문화적인 교류와 충돌이 본격적으로 진행되었다고 생각했기 때문이며, 이러한 문화적 현상이 언어에 끼치는 영향은 한중수교 전후로 교육을 받은 20~50대를 조사해야만 가장 잘 나타날 수 있다고 판단하였다.

36 본고의 설문조사 목적은 연변에서 가장 보편적으로 사용하는 대화 요청 행위 표현을 추출하는 것이다. 따라서 본고에서 제시하는 '횟수'는 한 개의 표현이 설문조사 결과에 교차 출현한 총 횟수가 아니라 제보자 집단에서 몇 명에게 사용되고 있는지를 나타내는 것이다. 예를 들어 20대 남성 제보자 집단에서 '허드레 치다'가 총 36번 출현하고 10명의 제보자 모두 사용하였다면 '허드레 치다'의 출현 횟수는 (10)이다.

술마시자	17	60	28
시간 있어요?	15	60	25
찻집에서 보자	3	60	5

〈표 1〉은 설문조사에서 수집한 모든 대화요청 표현을 연령과 성별에 따라 기술한 내용이다. 〈표 2〉는 조사한 표현이 구체적 제보자 집단에서의 출현 횟수를 기술한 내용이며, 〈표 3〉은 〈표 1〉과 〈표 2〉를 종합한 내용인데 〈표 3〉에서 나타난 것과 같이 연변에서 사용하는 대화요청 화행 표현 중 '허드레 치다', '커피를 마시자', '말하자', '까페에서 보자'가 가장 높은 빈도를 보이고 있다.[37] 따라서 본고에서는 빈도수 상위 4개 표현을 NSM 연구 방법론을 이용하여 메타 언어적으로 기술하고자 한다.[38]

---

37 '허드레 치다'와 '장소+보자'형은 출현한 횟수와 빈도수 모두 일치하다. 그러나 '장소+보자' 어형인 '까페에서 보자'를 연구 범위로 선정하였기에 이를 본고의 연구 범위에서 제외하였다.

38 화용표지란 구어의 담화 상황에서 잉여적으로 사용되는 주변적인 언어표현으로서 원래 구상적인 어휘적 의미를 기저로 한 내용어 및 기능어가 문법화를 거쳐 점차 추상적인 화용적 의미를 획득한 담화적 장치이다.(이정애, 2002: 33)
곧 연변어의 '허드레 치다', '커피를 마시자'는 화용론의 제안 화행, '말하자'는 명령 화행, '까페에서 보자'는 약속 화행에 해당한다.
그러나 Wierzbicka(2003)에서는 화용론의 이론을 의미론의 하위분류로 생각하고 화용론의 이론으로 '제안, 요청, 명령'등 화행을 명확히 구분하는데 문제가 존재하므로 이를 메타언어적인 방식 즉 모든 언어에 존재하는 조건 '말하다, 생각하다, 원하다, 좋다, 나쁘다' 등을 사용하여 이러한 표현을 분석하고 나아가 언표내적 효력을 찾으려 하고 있다.
그리하여 NSM 이론을 연구 방법으로 사용하는 본고에서는 '허드레 치다', '커피를 마시자', '말하자', '까페에서 보자'를 표지가 아닌 표현으로 보고 분석한다.

1) '허드레 치다'[39]

'허드레 치다'는 한국어로 바꾸어 말하기에는 적절한 표현이 없으나 군이 표현하자면 '(짓궂은) 농담을 하자' 정도로 번역할 수 있으며 『표준 국어대사전』[40]에는 없는 연변 지역의 표현이다. 이와 관련하여 『표준』에서 '허드레'를 찾을 수 있다.

> 5) 허드레
> 가. 의미 – 그다지 중요하지 아니하고 허름하여 함부로 쓸 수 있는 물건.
> 나. 관련 표현 – 허드렛물(별로 중요하지 아니한 일에 쓰는 물. 허드레물[41])
> 허드렛소리(별로 쓸모가 없고 중요하지 아니한 말. 허드레소리)
> 허드렛소리하다(별로 쓸모가 없고 중요하지 아니한 말을 하다. 허드레소리하다)
> 허드렛일하다(중요하지 아니하고 허름한 일을 하다. 허드레일하다)
> 허드레옷(허드렛일을 할 때 입는 옷.)

5)에서 기술한 바와 같이 '허드레'[42]는 '중요하지 않고 허름한 물건'을 의미하며, 『표준』에서 제시하는 품사는 '명사'이다. 『표준』에서 제시하

---

39 그 구성이 '허드레치다' 혹은 '허드레 치다'로 추정되지만, 이후의 논의를 살펴보면 '허드레 치다'의 구조가 맞는 듯하다.

40 이후 논의의 편의상 『표준』으로 지칭하고자 한다.

41 '허드레물'은 북한어이다. 5)의 각 어휘의 ( ) 안에는 『표준』에서의 해당 어휘의 의미와 북한어 형태를 각각 제시하였다.

42 『어원사전』에 따르면 '虛'에 접미사 '-도래'가 붙어 '虛도래'로 파생되었고 '(虛도래 〉) 허도래 〉 허드레'로 형태가 변화하였다.

는 '허드레' 관련 명사 어휘로는 '허드렛물', '허드렛소리', '허드레옷', '허드레꾼'이 있는데, 그 어휘 구조를 살펴보면 '허드렛물', '허드렛소리'는 'N1 + ㅅ + N2' 구조로, 이때의 'ㅅ'은 기원적으로 'N1'로 하여금 'N2'를 수식하게 하는 기능을 하는 것으로 보인다.[43] '허드레옷'의 경우 앞서 설명한 두 어휘와는 다르게 'ㅅ'이 없는데, 이럴 경우 '허드레'를 접두사로도 분석할 수 있으나 『표준』에서 제시하는 '허드레' 관련 다른 어휘들을 참고하면 아직까지 '허드레'는 접사화가 되지 않은 것으로 보이기 때문에 '허드레옷'의 구조를 'N1 + N2'로 파악하여 합성어로 볼 수 있을 듯하다. '허드레꾼'은 'N + s(접미사)'의 구조로 파악할 수 있다.

한편, '허드렛소리'와 '허드렛소리하다'를 비교하면 '허드렛소리'에 접사 '-하다'가 붙어 '허드렛소리하다'가 파생된 것으로 보인다.

북한의 경우, '한글맞춤법통일안'에서 규정한 사이시옷을 수정해서 사용해 오다가 '조선말규범집'(1966) 이후부터는 쓰지 않기로 규정하고 있다.[44] 따라서 연변의 지역적 특성[45]과 이 지역의 조선어 문법이 북한 문법의 영향을 받은 점을 고려하면[46] 연변 지역어 '허드레 치다'의 '허드

---

43 이 'ㅅ'이 관현격조사인지 사이시옷인지는 본고의 논의 대상이 아니므로 이에 대한 언급을 피하고자 한다.

44 북한에서는 사이표를 사용하던 1966년의 '조선어규범집'의 규정을 삭제한 이후 말의 혼동을 피하기 위한 사이시옷을 첨가하는 경우가 있기는 하지만 '조선말규범집'(1987) 이후 합성어에 아무런 표시를 하지 않고 있다. 예외적으로 '샛별, 빗바람, 샛서방' 등의 단어에서 사이시옷의 재사용을 허용하고 있다.

45 3장에서 旣述한 바와 같이 연변 지역은 주로 함경북도 이주민들에 의하여 개척되었으며 현재 조선족 거주민의 대부분은 함경북도 이주민의 2, 3대이다.

46 연변에서는 한국의 '허드렛일'을 '허드레일'이라고 표기한다.

레'는 북한 방언의 영향을 받은 것으로 추측할 수 있다.

한편, '치다'가 나타나는 의미가 무엇인지를 해결하여야 하는데 한국과 북한에는 모두 '허드레 치다'라는 표현이 존재하지 않으나 『표준』에서 제시하는 '치다'의 의미를 참고할 수 있다.[47]

6) 가. 치다 - 속이는 짓이나 짓궂은 짓, 또는 좋지 못한 행동을 하다.
　　나. 사기를 치다
　　　　야바위를 치다
　　　　그는 사고를 치고 경찰서에 들어갔다.
　　　　그는 부모님에게 책을 산다고 거짓말을 쳐 술을 마시곤 했다.

6가)의 '치다'의 의미는 북한의 『조선어사전』에서는 수록되지 않은 의미로, 부정적인 의미를 가진 '허드레'와 공기할 수 있는 의미적 친밀성이 있다. 6나)의 '사기를 치다', '야바위를 치다', '거짓말을 치다'나 또는 한국어의 '뻥을 치다'를 감안하면 북한의 '허드레'에 한국어에서 6)의 '치다' 구성을 차용한 것으로 보인다. 특이한 점은 '허드레 치다'의 '허드레'는 5가)에서 제시한 '그다지 중요하지 아니하고 허름하여 함부로 쓸 수 있는 물건'을 의미하지 않고 '부정적이거나 비속적인 말 또는 표현'으로 그 의미가 확장되었다는 점이다. 연변 지역에서 '허드레 치다'는 [+친밀성]의 표현으로 볼 수 있다. 즉 이는 친밀한 사이에서만 이러한 표현을 사용한다는 것인데 아래의 예문과 같이 나타나고 있다.

---

47 한국어에서 일상생활에서 많이 사용하는 비속어로 '구라를 치다'가 있기는 하나 이는 일본어의 영향을 받은 것이므로 본 논의에서는 제외하기로 한다.

7) 가. 허드레 치기나 가기오/허드레 치러 가겠소[48].
   나. 나와서 허드레나 치자.

7가)는 아랫사람이 윗사람에게 말하는 것이고 7나)는 친구 사이 또는 아랫사람에게 하는 표현이다. '허드레 치다'는 화자와 청자 사이에 어느 정도의 친밀성을 가져야만 사용할 수 있으며 처음 만난 사이에서는 사용하지 않는다. 또한 '허드레 치다'는 [+남성성[49]]과 [+젊음]의 의미적 자질을 내재하고 있다. 즉 '허드레 치다'는 20-30대 남성들 사이에서만 사용하며, 여성이나 40-50대 남성들에서는 거의 사용되지 않는다. 이에 대한 구체적 용례는 다음과 같다.

8) 가. 허드레 치며 술이나 마시자.
   나. 허드레 치개? 죽개?

8가)와 같은 표현은 대부분 친구 관계인 젊은 남성들 사이에서 사용되는 경우가 많으며, 8나)와 같이 친구 관계인 젊은 남성들 사이에서 '죽개?'[50]와 같이 사용되는데, '허드레 치다'가 이러한 심한 말투, 나아가 비속어와 함께 사용된다는 점에서 [+남성성]을 가지고 있다고 볼

---

48 연변 방언에서 존대법으로 어미 '-오/-우, -소'등을 사용하고 있다.
49 이익섭(1994:121-124)에서 남자들은 오히려 사투리를 남성다움의 한 표징으로 여기고 있기 때문에 여자들에 비해 사투리를 많이 고수한다.(Trudgill, 1983a: 168 ; 1983b: 88 ; Fasold, 1990: 98-99) 남자들의 이러한 경향을 Fasold(1990: 99)는 Key(1975)의 '반란'이라는 규정에 맞추어 남자들은 사투리를 지킴으로써 기왕에 확보한 전통적 이권을 유지할 수 있으므로 표준형 선택을 두고 남녀가 벌이는 서로 자기의 영토를 확보하기 위한 일종의 투쟁으로 파악하였다.
50 연변 방언으로서 한국어의 '죽을래?'와 같은 것이다.

수 있다.

상술한 [+친밀성], [+남성성] 등을 고려하고, '의미 원초소'를 이용하여 메타언어적인 방식으로 '허드레 치다'를 기술하면 아래와 같다.

> 9) '허드레 치다.'
>
> a. 나는 너와 무언가 하기를 원하며 너도 나와 이것을 하기를 원한다.
> b. 이것으로 너와 나 모두 좋은 것을 느낀다.
> c. 나는 너에게 좋은 것도 말할 수 있고 나쁜 것도 말할 수 있지만 이것으로 우리 모두 슬퍼하지는 않는다.
> d. 나는 너도 안다고 생각한다. 젊은 남자가 다른 젊은 남자에게 하는 것처럼 우리가 이것을 한다면 우리는 무언가 좋은 것을 느낀다.

9)의 메타 언어적 분석에서 구성성분 9a)는 화자와 청자 모두 이 행위를 원하기에 친밀성이 있다는 것을 보여준다. 9b)는 화청자 모두 좋은 감정을 느끼기에 친밀감을 증강하는 행위라는 것을 보여준다. 9c)는 적대적인 의도가 없고 이는 즐거움을 위하여 하는 행동이라는 것을 보여준다. 9d)에서 '허드레 치다'는 전적으로 젊은 남자들 사이에서 하는 행동이며 이러한 행동으로 젊은 남자들은 무언가 좋은 감정을 느껴 친밀감을 증강한다는 것이다.

이와 같이 '허드레 치다'의 개념은 어느 정도 친분이 있는 젊은 남성 사이에서 '악담'의 형식으로 행해지지만 도리어 유대감을 증강하고 친밀감도 상승한다는 것이다.

2) '말 하자'

　　10)　철수야 말하자.

　　한국어의 인식으로 10)의 핵심적인 의미는 '철수야 너는 왜 말을 하지 않니?, 말을 좀 많이 해'라는 의미로 해석이 가능하지만 연변에서는 이 문장을 들었을 때 '철수한테 할 말이 있는 것 즉 어떠한 주제로 그와 대화를 요청하는 것'으로 받아들일 수 있다. 즉, 연변 지역어의 '말하자'는 한국어의 '얘기하자'와 대응된다. '말하자'는 일반적으로 화자가 청자보다 윗사람이거나 동등한 위치에서만 발화가 가능하지만 부모와 자식 사이에서도 가능하다.

　　11)　가. 수업 끝나고 말 좀 하자.
　　　　　나. 엄마 저녁에 시간 있어? 말 하자구.

　　11가)는 학교에서 친구 사이와 선생님이 학생에게 말을 하는 두 가지 상황에서 모두 사용할 수 있다. 첫째, 친구 사이에서의 '말하자'의 함의는 한국에서 '수업 끝나고 옥상으로 와.'라는 함의와 비슷한데 무언가 나쁜 것을 말하거나 싸울 것이라는 것을 암시한다. 둘째, 선생님이 학생에게 이러한 표현을 한다는 것은 한국어의 '얘기하자'와 같이 '무언가 지시 사항을 전달하고, 이 지시사항을 하기를 원한다.'라는 함의를 가지고 있다. 11나)는 부모 자식사이에서 '말 하자'가 어느 정도 허용된다는 것을 보여주는 예이다. 즉 '말 하자'에서는 화자가 자신이 원하는 것을 청자가 반드시 하기를 바라는 [+강압성]을 추출할 수 있다. 이를 메타 언어적으로 분석하면 아래와 같다.

12) '말 하자'
   a. 나는 당신에게 무언가 원하고 있는데 이것은 누구나 원할 수 있는 것이다.
   b. 나는 당신에게 무언가 나쁜 것 또는 원하는 것이 있다.
   c. 나는 당신보다 사회적으로 위에 있기에 원할 수 있다.
   d. 나는 이것으로 당신이 다시는 내가 나쁘다고 생각하는 것을 하지 않기를 원한다. / 나는 이것으로 당신이 내가 원하는 것을 해줄 것이라고 믿는다.
   e. 당신은 그렇게 할 것이라고 나는 생각한다.

12)의 메타 언어적 분석에서 구성성분 12a)는 누구나 할 수 있는 행위로 보편성을 보여준다. 12b)는 화자가 청자에게 무언가 불만이 있다는 것을 보여준다. 12c)는 나이가 많은 사람이 나 사회 계층에서 위에 있는 사람만이 할 수 있는 행위라는 것을 나타낸다. 12d)와 12e)는 화자가 느끼고 있는 불만을 청자는 인지하여야 하며 반드시 그 불만을 해결하여야 한다는 강압성을 나타낸다.

이로서 '말 하자'의 의미는 누구나 자신보다 나이 혹은 사회 계층이 아래인 사람한테 할 수 있는 행위이며 청자는 화자가 원하는 것을 반드시 만족시켜야 한다.

3) '커피를 마시자'

일반적으로 한국어에서의 '커피를 마시자', 중국어의 '喝杯咖啡[xɣ bei kʻA̩ fʻei]', 연변 지역어의 '커피를 마시자'는 서로 대응되는 것으로 상호 번역할 수 있다. 그러나 중국어의 '喝杯咖啡[xɣ bei kʻA̩ fʻei]'는 중국인에게 '커피를 마시며 대화하자'라는 함축적 의미보다 '단순히 커피를 마시자'라는 1차적 의미로 인지된다.

13)[51] 가. 小明, 一起去喝咖啡.[ɕiɑu miŋ, ji tɕ'i tɕ'y xɣ k'ʌ f'ei]
　　　　나. 老板, 喝杯咖啡.[lɑu ban, xɣ bei k'ʌ f'ei]

13가)의 내용은 '小明[ɕiɑu miŋ][52]'이라는 사람한테 '커피 마시러 가자.'는 내용인데 이는 대화보다 커피를 마시는 행위에 중심을 둔다. 13나)는 '사장님, 커피를 마시죠!'인데 이 또한 13가)와 같다. 중국어의 '喝杯咖啡[xɣ bei k'ʌ f'ei]'는 화자와 청자사이의 관계와 상관없이 '커피를 마시는'이라는 의미에 초점이 맞춰져 있다. 다음의 한국어 대화에서의 '커피를 마시자.'는 '커피를 마시는 행위'와 '커피를 마시는 것보다 대화를 나누자'라는 두 가지 의미를 표현함을 알 수 있다.

14) 맥락: 직장에서 부장이 과장한테 한 말
　　　김과장, 커피나 한잔 하지.

14)에서는 직장이란 공간에서 일반적으로 부장이 과장에게 이 표현을 사용하면 '커피를 마시자'라는 행위에 초점이 맞춰졌을 수 있다. 그러나 이 발화 전에 김과장이 상사한테 쓴 소리를 들었다고 가정하면 이 표현은 '커피라는 방식을 통하여 대화를 하자'라는 '대화 하자.'에 초점이 맞춰져 있다고 할 수 있다. 한국어와 중국어에서의 '커피를 마

---

51 중국어 예문(12)를 한국어로 번역하면 아래와 같다.
　　(12가) 쇼우밍, 같이 커피 마시러 가자.
　　(12나) 사장님, 커피 한잔 하시죠.
52 중국어에서 이름 앞에 '小'를 결합하여 사용하면 이는 자신보다 아랫사람이거나 같은 위치에 속하는 사람을 지칭하는 것이다.

시자'라는 표현을 비교하면 아래 〈표 4〉로 정리할 수 있다.

〈표 4〉 한국어 '커피를 마시자'와 중국어 '喝杯咖啡'의 차이점

언어	한국어	중국어
표현	커피를 마시자	喝杯咖啡
의미	커피를 마시는 행위에 초점	커피를 마시는 행위에 초점
	커피를 마시는 행위보다 이를 통하여 대화하는데 초점	

〈표 4〉에서 볼 수 있는, 한국어와 중국어에서의 '커피를 마시자'라는 표현이 의미하는 차이점은 중국에서 아직까지도 커피보다는 차(tea)를 더 즐겨 마시므로 '커피를 마시자'라는 것은 단지 그 행동을 하자라는 점에서 기인하는 것으로 보인다. 즉, 아직 중국어 내에서 '喝杯咖啡 [xɤ bei kʼʌ fʼei]'가 한국어의 '커피를 마시자'가 가지는 담화 표현의 단계에는 이르지 않았다는 것이다. 그러나 연변 지역은 한국의 언어, 문화 등과의 접촉 빈도가 매우 높기 때문에 중국의 다른 지역보다 한국의 영향력이 높다고 할 수 있다. 이러한 이유로 연변에서는 '커피를 마시자'라는 표현은 '커피를 마시는 행위' 외에 '대화를 하자, 수다를 떨자' 등을 의미하며, 오히려 단순히 '커피를 마시자'라는 의미보다 '대화를 하자, 수다를 떨자' 등과 같은 의미로 받아들이는 경향이 강하다.

한편, 연변 지역어의 '커피를 마시자'는 [+여성성]의 특성을 가지고 있다. 이는 '커피를 마시자'라는 표현을 여성들이 많이 사용하며, 남성들이 사용하더라도 연변에서는 이를 여성적인 행동으로 생각한다는 점에서 기인한다.[53]

15) 가. 오후에 커피나 마실까? (여자 친구 간에 수다 떨자고 말하는 맥락)

　　　나.　A: 커피나 마실까?

　　　　　B: 남자(가)[54] 무슨 커피야. (남자 사이의 대화)

15가)는 여성 사이에 흔히 한국어의 '수다를 떨자'는 것과 같은 의미 표현으로 20-50대 사이에서 광범위하게 사용한다. 15나)는 화자가 '커피나 마시며 말하면서 놀자.'고 제의하자 청자는 '남자가 뭔 커피냐!'라고 핀잔을 주는 대화 내용이다. 즉 남성 사이에서 '커피를 마시면서 대화를 하는 것'은 여성들이 하는 행동이라고 말하는 것이다. 물론 현재 연변 지역에서 남자 사이에서도 만나면 '커피 마시러 가자', '커피를 마시자'를 사용하지만, 연변 지역의 언중 간에는 '커피를 마시자'라는 표현은 [+여성성]이 있는 것으로 여기는 경향이 강하다.

'커피를 마시자'는 '허드레 치다'와 같이 서로 간의 친밀감을 높이기 위하여 하는 행위이다. 그러나 '허드레 치다'는 앞서 기술한 '매태하다', '악담'을 동원하여 친밀감을 높이는 반면에 '커피를 마시자'는 오직 '칭찬'을 통하여 친밀감을 증강한다는 차이점이 있다.

위의 내용을 메타 언어적으로 기술하면 아래와 같다.

　16) 커피를 마시자

　　　a. 나는 원한다.

　　　b. 나는 당신과 무언가 좋은 관계를 가지고 싶다.

---

53 박경래(2002)에서는 연변인들의 언어 태도를 이익섭(1996)의 설문 조사를 인용하여 살펴보았다. 그 중에서 한국어에 대한 연변인들의 언어태도는 '부드럽고, 상냥스러우며, 세련되어 보이는 것'이라고 하였다.

54 정확한 문법에 의한 문장이라면 남자에 조사를 사용하여야 하지만 연변 방언에서는 이러한 조사가 생략되어도 그 의미에 영향이 없는 경우도 존재한다.

　　c. 나는 당신에게 좋은 것만 말하고
　　　　"　　　원하는 것이 없다.
　　d. 나는 안다 당신도 나한테 무언가 나쁜 말이거나 행위를 하지 않을
　　　것을.
　　e. 우리는 이러한 행위로 더 좋은 관계가 될 수 있다고 생각한다.
　　f. 남성들 사이에서도 많이 쓰이지만 여성적인 것으로 생각한다.

　　16)의 메타 언어적 분석에서 구성성분 16a)와 16b)는 무언가 좋은 관계를 가지고 싶어 하는 친밀감을 증강하려는 행위인 것을 보여준다. 16c)와 16d)는 서로 상대방에게 부탁이나 '악담'등 친밀감을 위험할 수 있는 행위를 하지 않고 오직 유대감의 증강에만 초점을 둔 행위인 것을 보여준다. 16e)는 친밀감과 유대감을 증강하는데 효과적인 행위라는 것이다. 16f)는 비록 남성들 사이에서도 이 표현을 많이 사용하지만 아직도 이것을 여성적인 행동으로 생각한다는 것이다.

　　메타 언어적 분석을 통한 '커피를 마시자'의 의미는 '악담'이 아닌 '칭찬'으로 친밀감과 유대감의 증강에 초점을 둔 여성적인 행동으로 인지되는 행위이다.

4) '까페[55]에서 보자'

　　17)　가. 한국어: 카페에서 만나자.

---

55 한국어에서의 정확한 표기법은 '카페'이지만 연변에서는 [까페]로 발음하는 경우가 더 많고 표기도 '까페'로 하므로, 연변 지역어에서의 '카페'는 '까페'로 표기하기로 한다. 중국어에서 '카페'는 영어 발음과 유사한 '咖啡厅[ka fei ting]'으로 발음하는데 연변에서는 [까페]로 발음한다. 그 원인으로 한국 드라마에서 대부분 '카페'를 [까페]로 발음하는 영향을 받았다고 생각한다.

나. 중국어: 咖啡厅见.[kʼʌ fʼei tʼiŋ tɕiæn]
다. 연변 지역어: 까페에서 보자.

17가)의 한국어 '카페에서 만나자'와 17나)의 중국어 '咖啡厅见[kʼʌ
fʼei tʼiŋ tɕiæn]'은 '카페에서 만나서 시간을 보내자'라는 '시간적' 의미
보다 "카페'란 장소에서 만나자'라는 '공간적' 의미에 치우친 것으로
보인다. 그러나 17다) 연변 지역어의 표현은 '공간'보다는 '시간'에 더욱
초점을 두고 있다. 즉 이 표현을 사용하면 연변에서는 화자와 청자 모
두 '까페'란 공간보다 '까페'란 공간에서 시간을 보내자'라고 이해한
다.[56] 이러한 '공간'과 '시간' 사이의 관계 또는 '공간'에서 '시간'으로의
변화는 이미 철학, 물리학, 언어학 분야에서 광범위하게 논의되었던
내용이다.[57]

---

[56] 비트겐슈타인의 '언어게임'을 결합하여 분석하면 '지금 까페에서 보자'라는 문장의 '게
임' 즉 언어적 상황에서 언어 사용자가 '까페에서 만나고 무언가를 하며 시간을 같이
보내.'라는 변화가 발생할 수도 있다. 즉, '공간'을 나타내는 '까페'에서 '시간'을 나타내
는 '까페'로 변화할 수 있다.

[57] 객관적인 세계에 대한 인식은 공간에 대한 인식으로부터 시작된다고 해도 과언이 아니
다. 공간 개념은 다른 개념을 구축하는 기초가 되며 공간 범주는 인간의 인지와 사유의
출발점이라 할 수 있다.
언어학에서 시간개념과 공간개념의 상관성을 본격적으로 검토한 논의로는
Lyons(1977), Lakoff & Johnson(1980), Heine & Claudi(1990) 등이 있다.
Lyons(1977: 718)에서는 'Localism'이란 개념을 제시하였는데, 'Localism'에서는 공간
적인 표현들이 비공간적인 표현에 비해 문법적으로나 의미적으로 더 기본적이며, 비공
간적인 표현들을 형성함에 있어 그 근본이 된다고 기술한다. Lakoff and
Johnson(1980: 7-34)에서는 사람들이 추상적인 개념을 구체적으로 표현하고 싶을 때,
은유(Metaphor)를 통해 추상적인 개념을 구체적인 개념으로 표현한다고 설명하며, 은
유가 언어적이기보다는 개념적이며, 많은 기본적인 개념 영역들이 은유를 통해서 이해
된다고 기술하였다. Heine & Claudi(1990)에서는 여러 언어의 문법화를 고찰하면서
문법화를 겪기 이전의 어휘들이 신체나 사물 또는 공간과의 관련성이 높다는 것을 발견

　　연변 지역어의 '까페에서 보자'는 [+격식성]의 자질을 가지고 있는
데 이는 중국 문화의 영향을 받았다고 볼 수 있다. 중국에서의 '차를
마시자'와 '찻집에서 보자'는 한국어의 '커피를 마시자'와 '카페에서
보자'와 서로 대응되는 것으로 '만나서 얘기를 하자'를 의미한다. 한
국어 표현 '커피를 마시자'와 '까페에서 보자'는 어느 표현이 더욱 격
식에 신경을 써서 하는 행위인지 알 수 없다. 그러나 한국어와 달리
중국어의 '차를 마시자'는 가볍게 만나서 대화를 나누자는 것이고 '찻
집에서 보자'는 격식을 차려 최대한 정중하게 대화를 부탁하는 것이
다. 이러한 문화가 연변어에도 영향을 끼쳐 '까페에서 보자'는 [+격식

하였다. 특히, 신체(Person)와 관련성이 높은 어휘는 다음과 같이 점차 사물(Object)이
나 공간(Space)을 의미하는 어휘로 점차 변하고, 다시 은유나 문법화의 과정에서 화용
론적인 강화를 통하여 점차 시간(Time) 등의 기타 범주에 해당하는 의미를 갖게 된다는
것이다. 임지룡(1980)에서는 시-공간 개념에서 어휘적 장치와 통사적 장치가 상호보완
적인 유기성을 지닌다고 하면서 시간개념에서의 시제와 상응한 개념으로 공간개념에서
의 공제의 설정을 제안하였으며, 한 어휘가 시공 표현에 동시에 존재하는 것은 공간어
의 구체성이 감각적 인식의 유추에 의해 시간어로 전이된 것으로 보았다.
조재형(2014: 1028)에서는 이러한 내용을 이용하여 부사격조사 '-에'의 의미 중에서,
'시간, 자격, 원인, 도구' 등과 같은 추상적인 개념영역을 '처소, 장소, 위치'와 같은
구체적인 개념 영역을 통해서 은유적으로 이해한다고 보았다. 또한 이러한 이론적 근거
를 이용하여 조재형(2016a)과 조재형·최홍열(2016)에서는 각각 부사격조사 '-에'와
'-에서'의 의미 확장에 대해 논의하였다.
한편, 물리학 분야에서는 공간과 시간을 상대적인 것으로 보는 견해도 있다. 손평효
(2012: 28)에 따르면 라이프니츠와 아인슈타인은 공간이나 시간은 어떤 실체적 현실을
갖는 것이 아니고 어떤 물적인 것이 존재할 수 없다고 보았다. 따라서 공간과 시간은
절대적인 것이 아니라 그 때, 그 때의 관찰자의 기준에 따라 상대적으로 확정되는 것으
로 보았다. 모든 사물의 위치 관계는 반드시 다른 사물과의 관계 속에서 도출될 수밖에
없다는 것이다. 이는 공간과 시간은 관찰자가 다른 지점에 있으면 달라질 수 있는 것임
을 의미한다.
上述한 논의를 종합하면, '공간'과 '시간'은 분리가 불가능한 것이며, 맥락이나 상황에
따라 교차하여 사용된다고 볼 수 있다.

성]을 가지게 되었다.

18) 가. 계약서 때문에 그러는데 까페에서 보기쇼.
　　 나. 나 할 말이 있는데 까페에서 함 보자.
　　 다. 까페에서 만나 생각해 보자.

　18가)는 비즈니스적인 관계에서 하는 화행이다. 연변에서는 비즈니스와 관련된 대화를 요청할 때에는 '까페에서 보자'를 선택하는 경우가 많다. 이는 최대한 격식을 차려 비즈니스에 성공하려는 화자의 마음이 작용하기 때문이다. 18나)는 친구 사이에서 화자가 청자에게 무언가 마음 상할 말이나 부탁하기 힘든 일을 요청할 때 최대한 격식을 차려서 화자로 하여금 거부감을 느끼지 않도록 하려는 것이다. 18다)는 직장동료거나 같은 집단에 소속된 구성원들이 동일한 목표를 달성하기 위하여 대화 하면서 토론하자는 것이다. 이 표현은 편안하게 부담 없이 커피를 마시며 대화하자는 것이 아니라 화자가 청자에게 격식을 차림으로서 듣는 이로 하여금 무언가 중요함을 느끼게 한다.
　지금까지의 내용을 메타 언어적으로 기술하면 아래와 같다.

19) 까페에서 보자.
　　 a. 나는 원한다.
　　 b. 나는 당신이 기분 나쁘지 않게 더 나아가 좋은 감정을 느낄 정도로
　　　　 원할 것이다.
　　 c. 나는 당신한테 진지하게 무언가 원하는 것이 있다.
　　 d. 당신도 나와 같이 내가 원하는 것을 진지하게 원하기를 바란다.
　　 d. 이것은 우리 모두에게 좋은 것이라 믿는다.

19)의 메타 언어적 분석에서 구성성분 19a)와 19b)는 최선을 다하여 기분이 나쁘지 않게 하려는 격식성을 보여준다. 19c)와 19d)는 즐거움과 재미가 아닌 화청자 모두 진지하게 최선을 다하여 무언가에 집중하여야만 한다는 것을 보여준다. 19e)는 결론적으로 함께 몰두하여 무언가를 하면 우리 모두에게 좋은 결과가 있을 것이라고 믿는다는 것을 보여준다.

메타 언어적 분석을 통한 '까페에서 보자'의 의미는 최대한 격식을 차려 청자로 하여금 중요성을 인지하게 하여 모두에게 좋은 결과가 있도록 노력한다.

4장에서는 우선 설문조사를 통하여 연변에서 가장 많이 사용하고 있는 대화 요청 행위 표현 '허드레 치다', '말 하자', '커피를 마시자', '까페에서 보자'를 추출하였다. 다음으로 NSM 방법론을 이용하여 위의 4가지 표현에 내재되어 있는 문화적 자질을 근거로 메타 언어적 분석을 진행하였으며 마지막으로 표현들의 의미를 기술하였다. 4장에서 논의한 내용을 간단히 정리하면 아래의 표5와 같다.

<표 5> 4장에서 논의한 내용의 결론

표현	문화적 자질	의미
허드레 치다	남성성, 친밀성	어느 정도 친분이 있는 젊은 남성 사이에서 '악담'의 형식으로 행해지지만 도리어 유대감과 친밀감을 상승시킨다.
말 하자	강압성	누구나 자신보다 나이 혹은 사회 계층이 아래인 사람한테 할 수 있는 행위이며 청자는 화자가 원하는 것을 반드시 만족시켜야 한다.
커피를 마시자	여성성, 친밀성	'악담'이 아닌 '칭찬'으로 유대감의 증강에 초점을 둔 여성성의 행동으로 인지되는 행위이다.
까페에서 보자	격식성	격식을 차려 청자로 하여금 중요성을 인지하게 하여 모두에게 좋은 결과가 있도록 노력한다.

5. 結論

이 연구는 NSM 방법론을 이용하여 연변 지역어에서의 대화 요청 행위 표현을 분석하였다. 본고에서는 우선, NSM 방법론이 무엇인가, 갖는 의미는 무엇인지를 서술하였다. 다음, 연변 지역어의 특징을 서술하고 NSM 방법론을 사용한 당위성을 증명하였다. 마지막으로 설문조사를 통하여 연변 지역어에서의 대표적인 대화 요청 행위 표현을 추출하고 NSM 방법론으로 추출한 표현들의 의미를 기술하였다.

NSM 방법론은 '대화의 격률'이나 '공손성의 원리'는 앵글로색슨의 자민족 중심주의의 산물이기에 모든 문화권의 언어적, 문화적 태도와 가치를 설명할 수 없다는 관점에서 출발하였다. 이러한 문제를 해결하기 위하여 NSM 방법론은 모든 언어에 존재하는 '의미 원초소(semantic primitives)'를 자연언어에서 추출하고 이들의 결합을 통하여 의미를 기술할 것을 제안하였다. 즉 NSM 방법론은 다문화간의 의사소통을 원활하게 하기 위한 것이며 특정 언어에 내재되어 있는 문화의 특징적인 자질을 모든 언어에 존재하는 의미 원초소를 이용하여 기술하는 것이다. 그러하여 NSM 방법론은 자민족 중심주의 오류를 범하지 않고 다문화간의 표현이 가지고 있는 의미적 차이를 쉽게 이해할 수 있어서 비교 문화 화용론과 인간 상호작용에 의한 의미론을 연구하는 데 응용할 수 있다.

연변 지역어는 조선어와 중국어가 동일한 위세로 사용하고 있으며 코드 전환도 자연스럽게 진행된다. 이는 곧 연변 지역은 '바일링구얼리즘(bilingualism)'의 특성을 가지고 있기에 조선어와 중국어의 문화적 특징을 모두 고려하여야만 연변 지역어를 정확하게 분석할 수 있다. 그러하여 문화적 자질을 분석하고 모든 언어에 존재하는 '의미 원초소'로 기술하는 NSM 방식을 사용하였다.

설문조사를 통하여 빈도수 상위 4개인 표현 '허드레 치다', '말 하자', '커피를 마시자', '까페에서 보자'를 추출하였다. 그리고 〈표 5〉에서 제시한 것과 같이 각 표현들이 가지고 있는 문화적 자질을 통하여 메타언어적으로 기술하고 나아가 각 표현들의 의미를 기술하였다.

본 연구는 학계에서 아직 잘 알려지지 않는 NSM 방법론을 소개하고 이를 이용하여 연변 지역어에서의 대화 요청 행위 표현을 고찰하는데 일차적 의의를 갖는다. 또한 다문화간의 의사소통을 원활하게 하기 위한 NSM 방법론이 연변어가 아닌 다른 언어에도 적용할 수 있다는 것을 예문을 통하여 간접적으로 증명하였다고 생각한다. 그러나 기존 연구의 '의미 원초소'를 그대로 적용하여 NSM 이론 핵심 키워드인 '의미 원초소'의 추출과정에 대한 논의가 부족하였는데 이는 후행 연구에서 진행하도록 하겠다.

이 글은 지난 2017년 중앙어문학회에서 발간한
『어문논집』 제69집에 게재된 것이다.

참고문헌

고영복, 『사회학사전』, 사회문화연구소 출판부, 2000.

김경애 외, 『영어화용론』, 종합출판ENG, 2012.

김선희, 「연변 방언 연구 -조사와 어미를 중심으로」, 『한민족어문학』 64, 2013,
    71~98쪽.

네즈까 나오끼, 『중국의 연변조선족』, 학민사, 2000.

렴광호, 「연변의 이중언어사회에 대한 분석」, 『이중언어학』 7-1, 1990, 188~
    196쪽.

문창덕, 「연변의 이중언어제에 관한 몇가지 고찰」, 『이중언어학』 7-1, 1990,
    197~205쪽.

박경래, 「중국 연변 조선족들의 언어 태도」, 『사회언어학』 10-2, 2002, 59~86쪽.

박철우, 「화용론의 현재와 미래 -언어 연구의 방법적 성격과 외연을 중심으로-」,
    『어문론집』 62, 2015, 105~140쪽.

손평효, 『공간말 '앞' 과 '뒤'의 연구』, 박이정, 2012.

오석근, 「연변 조선족 언어의 특수성에 관한 고찰 -연변 조선족의 이중언어생활-」,
    『정신문화연구』 51, 1993, 183~195쪽.

윤석민, 「화용론의 위상 정립을 위한 몇 가지 문제」, 『한글』 313, 2016, 27~66쪽.

윤영은, 『언어의 의미 및 화용 이론과 실제』, 한국문화사, 2013.

이동철, 「중국 조선족의 언어사용 실태에 대한 고찰과 전망 - 연변조선족자치주를
    중심으로-」, 『언어정보』 14, 2012, 137~150쪽.

이성범 역, Jacob. L. Mey 저, 『화용론』, 한신문화사, 1996.

_____ 외, 『화용론 연구』, 태학사, 2002.

_____, 『소통의 화용론』, 한국문화사, 2015.

이승연, 『응용언어학 개론』, 태학사, 2013.

이익섭, 『사회언어학』, 민음사, 1994.

_____, 「중국 연변 조선족의 모국어 선택」, 『이기문교수 정년퇴임 기념논문집』,
    신구문화사, 1996, 599~621쪽.

이정목, 「NSM을 이용한 한국어 '기쁘다'류 심리형용사의 의미 분석과 기술」, 한국
    외국어대학교 석사학위논문, 2008.

이정애, 『국어 화용표지의 연구』, 월인, 2002.

이정애, 「한국어의 메타언어적 의미분석을 위한 소론」, 『담화와인지』 13-1, 2006, 221~242쪽.

_____, 「문화간 의사소통을 위한 '화'의 의미분석」, 『담화와인지』 14-1, 2007, 149~171쪽.

_____, 「국어 항진명제에 대한 의미 연구」, 『한국어 의미학』 33, 2010, 179~202쪽.

_____, 「NSM에 기초한 국어 간투사의 의미 기술」, 『한국어 의미학』 36, 2011, 313~333쪽.

_____, 「국어의 간접성과 NSM」, 『語文學』 118, 2012, 37~61쪽.

_____ 외 역, 애나 비어즈비스카 저, 『다문화 의사소통론 – 비교 문화 화용론과 인간 상호 작용의 의미론』, 역락, 2013.

이해윤, 「기본색채 형용사의 의미기술-NSM 이론의 틀 안에서」, 『獨語敎育』 33, 2005, 141~160쪽.

_____ 역, Yan Huang 저, 『화용론』, 한국외국어대학교 출판부, 2009.

임지룡, 「國語에 있어서의 時間과 空間 槪念」, 『국어교육연구』 12-1, 1980, 111~126쪽.

전학석, 「연변 방언」, 『새국어생활』 8-4, 1998, 153~180쪽.

조재형, 「'-에'와 '-에서'의 기본의미 비교 고찰」, 『언어』 39-4, 2014, 1021~1041쪽.

_____, 「後期中世國語 時期의 副詞格助詞 '-에'와 敍述語의 關係 考察」, 『인문과학연구』 49, 2016, 173~200쪽.

_____ ·최홍열, 「후기 중세국어 시기의 부사격 조사 '-에셔'와 서술어의 관계 고찰」, 『한말연구』 40, 2016, 279~313쪽.

최상진, 『한국인의 심리학』, 학지사, 2011.

최종후·전새봄, 『설문조사(처음에서 끝까지)』, 자유아카데미, 2005.

한국사회언어학회, 『문화와 의사소통의 사회언어학』, 한국문화사, 2002.

황영희, 「중국 연변지역 식민지일본어의 가능표현을 통해 본 제2언어의 보존」, 『일본어교육연구』 21, 2011, 67~79쪽.

Alreck, P.L & Settle, R.B., The survey research handbook, Boston: McGraw-Hill/Irwin, 2004.

Anna Wierzbicka, Cross-cultural pragmatics: The semantics of human interaction, Berlin: New York : Mouton de Gruyter, 2nd ed, 2003.

Brown, Penelope & Stephen Levinson, Politeness: some universals in

Language usage, Cambridge University Press, 1987.

Fasold, R.W., The Sociolinguistics of Language. Oxford : Blackwell, 1990.

Ferguson, Charles, Diglossia, Word 15(2), 1959, pp.325~340.

Fishman, Bilingualism With and Without Diglossia; Diglossia With and Without Bilingualism, Journal of Social Issues 23(2), 1967, pp.29~28.

Heine, B & Claudi, U, Grammaticalization, Chicago : A Conceptual Framework, The University of Chicago Press, 1990.

Honna, Nobuyoki & Bates Hoffer, An English dictionary of Japanese ways of thinking, Tokyo: Yuhikaku, 1989.

Key, M. R., Male/Female Language, Metuchen, NJ : Scarecrow Press, 1975.

Kochman, Thomas, Black and white styles in conflict, University of Chicago Press, 1981.

Lakoff, G. and Johnson, M., Metaphors We Live by, Chicago : The University of Chicago Press, 1980.

Leech, Geoffrey, Principles of pragmatics, Longman, 1983.

Lyons, J., Semantics, Cambridge : The Cambridge University Press, 1977.

Sohn, Ho min, Intercultural communication in cognitive values: Americans and Koreans, 『언어와 언어학』 9, 1983, pp.93~136.

Trudgill, P., On Dialect : Social and Geographical Perspectives, Oxford : Blackwell, 1983a.

_____, Sociolinguistics : An Introduction to Language and society, rev. ed, London : Penguin Books, 1983b.

W.G. Sumner, Folkways: a study of the sociological importance of usages, manners, customs, mores, and morals, Boston: Ginn and Co, 1906.

Yoon, Kyung-Joo, The Proposed Universal Semantic Prime THIS in Natural Semantic Metalanguage Theory, 『한국어학』 16, 2002, pp.353~373.

_____, Constructing a Korean natural semantic metalanguage, Ph.D. dissertation, Australia National University, 2003.

_____, Contrastive Semantics of Korean "maum" vs. English "heart" and "mind", 『언어연구』 22(3), 2007a, pp.171~197.

_____, Korean Ethnopsychology Reflected in the Concept of Ceng 'affection', 『담화와인지』 14(3), 2007b, pp.81~103.

Yoon, Kyung-Joo, Understanding cultural values to improve cross-cultural communication: An ethnopragmatic perspective to Korean child rearing practices, 『언어연구』 26-4, 2011, pp.879~899.

Yu, Kyong-Ae, Characteristics of Korean politeness: Imposition is not always a face threatening act, 『담화와인지』 10(3), 2003, pp.137~163.

_____, The NSM-based Approach to a Korean Discourse Marker: jom, 『담화와인지』 15(1), 2008, pp.85~109.

'-었$_1$었$_2$-'에서 '-었$_2$-'의 양태 의미에 대한 연구

최란 · 조경순

1. 서론

본고에서는 소위 대과거를 나타내는 '-었었-' 구성에서 발화 상황에 따라 '-었$_1$-'은 시상을 담당하여 과거시제와 완료의 의미를 드러내고, '-었$_2$-'는 화자의 확신을 드러내는 양태를 나타낸다는 점을 논의하고자 한다. 문법화 과정은 일반적으로 어떤 어휘가 구체적인 의미로부터 추상적인 의미로 변화하거나 동일한 어원에서 여러 문법소로 분화되는 현상을 말한다. 문법화 과정에서는 어떤 형태가 어원어의 의미를 오랫동안 유지하다가 결국 어휘적 의미를 거의 잃으며 문법적 의미만 남게 되는데, 이 과정은 어떤 시점에 종료되는 것이 아니라 지속적으로 이루어지며, '-었-' 역시 문법화 과정 속에 있다고 할 수 있다.

국어의 과거시제 선어말어미 '-었-'은 15세기 말에 나타나는 '-어 잇-'의 축약형 '-엣-'에서 끝소리 'ㅣ'가 줄면서 '-엇-'이 되었고 19세기 말에 '-었-'으로 되었다. 그렇다면, '-었-'의 문법화에 어원어인 '-어 잇-'은 어떤 영향을 미쳤을까? 이승욱(2001: 280)에서 '-어 잇-'에

는 선행명사의 일정한 격을 지배하는 관계에서 '계속' 또는 '상태유지'
의 동사 기능과 '존재하거나 머물거나 하는 상태'를 나타내는 형용사
기능이 있다고 하였다.

    (1) ㄱ. 王 이 듣고 깃거 그 나모 미틔 가 누늘 長常 쌜아 잇더라(釋詳.
        二十四, 42)
      ㄴ. 어이긔 안자 이셔 사ㅅ미 흘레ㅎ거든 보고(釋詳. 二十四, 26)

   예문 (1)에서 '-어 잇-'은 동사 뒤에서 동사 기능과 형용사 기능을
가지게 되는데, '-어 잇-'의 겹치는 속성 때문에 일정한 구성관계에
있는 '-어 잇-'이 자립성이 약화되면서 의존화되는 경향을 나타내게
된다고 하였다. 즉, '-어 잇-'이 가지고 있는 의미가 일반적이며 양면
성을 가지고 있기 때문에 문법화가 쉽게 일어날 수 있다는 것이다.
   일반적으로 하나의 동일 시제범주 내에서 중복시제는 허용되지 않으
므로 '-었-'뒤에 오는 선어말어미들은 시제 인식적 의미가 약화되고
오히려 표현적 의미가 두드러지게 된다.

    (2) ㄱ. 수지는 한국어를 배웠겠다.
      ㄴ. 수지는 한국어를 배웠더라.
      ㄷ. 수지는 한국어를 배웠었다.

   예문 (2ㄱ, ㄴ)에서 '-었-' 뒤에 위치한 선어말어미 '-겠-, -더-'는
시간을 나타내는 기능보다 명제 내용에 대한 화자의 주관적인 표현의
의미 기능을 나타낸다. (2ㄱ)은 수지가 과거에 한국어를 배웠을 것이라
는 화자의 주관적인 추정 표현이며 (2ㄴ)은 '수지가 한국어를 배웠던'

과거의 사실을 회상하여 전달하고 있다. 따라서, '-었1-' 뒤에 결합하는 선어말어미는 일종의 양태적 기능을 수행하고 있다고 볼 수 있는데, 본고에서는 동일한 분포 위치를 보이는 (2ㄷ)의 '-었2-' 또한 '수지가 한국어를 배운' 사실에 대한 화자의 확신을 표현하는 양태적 기능을 수행한다고 본다. 이러한 점에 대해 본론에서는 '-었-'이 문법화 과정을 통해 양태의 의미가 형성되었음을 논의하고자 한다.[1]

2. '-었1었2-'의 범주와 문제 제기

1) '-었1었2-'의 통사 범주

'-었었-'은 19세기 중엽 무렵에 나타났을 것으로 추정[2]되며, 그 기능에 대해 다양한 주장이 제기되었다. 가장 대표적인 논의는 시제의 범주로 보는 '대과거설'이며, 이외에 대과거설을 부정하여 '단속상'으로 보는 논의와 '-었1-'과 '-었2-'를 분리하여 시제와 상으로 설명하는 논의들이 있다.

---

1 본고에서는 '-었1었2-' 구성에서 '-었-'의 기능을 구분할 때는 '-었1- / -었2-'로 구분을 하고, '-었-'에 관한 논의일 때는 번호를 달지 않는다. 본고는 '-었-'이 별개의 기능을 가진 형태로 분화되었다는 입장은 아니기 때문이다.

2 허웅(1987: 235)에서 '19세기 문헌에서는 찾지 못했으나 주시경『國語文法』(1910)에서 '-엇엇-'에서 대한 언급이 있는 것으로 보아 19세기 끝에는 이 어형이 이미 나타나 있었던 듯하다'고 지적한 바 있다. 최동주(2015: 174)도 'Gale(1894: 26)에 '칙판 별셔다 박엇섯슴늬다'의 예와 함께 풀이되어 있는 것을 볼 때, 이미 '-엇엇-'이 쓰이고 있었음을 짐작할 수 있다'고 지적하였다.

(1) '-었었-'을 시제 범주로 보는 견해

시제 범주에서 '-었었-'은 대과거와 상대시제로서의 과거시제로 다루어진다. '-었었-'을 대과거로 보는 견해는 과거 시점을 기준으로 사건이 그 기준 시점 이전에 위치하는 것을 나타내는 것이다. 김승곤(1972), 김차균(1985, 1990), 최동주(2015) 등은 '과거의 과거'나 '대과거'로 논의하였고 이익섭(1978), 문숙영(2003, 2005, 2009)에서는 '절대-상대 시제'로서 과거시제를 다루었다. 먼저, '-었었-'을 '과거의 과거'로 주장하는 김차균(1990: 254)에서는 '-었었-'에 제2의 기준 시점이 있다고 지적하였다.

(3) ㄱ. 영희는 병원에 가았다[갔다].
     ㄴ. 영희는 병원에 가았었다[갔었다].

김차균(1990)에서 예문 (3ㄱ)은 '영희가 병원에 가-'는 사실은 발화시를 기준으로 하여 그보다 먼저 발생했음을 의미하고 (3ㄴ)에서 '영희가 병원에 가-'는 사실은 발화시의 과거를 기준으로 하여 먼저 발생했음을 의미한다고 보았다. 즉, '-었-'은 발화시를 기준으로 하지만 '-었었-'은 발화시의 과거를 기준으로 한다는 것이다.

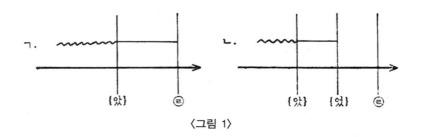

〈그림 1〉

김차균(1990: 255, 257)에서는 〈그림 1〉ㄱ에서는 '-었-'이 가리키는
시점이 현재(ⓒ을 가리킴)까지 연결되어 있어 현실과 동떨어진 느낌이
없지만 〈그림 1〉ㄴ의 경우, '-었1-'의 시점에서 벌어진 일은 '-었2-'
까지 연결되어 있고 사건 전체는 현재와 동떨어져 있기에 흔히 "현실과
는 먼 과거의 한 사건"으로 인식하게 된다고 지적하였다. 그리고 '-었
었-'의 사건 과정이나 결과 상태 지속이 현재에 영향을 미치지 못하므
로 과거의 과거로 정의하였다.[3]

이익섭(1978)에서도 '-었었-'을 과거보다 앞선 상황을 나타내는 대
과거시제로 보았다. 이익섭(1978: 372)에서는 예문 (4ㄱ)에서 '3년형의
선고'는 '무죄 선고'보다 더 이전에 발생한 일이기에 대과거시제라고
하였다.

(4) ㄱ. 김 피고는 무죄를 선고 받았다. 그런데, 김 피고는 일심 공판에서
　　　는 3년형을 선고 받았었다.
　　ㄴ. 김 피고는 일심 공판에서는 3년형을 선고 받았었다.

문숙영(2009: 161)은 '-었었-'을 '[명제+었] 었'의 구조로 분석하여,
'-었-'을 기준으로 하고 그 앞에 '[명제+었]'이 위치한다고 하였다.

(5) ㄱ. 정원에 꽃이 피었어.
　　ㄴ. 정원에 꽃이 피었었어.

3　최동주(2015: 252)도 "{-었-}은 '기준시점'보다 이전에 상황을 위치시키는 시제 범주로
서, {-었-}이 출현하여 어떤 상황을 나타낼 때 그 이전의 상황을 관련시키기 위해서는
다시 {-었-}을 사용하여 시간관계를 표현"한다고 지적하였다.

문숙영(2009: 158)에서는 예문 (5ㄱ)은 과거의 시간에 꽃이 피었음을 나타낼 수도 있고 현재에도 꽃이 피어있는 상태를 나타내기도 한다고 하였다. 그러나 (5ㄴ)의 경우는 '[명제+있]'이 '-었-' 앞에 위치됨을 나타냄으로써 현재에 꽃이 피어있는 상태의 의미는 사라지게 되므로 현재 상태를 나타내던 '-었-'의 예들은 '-었었-'과 결합됨으로써 과거 상태를 지시하는 것으로 변하게 된다고 하였다.

이상과 같이, 이익섭(1978), 김차균(1990), 문숙영(2009)에서 발화시인 과거 '-었2-'를 기준으로, '-었1-'은 그 기준 시점의 앞에 놓이게 된다는 견해를 공통적으로 찾을 수 있다. 그러나 이 견해에서는 사건에 대한 화자의 인식을 동일한 시제 형태인 '-었-'이 중첩되어 나타낸다고 하였으나, 시간 직시성을 가진 시제 형태의 중첩이 화자의 인식과 같은 양태적 의미를 어떻게 나타낼 수 있는지에 대한 구체적인 설명은 이루어지지 않았다.

(2) '-었었-'을 상의 범주로 보는 견해

'-었었-'을 상의 범주로 보는 선행 연구에서는 대과거에 대하여 기준 시점의 모호함을 지적하면서 '지난적끝남(최현배, 1959)', '행동이 훨씬 전에 끝난 것(이숭녕, 1968)', '과거보다 더 이전에 끝난 것(강복수·유창균, 1969)'이라 하였고 남기심(1972, 1978), 이관규(2005), 박진호(2016)에서는 완료된 상태의 단절을 나타내는 단속상으로 주장하였다.

남기심(1972: 221)에서 '-었었-'을 완료된 상태를 나타내는 '단속상'으로 규정한 것은, 시제 범주에서 논의하던 '-었었-'을 상의 범주로 취급하였다는 점에서 중요하다.

    (6) ㄱ. 그는 부산에 갔다.

          ㄴ. 그는 부산에 갔었다.

    남기심(1972: 221)에서 (6ㄱ)은 부산에 가서 현재 자리에 없는 것을 가리키는 것이고 (6ㄴ)은 그가 부산에 간 사실이 있으나, 지금 이 자리에 있을 수 있음을 보여준다. 즉, 예문(6ㄱ)은 부산에 간 사실이 현재까지 영향을 미치고 있지만 (6ㄴ)에서는 상태가 '단속'되었다는 것을 의미한다.

    (7) ㄱ. 그는 흰 옷을 입었었다.

          ㄴ. 그의 얼굴에 잉크가 묻었었다.

    남기심(1978b: 166)에서 현재 그는 흰 옷을 입지 않고 있고, 그의 얼굴에도 잉크가 묻어있지 않는 것을 나타낸다고 하였다는 점에서 '–었었–'을 완료로 보았다고 할 수 있다.

    이익섭(2005: 246)에서는 "'–었었–'은 과거의 일이지만 그 다음에 그것과 관련되는 일이 하나 더 일어남"을 나타내는 것으로 '–었–'과 구별하였다.

    (8) ㄱ. 철수는 지난주에 차를 샀었다.

          ㄴ. 철수는 지난주에 차를 샀다.

    예문 (8ㄱ)은 (8ㄴ)의 상황보다 더 이전에 일어난 느낌을 주기도 하지만 그 후에 차가 없게 된 사실이 추가된 것을 함축하는 것으로, '과거'라는 시제 의미 외에 '단속'의 의미도 찾아볼 수 있다고 하였다.

박진호(2016)에서도 같은 입장을 취하였는데, '-었-'은 과거와 현재
에 모두 성립하는 사태를 나타내고 '-었었-'은 과거에 성립했지만 지
금은 성립되지 않는 사태를 나타낸다고 하였다.[4]

> (9) ㄱ. 자네 요즘도 테니스 치러 다니나?
> ㄴ. a. 다녔죠./ b. 다녔었죠.

(9ㄴ)을 살펴보면 모두 '과거'를 나타내는 공통점이 있으나 (9ㄴa)는
발화시 과거에도 다녔지만 지금도 다니고 있는 상황을 나타내고 (9ㄴb)
는 '-었었-'과 결합하여 과거에는 다녔었지만 현재는 다니지 않고 있
음을 보여준다. 이상과 같이, '-었었-'을 단속상으로 보는 견해에서는
'-었었-'을 어떤 사태 발생 이후의 상황이 지속되지 않아 현재 상황에
서 인식될 수 없는 것인데, 사건 후에 어떻게 되었는지 현재와는 필연
적인 연계성이 없는 것으로 보았다. 그러나 '-었-'의 중첩형인 '-었었
-'이 단속상을 나타낼 때, 각각의 '-었-'이 어떠한 의미를 가지고 결합
하여 상적 특성이 나타나는지에 대한 구체적 논의는 없었다.

(3) '-었었-'을 시상으로 보는 견해

이 견해는 '-었었-'을 시제와 상의 범주를 따로 나누지 않고 통합된
시상의 범주로 보아 중의적 기능을 설명하려는 관점이다. 먼저, 성기철

---

4 이관규(2005: 297)도 '-었-'과 '-었었-'의 가장 큰 구별 점은 전에는 그랬는데 지금은
   그렇지 않다는 것이라고 하였다. 다시 말하면 '-었었-'은 발화시보다 훨씬 전에 사건이
   발생하여 현재와는 강하게 단절된 사건을 표시한다고 하였다.

(1974), 고정의(1982)는 '-었었-'을 과거 경험을 진술하는 형태소로 보았다. 그리고 '-었었-'이 '대과거, 단속, 완료-재확인' 등 다양한 의미로 해석되는 것은 '-었었-'이 '과거의 경험'을 표현하고 있기 때문이라고 하였다.

> (10) ㄱ. 작년에는 비가 많이 왔었다.
> ㄴ. 어제는 얼음이 풀렸었는데…
> ㄷ. 지난번 지진 때는 유리창이 모두 깨졌었다.

고정의(1982: 548)에서는 예문 (10)에서 '-었었-'의 주체는 주어인 '비, 얼음, 유리창'이 아니라 사실을 말하는 화자라고 하였다. 여기서 화자는 비가 많이 왔었던 사실, 얼음이 풀렸다는 사실, 유리창이 깨졌던 과거 경험을 진술하는 것이다. 이때 '-었었-'은 시간 부사어 '작년, 어제, 지난번'과 어울리면서 화자의 과거 경험을 더 부각하고 강화한다고 보았다. "이 나무 부러졌었어."라는 예문에서 주어는 '나무'의 경험이기보다 그것을 경험한 화자의 표현이라고 하였다.[5]

최승은(1987: 214~215)에서는 '-었었-'을 과거-회상으로 파악하였다.

> (11) ㄱ. 이 지역은 작년에 침수되었었다.
> ㄴ. 그 사람은 좋은 친구였었다.

예문 (11)은 지나간 사실들을 돌이켜 생각하는 것으로, 과거 사실에

---

[5] 성기철(2007: 162, 164)은 '-었었-'을 '과거-경험'으로 보았는데, "나무가 부러졌던 일이 있다면 그것도 나무로 보아서는 하나의 경험적 사실"이라고 덧붙였다.

대한 회상을 의미하는데, 비록 모두 과거시제로 표현되었지만 최승은
(1987: 215)은 '회상'이 과거를 전제로 하기 때문이라고 하였다. 그리고
'-었었-'이 시간 부사어와 어울려 과거나 단속을 나타내는 것도 '회상'
의 의미임을 뒷받침하는 것이라고 하였다.

이재성(2001: 106)에서 '-었었-'은 전체 상의 의미를 가지는 '-었-'과
과거의 시제 의미를 가지는 '-었-'으로 구성되었다고 지적하였고, 송
창선(2003, 2010)은 '-었1-'은 '완결', '-었2-'는 '과거'를 나타낸다고 하
였다.

> (12) ㄱ. 우리 집에 친구 세 명이 왔다.
> ㄴ. 어제 오후에 우리 집에 친구 세 명이 왔었다.

송창선(2010: 199)에 따르면, (12ㄱ)을 발화하는 상황은 일반적으로
우리 집에 친구 세 명이 와있을 때에 사용된다고 하였다. (12ㄱ)에서
'-었-'은 친구들이 집에 온 동작이 과거에 일어난 것을 표현하지만,
동작이 지속되고 있는 상태에 초점을 맞추면 이때의 '-었-'은 과거시
제를 나타내지 않는다. (12ㄴ)의 경우는 친구 세 명이 우리 집에 왔던
것은 과거의 사실이고, 현재는 그들이 돌아갔거나 다른 친구들이 와
있음을 나타낸다. 즉, '-었었-'은 어떤 동작이 완료된 결과나 상태의
지속이 과거 시점임을 나타낸다고 하였다.[6]

---

6 위의 예문은 '-었었-'이 완료된 결과가 현재까지 지속되어 있는 상태를 나타내는 '-었-'
뒤에, 과거 사건임을 표시하는 '-었-'을 덧붙여서 사용되는 경우이다. 이에 관하여
최련화(2010: 10)는 상은 어휘 의미적 범주로서 용언의 어휘 의미와 관련되기에 '-었1-'
이 되고 관계적 범주로 문장 전체에 관련되는 과거시제는 '-었2-'가 된다고 지적하였다.

서정수(1976), 이남순(1994), 조오현(1995) 등은 과거시제와 상의 개념
을 절충하는 방법을 취하였는데, 먼저 서정수(1976)는 '-었었-'의 다양
한 의미[7]가 문맥에 따라 해석된다고 주장하였다.

　　(13) ㄱ. 과거 상태: 그 여자는 예뻤었다.
　　　　ㄴ. 과거 사건
　　　　　① 과거 진행: 그 때 나는 한 시간 동안 책을 읽었었다.
　　　　　② 과거 반복 또는 습관: 지난달에 거의 날마다 술을 마셨었다.
　　　　　③ 과거 완결: 그 사람은 조금 전에 왔었다.
　　　　　④ 과거 완결 상태: 그 사람은 그때 이미 나무에서 떨어졌었다.
　　　　ㄷ. 과거 지속: 어제 하늘이 하루 종일 맑았었다.
　　　　ㄹ. 불확정 과거: 나는 여기에 몇 번 왔었다.

서정수(1976: 141~145)에서는 '-었었-'은 쓰이는 문맥에 따라 '과거
상태, 과거 사건(진행, 반복, 완결, 완결 상태), 과거 지속, 불확정 과거'
등 다양한 의미를 나타내기 때문에 별개의 문제로 처리해야 함을 논의
하였다.[8]

그런데, '-었-'의 시상에 대한 논의에서는 앞절의 행위가 실현되지
않은 상황에서 '-었었-'은 화자가 사실에 대한 가정이나 바람을 즉
양태를 나타낸다고 보는 견해를 찾을 수 있다.

7　송창선(2010: 197~198)에서 재인용.
8　조오현(1995)도 '-었었-'은 문맥이나 발화 환경에 따라 상이나 시제가 바뀔 수 있다고
　　지적하였다. 또한 도움토씨, 씨끝, 풀이말 등에 의해 상이 변화하며 휴식, 억양, 초점
　　등의 발화에 의해 시제가 변한다고 덧붙였다.

(14) ㄱ. 만일 허락도 없이 그곳에 갔었으면 가만 놔두지 않을 것이다.

　　 ㄴ. 내가 조금만 더 예뻤었다면 아마 지금쯤 배우가 돼 있을 거야.

　　조오현(1995: 137)에서는 예문 (14)와 같이 동작이 이루어지지 않거나 아직 실현되지 않은 상황에서 '-었었-'을 사용하면 어떤 상황의 지속이나 단절을 나타낼 수 없고 단지 이루어지지 않는 동작에 대한 화자의 바람을 나타내는 의미를 갖는다고 하였다. 정연주 외(2009: 178)에서도 '-었었-'에서 '-었1-'의 기능에 따라 '-었2-'의 의미가 변하게 되는데, 완료상으로 해석되는 '-었1-' 뒤에는 사건이 과거 시점에 위치함을 나타내는 '-었2-'가 결합하게 되고, 과거시제를 나타내는 '-었1-' 뒤에는 양태적 의미를 지니는 서법이 따르게 된다고 보았다.

　　지금까지 논의된 연구들을 검토해 보면, '-었었-'을 과거를 나타내는 시제로부터 단절을 나타내는 완료상, 시제와 상을 통합하는 시상으로 보는 견해에서 화자의 심적 태도를 나타내는 양태로 연구가 확대되고 있음을 볼 수 있다. 다음 장에서는 '-었었-'에서 문법화 과정에 있는 '-었2-'에 대한 재고의 필요성을 논의하고자 한다.

2) '-었2-'의 의미에 대한 문제 제기

　　고영근(2004: 269)에서는 '-었었-'을 "과거시제 속에 포함된 확인 내지 양태적 의미"[9]라고 규정하면서 '-었2-'는 양태를 나타낸다고 하였

9　고영근(고영근(2004), 『한국어의 시제 서법 동작상』, 태학사, 269쪽)은 종결형에 나타나는 예문들을 통하여 '-었었-'을 과거시제 '-었-'의 확실성의 양태적 표현으로 보았다.

　　가. 연결형의 예: -었었으며, -었었는지, -었었으며, -었었으나, -었었지만, -었었고, -었었으니까, -었었는데

다.[10] 아래 예문과 같이, '-었었-'에는 명제에 대한 화자의 주관적인 태도가 포함되어 있을 수 있다.

(15) ㄱ. 영희는 외국에 있는 엄마를 많이 보고 싶어 했었다.
　　 ㄴ. A: 내가 작년에 철수를 만났던가?
　　　　 B: 만났어. / 우리 함께 만났었어.

예문 (15ㄱ)에서 객관적인 상황에 근거하여 '영희가 엄마를 많이 보고 싶어 하는 마음'을 화자의 주관적인 판단에 의해 표현한 것으로 보인다. (15ㄴ)에서 '만났었다'는 화자의 경험을 근거로, 만난 사실이 작년이었음을 강조하여 보여주는 것으로, '-었었-'은 화자의 확신을 나타낸다.

확신은 화자가 감각에 기초한 증거나 시각 등에 근거하여 인식된 명제가 사실인지를 단언하는 태도를 말한다. 강소영(2002)에서 실현될 가능성이 있는 화자의 추측 태도를 정도 차이에 따라 '막연, 개연, 당연, 확연'으로 반영하면서 '확신의 정도차'의 하위 범주를 '필연성, 개연성, 가능성'과 '막연, 개연, 당연, 확연'으로 나누었다. 이로부터 '확

나: 관형사형의 예: -었었던
종결형에서 '-었2-'는 '-었1-'의 과거시제를 더 실감있고 구체적으로 표현하려는 화자의 의도가 작용할 때 사용되는 것이라고 규정하였다.

10 '-었었-'을 시상으로 보는 입장에서 '-었2-'에는 화자의 태도가 엿보인다고 지적한 논의로, '-었었-'을 '과거-경험'으로 주장하는 성기철(2007: 169)은 "'-었2-'는 주체-주어에 의한 경험을 내용으로 하지만, 어디까지나 화자의 의도 여하에 따라 발화상에 실현되는 그의 심적 태도를 나타낸다"라고 하였다. 조오현(1995: 137)도 "일이 아직 이루어지지 않은 상황에서 화자의 가정이나 바람을 나타냄"이라고 하였으며, 최승은(1987: 214)에서 말한 "過去의 사실에 대한 回想"에서도 지나간 사실에 대해 돌이켜 생각하는 화자의 태도가 개입되어 있다고 볼 수 있다.

신'은 '필연'이나 '확연'보다 사용 범위가 넓다는 것을 확인할 수 있다.[11] 그러므로 본고에서 화자의 단언적 태도를 나타내는 양태를 넓은 의미에서의 '확신'으로 정의하려 한다.

'-었2-'의 양태적 기능은 선어말어미들의 배열 순서를 통해 확인할 수 있다. 이승욱(1973)은 선어말어미들이 '문법적인 소성(素性)'에 의해 배열 순서가 결정된다고 하면서 "어기로부터 멀어진 배열일수록 문법화의 경향이 뚜렷해지며 역으로 어기에 접근할수록 어휘 항목에의 관여도가 크다."고 지적하였다. 최동주(1995a)에 따르면, 선어말어미의 배열순서 지배 원리 도식을 다음과 같이 제시할 수 있다.

(16) ㄱ. (((((동사) 동사구) 명제) 화자) 발화상황 〈청자〉)
     ㄴ. 동사구 안에 위치하는 요소(목적어, 여격어 등) - 주어 - 명제 - 화자 - 청자

최동주(1995a: 320~321)는 발화 요소와 명제 핵과의 거리에서 그 관계를 보면 목적어, 부사어 등이 결합하여 동사구를 형성하고, 다시 주어가 결합하여 명제를 형성하는데, 명제는 화자의 심적, 정신적 태도나 청자의 반응까지 포함한다고 덧붙였다. 즉, 어간에 가까이 위치하는 요소들일수록 명제의 구성 요소와 밀접하게 관계되고 어휘적 기능도 강하게 되며 멀리 위치할수록 어휘적 기능이 약화되고 문법적 기능이

---

11 확신과 확연의 범주 차이는 강소영(2002: 226)에서 논의한 Givon(1982)에서도 확인할 수 있는데, "인식양태의 의미를 확신의 정도에 따라 인물, 지각, 직접성, 인접성으로 구분한다"라고 지적하였다(강소영(2002), 「[확연], [당연], [개연]의 양태표지 연구」, 『한국어학』 16, 한국어학회, 226쪽에서 재인용). 그러나 확인은 객관적인 근거를 확보한 상황에서 사용되는 것으로, 확신보다 범위가 작다.

강해진다. 따라서, '-었었-'은 '문법적 소성'으로 보나 '명제 핵과의 거리'로 보나 '-었2-'는 '-었1-'보다 문법적 기능이 더 강하고 문법화 정도가 더 높다고 할 수 있다. 즉, '-었2-'는 양태적 의미[12]를 나타낼 가능성이 '-었1-'보다 훨씬 크다.

Bybee(1985)는 범언어적 문법형태소의 배열은 '상-시제-서법'의 순서를 따른다고 지적하였다.[13] 이 논의에 따르면 '-었었-'의 의미 범주에서 '-었1-'은 완료상, '-었2-'는 과거시제를 나타낸다고 보아야 할 것이다. 그러나 본고에서는 문법화 과정에 '-었1-'의 범위는 점차 확대되면서 시제만을 나타내던 것이 시상을 포함하여 표현하고, 이에 의미를 잃은 '-었2-'는 새로운 의미를 획득하면서 확신의 의미를 갖게 되었다고 본다. 다시 말해, 문법화 과정에 [명제+-었1-]은 시상을 나타내고, 이 구성에 '-었2-'가 결합하면서 사건에 대한 화자의 심리적 태도를 나타낸다. '-었2-'는 시제나 상의 형태가 아니라 보조적인 작용으로서 화자의 심리적 태도를 나타내는 양태 의미를 갖는다라고 할 수 있다.

3. '-었-'의 문법화와 양태 의미

언어는 고정되어 있는 것이 아니라 끊임없이 변화한다. 그 과정에

---

12 조일영(1998: 48~49)에서 양태는 화자의 정신적 심리적 태도에 따라 표현되므로 어디까지나 주관에 의해 좌우되기에 문장에서 명제 내용의 진리치와는 상관없다고 지적하였다.
13 정연주(2009: 159)에서 재인용.

완전한 의미를 갖고 있는 단어들이 원래의 의미를 잃고 시제나 상, 양태, 서법 등 여러 가지 문법적 기능을 담당하는 문법소로 변화한다. 본장에서는 '-었-'의 문법화와 의미 변화도 함께 살펴보려 한다.

1) '-었-'의 문법화 과정

'-엇-'의 문법화와 관련하여 '-어 잇-〉-엣-〉-엇-'이라는 발달 과정은 거의 정설과 같이 받아들이고 있다. Bybee, Perkins & Pagliuca(1994)가 제기한 단일방향성 가설에 따르면, '-었-'의 문법화는 '음운·의미·범주'의 세 가지 측면에서 변화가 일어났는데, 음운적 측면에서 '자립적 형식 〉 의존적 형식'으로 변하였고 의미 측면에서는 '구체적인 의미 〉 추상적인 의미'로 변하였으며, 범주 측면에서는 '어휘적 범주 〉 문법적 범주'으로 변화하였다. 이 절에서는 '-었-'이 중세 국어의 '-어 잇-'으로부터 지금의 '확신'을 나타내기까지 문법화 과정을 살펴보고자 한다.

현대국어의 '-었-'은 '-어 잇/이시-'에서 생겨난 것임을 최동주(2015: 136)의 논의를 통해 알아보면 다음과 같다.

> (17) ㄱ. 부텻 法 듣ᄌᆞᄫᆞᆫ 德으로 하ᄂᆞᆯ해 나아 門神이 ᄃᆞ외야 잇노니(釋譜6: 19b-20a)
>
> ㄴ. 그제 홋브리 ᄢᅥ듯 ᄇᆞᆯ가 잇더니(釋譜 3:26a)
>
> ㄷ. 쳔랴ᄋᆞᆯ 만히 뫼호아 두고 受苦ᄅᆞᄫᅵ 딕희여 이셔(釋譜 9:12a)
>
> ㄹ. 디나거신 無量諸佛ᄭᅴ ᄒᆞ마 親近히 供養ᄒᆞᅀᆞᄫᅡ 이실ᄊᆡ(釋譜 13: 15a-b)

최동주(2015)는 예문 (17ㄱ)은 '-어 잇-'에 의해 '완결지속'의 의미를 나타낸다고 하였다. 이는 15세기 문헌자료에 '완결지속'의 예문이 압도적으로 많기 때문에 '-어 잇-'이 기본의미로 확정되었다. (17ㄴ)에서 형용사와 결합하여 '완결'의 의미를 부여할 수 없게 되어 '지속'의 의미만 갖게 되었고 (17ㄷ)은 '지키고 있다'는 뜻으로 '진행'의 의미를 가지며 (17ㄹ)의 경우는 '과거의 경험'을 나타낸다고 하였다.

15세기 말부터 16세기에는 '-어 잇-/이시-', '-엣/에시-'와 '-엇/어시-'가 공존하는 예문들이 보였고 16세기 초에 이르러 '-엣/에시-'가 소멸되면서 '-엇/어시-'의 사용 범위가 확대되었다. 그러나 '-엇-'의 의미에는 별다른 차이가 없다가 17세기 중반 이후에 '과거'의 의미를 갖게 되었고 19세기 말기에 '-었-'의 형태로 확립되었다.

현대국어의 선어말어미 '-었-'은 문법화의 영향을 받아 과거, 진행, 단속, 완료, 반복 등 의미를 나타내지만 '과거'나 '완료'라는 큰 의미 테두리를 벗어나지 않는다.

    (18) ㄱ. 영희는 친구에게 편지를 썼다.
        ㄴ. 박철은 한 시간 동안 수영을 했다.
        ㄷ. 나는 광주에서 살았다.
        ㄹ. 철수가 가고 영희가 왔다.
        ㅁ. 그는 영어 수업에 늘 앞자리에 앉았다.

예문 (18ㄱ)은 과거시제를 나타내는 것으로서 영희가 친구에게 편지를 쓰는 행위가 발화시 전에 이미 끝났음을 나타낸다. 예문 (18ㄴ)은 '한 시간 동안'이라는 시간 부사어와 어울리면서 동작의 '진행'을 표시

한다. 여기에서 '-었-'은 문장의 지속성 시간 부사, 형용사나 완료의
상적 속성을 가지지 않는 동사와 결합하여 '진행'을 나타내지만, 과거
라는 시간에 위치해 있으므로 과거 의미도 나타낼 수 있다. 예문 (18ㄷ)
에서 '-었-'은 '나는 그때 광주에서 살았었다'로 대치할 수 있으면 '단
속'의 의미를 나타낸다.[14] 예문 (18ㄹ)은 현재의 위치에서 '완료'라는
상적 의미를 나타내는 경우인데 영희가 와있는 상태는 발화시까지 지
속되지만 초점은 행위의 '완료'에 있다[15]. 예문 (18ㅁ)은 '영어 수업'을
기준으로, 일정한 시간동안 '앞자리에 앉-'는 행동이 습관적인 사실로
서 반복을 나타낸다. 이처럼 독립된 행동이 일정한 시간 동안에 지속적
으로 습관처럼 나타나면 '반복'으로 볼 수 있다.

　　그런데 예문 (18)의 '-었-'은 시제와 상을 배타적으로 나타내지만
다음과 같은 상황에서는 시제와 상을 동시에 표현한다.

　　(19) ㄱ. 숙희는 지금 의자에 앉았다.
　　　　　ㄴ. A: 영희는 집에 있어요?
　　　　　　　B: 영희는 학교에 갔어.

---

14 남기심(1978: 104)에서는 "과거의 어느 사건(혹은 상태)과 현재의 상황 사이에 먼저의
사건(혹은 상태)이 그대로 지속되지 않거나, 말하는 이의 심리적인 간격 의식이 먼저의
사건(혹은 상태)과 현재의 상황 사이를 단절된 것으로 표현할 때 단속상이(斷續相)이란
용어로 표현했다"고 하였다. 예문 (18ㄷ)에서 과거에 광주에서 생활한 것은 틀림없지만
그것은 하나의 객관적인 사실이고 지금은 광주에 살고 있지 않다는 것, 다시 말하면
현재와 과거 사이의 상황이 달라졌다는 것을 뜻하기에 '단속'의 의미를 가진다.

15 이재성((이재성(2001), 『한국어의 시제와 상』, 국학자료원, 91쪽)은 사태의 전개 과정
에서 끝점이 존재하지 않기 때문에 발화시에는 행위가 중단되어, 사태의 시간 위치와
기준시인 현재 사이에 시간적 단절이 생기면서 '단속'의 의미가 덧나게 된다고 지적하였
다. 이재성(2001: 92)은 "사건시가 기준시에 앞서지 않을 때 문장 서술어에 나타나는
비종결어미 '-었-'은 '완료'의 상 의미를 가진다"고 지적하였다.

예문 (19ㄱ)에서 '-었-'은 과거시제와 완료상의 구분이 명확하지 않다.[16] 시제 범주에서 숙희가 의자에 앉은 행동이 발화시 전에 발생했으므로 과거시제로 해석되고, 상 범주에서는 의자에 앉는 행동이 종결되었으므로 완료상으로 해석된다. (19ㄴ)도 마찬가지로 영희가 학교로 떠난 행동이 발화시 전에 있었음을 나타낼 때에는 과거시제이고, 학교에서 가는 상황이 종결되면 완료상이 된다. 이 때문에 '-었-'은 상황에 따라 과거시제로도 상으로도 해석이 가능하다. 즉, '-었-'은 문법화 과정에서 시제만을 나타내다 상을 함께 나타내는 것으로 변화되었다고 볼 수 있다. 그런데 다음과 같은 예에서 '-었-'은 과거나 완료의 의미로만 보기 어렵다.

(20) ㄱ. 너 내일 죽었다.
ㄴ. 이리 안 오면 넌 죽었다.

정진(2017: 41)에서는 예문 (20)에서 후행한 사건의 발생 여부를 알 수 없기에 과거시제로 해석될 수 없고, 아직 사건이 시작도 하지 않은 상황이므로 종결을 뜻하는 완료상으로도 해석될 수 없으므로, '-었-'은 사건이 이루어질 것이 확실하다는 화자의 태도를 나타낸다고 하였다. 즉, 이미 발생한 사실이 아님에도 불구하고 '-었-'을 사용한 것은

---

16 김민정(2010: 4~5)에서 "김석득(1974)은 시제 관련 형태소들이 시제나 상 어느 한쪽을 표시하는 것이 아니라 시제와 상을 미분화된 상태로 보았다"고 인용하였다. 즉 '-었-'은 시제로는 과거라고 하면서 상으로는 완료상이라는 것이다. 최련화(2010: 10)도 '완료상은 시제가 전제'되어야 한다고 지적하였다. 즉 시간의 흐름 위에 사건의 위치가 정해져있지 않으면 동작이나 상태가 펼쳐질 수 없다고 하였다.

상황을 확정적인 것으로 표현하려는 화자의 태도가 드러난다. 이는 기정된 사실처럼 변화 가능성이 없는 상황에 대한 화자의 '확신'을 나타낸다고 할 수 있다.

이상과 같이, '-었-'의 문법화 과정을 살펴보면 '-었-'은 구체적인 의미에서 추상적인 의미로 변해갔음을 알 수 있다. 즉 시간의 흐름 속에 존재하는 구체적인 시제의 개념으로부터 시제에 종속되어 동작을 나타내는 상적 의미, 화자의 태도를 나타내는 추상적인 '확신'의 의미까지 획득하였다고 볼 수 있다. 다음 절에서는 문법화 되어 가는 '-었-'의 양태 의미에 대해 구체적으로 알아보겠다.

2) '-었1었2-'에서 '-었2-'의 양태 의미

'확신'은 화자가 믿을 만한 가치가 있는 명제나 객관적인 사실에 근거하여 나타내는 믿음의 정도를 가리킨다. '-었2-'가 양태 '확신'으로 쓰이는 경우를 통사·의미적으로 특정할 수 없다는 점에서 '-었2-'가 양태 '확신'으로 쓰인 예문을 살피도록 하겠다.

(21) ㄱ. 항암약 때문에 얼굴에 핀 기미도 모두 죽었었다.
　　　ㄴ. 민수는 영희가 죽었다고/죽는다고/죽었겠다고 믿는다.

현재와의 단절이나 단속을 나타낸다면 예문 (21ㄱ)과 같이 표현할 것이다. 그런데 (21ㄴ)에서 '죽었다'는 내포문의 '영희가 죽다'에서 '죽었다'는 죽는 사건이 과거에 벌어졌음을, '죽는다'는 '모든 인간은 죽는다'는 명제로서가 아니라 어떤 병이나 사고로 인해 곧 사망할 것임을, '죽었겠다'는 과거의 어느 시점에서 사망했을 것임을 추측함을 나타낸다고 할 수 있다. 그런데 한 번 죽는 행위는 다시 돌이킬 수 없으므로 죽는 사건은 일회성이라는 점에서 '죽다'는 완료상과의 결합이 어색하다.

> (22) ㄱ. *영희가 죽었었다.
> ㄴ. *영희가 한 번 죽었었다.

어떠한 의학적인 사건으로 사망 판정이 내려졌음에도 다시 되살아난 경우와 같이 특별한 상황을 제외한 일반적인 상황을 전제한다면 예문과 같이 '죽었다'에 다시 '-었-'이 결합하는 것은 매우 어색하다. 그러나 아래와 같은 예문 (23)에서 '죽다'에 '-었었-'이 결합하는 상황은 가능하다.

> (23) 이 화분은/벌레는/사람은 분명히 죽었었는데

예문 (23)에서 '-었2-'가 완료상으로 쓰이기 어렵다는 점에서 이런 경우에 사용된 '-었2-'를 '확신'이라고 볼 수 있다. 그렇다면, 이때 양태 의미 '확신'의 의미 영역에 대한 검토가 필요하다. 본고에서는 '확신'을 나타낼 때 박재연(1999)에서 제시한 인식 양태의 의미 영역을 참고하고자 한다. 박재연(1999: 202~203)에서는 화자가 정보에 대한 확신의 정도에 따라 [확실성], [개연성], [가능성]으로 나뉘고 정보를 획득한 경로에 따라 [지각], [추론], [인용]으로 구분하였다.

> (24) ㄱ. 정보의 확실성 정도: [확실성], [개연성], [가능성]
> ㄴ. 정보의 출처: [지각], [추론], [인용]

　　ㄷ. 정보의 내면화 정도: [이미 앎], [새로 앎]
　　ㄹ. 청자의 지식에 대한 가정: [기지가정], [미지가정]

　　[지각]은 직접 보거나 들어서 획득한 것을 나타내고 [추론]은 어떠한 근거를 토대로 추론을 통하여 얻게 되는 정보를 가리키며, [인용]은 간접적으로 들어서 알게 된 것이다. 또, 원래부터 알고 있는 것과 처음으로 알고 있는 것에 따라 [이미 앎]과 [새로 앎]으로 구분한다. 마지막으로 화자가 청자에게 전달하려는 행위에 초점을 맞추어 어느 정도 알고 있는 [기지가정]과 전혀 모르고 있는 [미지가정]으로 나뉜다. 본고에서는 예문 (24)의 인식 양태 하위 범주에 근거하여 '-었2-'의 양태에 대해 논의하려 한다.

　　(25) ㄱ. 철수는 며칠 전에 부산에서 영희를 만났었다.
　　　　　ㄴ. 나는 대학입시 준비할 때 하루에 세 시간만 잤었다.

　　예문 (25)에서 화자는 '-었2-'를 통해 화자가 철수나 자신이 보고 들은 경험에 근거하여 과거에 일어난 사건에 대한 자신의 '확신'을 표현하고 있다. 즉, '영희를 만났던' 사실과 '하루에 세 시간만 잤던' 경험에 대한 의심 없는 태도를 보여준다. 이로부터 '-었었-'은 '정보의 정도'에서 [확실성]을 뜻하는 것임을 알 수 있다.

　　(26) ㄱ. 수지가 어디에 있어요?
　　　　　ㄴ. 글쎄, 방금 전까지 마당에 있었는데요.

예문 (26)은 '정보의 출처'에서 [지각]을 나타내는 것이다. (26ㄴ)에서 묻는 물음에 '-었었-'을 사용한 것으로, 직접 눈으로 확인한 정보에 근거하여 방금 전에 수지가 마당에 있었음을 강조하여 표현한 것이다. 이혜용(2003)에서도 화자가 직접 지각한 것은 모호한 면이 없기 때문에 필연성을 보여주므로 자신이 목격한 사실에 대한 믿음의 확신을 가진다고 하였다.

(27) ㄱ. 철수는 어제 밤새도록 노래를 불렀었다.
　　 ㄴ. 빅뱅이 어제 광주에 왔었다[17].
　　 ㄷ. 어제 만난 독일인은 기자이었었다.

예문 (27)에서 화자가 이야기할 내용을 청자가 이미 알고 있다고 가정하면, 즉 청자는 철수가 밤새도록 노래를 불렀던 사실을, 빅뱅이 광주에 왔던 사실을, 독일인을 만났던 사실을 어느 정도 알고 있다고 보고, 화자는 자신의 경험이나 앎에서 비롯하여 그 사실에 대한 화자의 '확신'을 드러내는 것이다. 그러므로 '-었2-'에는 정보에 대한 청자의 [이미 앎]과 청자에 대한 화자의 [기지가정]이 전제된다.

이상의 논의를 통해, '-었2-'는 다음과 같은 양태적 의미를 갖는 것으로 정리할 수 있다.

---

17 비문법적 표현이지만 '빅뱅이 어제 광주에 왔었었다'라고 사용하는 표현도 볼 수 있는데, 이는 선어말어미에 각각 시제, 상, 양태의 의미 기능을 부여하여 '빅뱅이 광주에 오-'는 사실에 대한 화자의 '확신'을 강조하여 표현하려는 것으로 보인다.

(28) '-었2-'의 양태 의미 영역

　　ㄱ. 정보의 확실성 정도: [확실성]

　　ㄴ. 정보의 출처: [지각]

　　ㄷ. 정보의 내면화 정도: [이미 앎]

　　ㄹ. 청자의 지식에 대한 가정: ([기지가정])

　'-었2-'의 [확실성], [지각], [이미 앎], [기지가정]의 의미 영역을 통해 '-었었-'이 '확신'을 나타내며 [명제+었1]에 '-었2-'가 개입되면 '확신'의 양상적 의미가 산출된다고 할 수 있다.

4. '-었2-'의 양태 의미와 재분석

　앞 장에서 '-었1었2-'의 '-었2-'는 양태 '확신'을 나타낼 수 있음을 보았다. '-었-'은 이미 이루어진 사건에 대한 단정의 의미로서 '확신'을 나타낸다. 그렇다면 '-었-'이 어떠한 문법화의 과정을 거쳐 양태의 의미를 가지게 되었는지에 대한 논의가 요구된다. 본고에서는 이를 은유-환유 모형과 재분석으로 설명하고자 한다.

　의사소통 상황에서 화자는 자신이 감각 기관을 통해 인식하거나 인지한 내용을 분명히 기억한 상태에서 다른 사람에게 전달하는 상황이 있다. 즉, 화자는 자신이 보고 듣고 냄새 맡은 행위를 통해 굳게 믿고 있는 것을 다른 사람에게 말할 수 있다. 이러한 상황에서 화자는 어휘적으로는 '분명히, 확실히' 등으로, 서법적으로는 직설법으로 표현하고 양태적으로 '확신'을 나타낸다. 이 확신은 이미 경험한 것을 나타내는 것이므로 시간적으로 과거에 속하고 분명히 일어나 완료되어 지속

되고 있는 사건이며 이를 나타내는 것은 선어말 어미 '-었-'임을 확인
할 수 있다.

> (29) A: 화단에 꽃이 피었어?
> B: 응, 꽃이 모두 피었어.
> A: 내가 아까 보니 몇 송이 안 핀 것 같던데.
> B: 아니야, 분명히 모두 피었었어. 가보면 확실히 피어 있을 거야.

예문 (29)에서 B의 두 번째 대답은 일차적으로 완료를 나타내면서
이차적으로 '확신'을 나타낸다. 앞장의 논의에 따르면 "피었었어"는 단
속에 해당하나 발화 상황에 따라서는 덧붙인 말과 같이 상태 지속의
의미가 남아 있다고 보인다. 양운비(2009: 27~28)에 따르면, '짓다, 만들
다, 고치다, 끝내다, 그리다, 갖추다, 건너다 등'의 완성동사 구문에서
'-었₂-'는 '확신'을 잘 드러낸다는 것임을 확인할 수 있다.

> (30) ㄱ. 영희는 그림을 그리고 있다.
> ㄴ. 영희는 그림을 그리고 있었다.

예문 (30)은 '-고 있-'에 의해 그림을 그리는 상황은 끝날 때까지
지속되며, 그러한 과정에서 그리는 상황은 완성된 것이 아님을 나타낸
다. 다시 말하면 두 예문은 모두 그림을 그리는 상황이 지속됨을 나타
낸다. 그러나 (30ㄴ)은 (30ㄱ)에 비해 말하는 이가 나타내려는 확신을
더 강하게 표현한다. 예문 (29)에서 '-었₂-'는 상태 지속의 상황에서
'확신'의 의미를 강하게 드러내는 것을 확인할 수 있다. 이는 '-어 잇-'
에서 '상태 지속'의 어원적 의미가 작용한 결과로 본다.

　　본고에서는 이를 환유-은유 모형으로 설명하고자 한다. 이성하
(2016)에 따르면, 환유(Metonymy)는 어떤 방식으로 한 대상이 다른 대상
에 연속성을 가지고 있을 때에 그것을 이용해 그 연속성 있는 대상을
지칭하기 위해 쓰는 수사법의 일종이다. 문법화론의 관점에서 볼 때
가장 큰 의미를 갖는 환유의 형태는 발화상의 연속성, 즉 병치관계이
다. 영어의 be going to의 미래 표지로의 변화는 언어 사용자들의 심리
상의 인접성에 기초한 환유적 문법화의 한 예이다. 환유적 변화는 문맥
적 상황이나 언어외적 상황에 의존하는데 대화자들은 대화의 해석에
있어서 이 상황을 고려하여 의도된 의미를 파악하게 된다. 다시 말하면
환유적 변화는 문맥적 재해석에 의한 것이다. 문법화를 거시구조와 미
시구조로 나누어서 거시구조에는 은유가, 미시구조에는 문맥적 재해
석에 의한 환유가 적용된다.

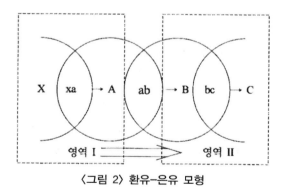

〈그림 2〉 환유-은유 모형

　→ 문맥적 재해석(context-induces reinterpretation)
　⇒ 은유적 전이(metaphorical transfer)

〈그림 2〉는 환유-은유 모형(Metonymic-Metaphorical Model)으로 문법화에 나타나는 두 가지 원동력 중에서 첫째는 하나의 인지적 영역에서 다른 인지적 영역으로 전이되는 은유의 과정이고 둘째는 문맥에 의해 유도된 재해석 즉 환유의 과정이다. 이 환유의 과정은 연속적으로 의미 중복을 발생시켜서 연쇄 구조를 갖게 한다. 환유-은유 모형에 따르면 문법화는 문맥에 의한 재분석으로, 환유에 의해 점진적으로 변화를 거쳐 가는데 일련의 변화를 겪고 난 후에 결과적으로 보면 개념의 변화에 영역의 변화가 있어서 은유의 기제가 사용되었다고 판단하게 된다.

(31) ㄱ. 모두 피었음이 확실해 / 분명해.
　　 ㄴ. 분명히 모두 피었- + (-었- / -더 / -겠-) + -어.

예문 (29) 상황에서 화자 B가 확신의 의미를 나타내기 위해 (31ㄱ)과 같은 우언적 구성도 가능하다. 그러나 이를 예문 (31ㄴ)과 같이 선어말어미로 나타내고자 할 때 결합 가능한 형태인 '-었-, -겠-, -더-' 중 확신의 의미를 담고 있는 것은 상태 지속의 의미로부터 문법화된 '-었-'밖에 없다.[18]

(32) ㄱ. 동작 완결/상태 지속 → 과거 → 완료 → 확신
　　 ㄴ. 명제 + 시제 -었₁- + 상 -었₂- 〉 명제 + 시상 -었₁- + 양태 -었₂-

---

[18] 그러나 현재 사용하는 '-었-'은 시상과 양태의 기능을 모두 다 나타낼 수 있다. 따라서 '-었₂-'가 양태 의미를 획득한 것은 완성된 것이 아니라 점진적으로 바뀌는 있는 단계로 보인다.

예문 (32ㄱ)은 '-었1었2-'에서 '-었2-'가 양태 의미를 가지게 된 과정을 설명한다. 최동주(2015)에 따르면, '-었-'의 원형인 '-어 잇-'의 기본 의미는 완결 지속으로, '-어 잇-'이 문법화 과정을 거친 '-었-'은 시제로서 과거와 상으로서 완료의 의미를 가지게 되었다. '-었1었2-'은 초기에 '-었1-'이 시제를, '-었2-'가 상을 담당하였으나, 재분석의 과정을 거치면서 '-었1-'이 '-었2-'의 기능까지 담당하면서 '-었2-'는 양태의 의미로 재분석되었다고 본다.[19] 따라서 화자는 명제에 덧붙여 양태로서 시상 외에 심적 태도로서 양태 '확신'을 드러내고자 할 때 시상을 나타내는 '-었1-' 뒤에 상태 지속의 의미가 잔존한 '-었2-'가 결합한다고 할 수 있다.

5. 결론

본고에서는 '-었1었2-' 구성에서 '-었1-'은 시상을 담당하여 과거시제와 완료의 의미를 드러내고, '-었2-'는 화자의 확신을 드러내는 양태를 나타낸다는 점을 논의하였다.

국어의 과거시제 선어말어미 '-었-'은 15세기 말에 나타나는 '-어

---

19 Langacker(Langacker(1977), Syntactic reanalysis, Mechanisms of Syntatic Change, 57-139, University of Texas Press, p.58.)에 따르면, 재분석이란 표현 구조 또는 표현을 나타내는 부류들에서 그 표면적 실현에 어떤 직접적 또는 본질적 수정을 수반하지 않고 일어난 변화를 말한다. 그리고 이성하(2016)에서도 재분석은 어떤 표현 형식의 변화에 있어서 외형상으로는 어떤 직접적이거나 근본적인 변화가 나타나지 않는 변화라고 하였다. 언어 사용자가 언어 형태의 구조를 인식하는 방법의 변화를 가리키는 것으로 외형상의 변화는 아니라는 뜻이다.

잇-'의 축약형 '-엣-'에서 끝소리 'ㅣ'가 줄면서 '-엇-'이 되었고 19세기 말에 '-었-'으로 되었다. 문법화 과정에 '-었1-'의 범위는 점차 확대되면서 시제만 나타내던 것이 시상도 표현하는데, 본고에서는 '-었2-'는 새로운 의미로서 확신의 의미를 갖게 되었다고 보았다. 문법화 과정에 '-었1-'은 시상을 나타내고, 이 구성에 '-었2-'가 결합하면서 시제나 상의 형태가 아니라 화자의 심리적 태도를 나타내는 양태 의미를 갖는다고 보았다.

'-었-'은 '완결 지속'을 나타내던 구체적인 의미에서 화자의 '확신'을 나타내는 추상적인 의미로 변하였다고 볼 수 있다. 따라서 '-었2-'의 [확실성], [지각], [이미 앎], [기지가정]의 의미 영역을 통해 '-었1었2-'이 '확신'을 나타내며 [명제+었]에 '-었2-'가 개입되면 '확신'의 양상적 의미가 산출된다. 이때 '-었2-'은 이미 이루어진 사건에 대한 단정의 의미로서 '확신'을 나타낸다. 그리고 본고에서는 은유-환유 모형과 재분석으로 '-었-'이 문법화의 과정과 양태의 의미 획득 과정을 설명할 수 있었다.

이 글은 지난 2017년 민족어문학회에서 발간한 『어문논집』 제72집에 게재된 것이다.

참고문헌

강복수·유창균, 『말본』, 형설출판사, 1969.

강소영, 「[확연], [당연], [개연]의 양태표지 연구」, 『한국어학』 16, 2002, 217~236쪽.

강정희, 「제주 방언과 문법화 과정에 대하여」, 『국어학』 11, 1982, 71~87쪽.

_____, 「문법화로 본 제주방언의 가능 표현 연구: '-어지다'구문을 중심으로」,
       『방언학』 16, 2012, 241~271쪽.

고무임, 「主格助詞 "이"의 史的考察: 그 原始的機能과 指定詞形成을 中心으로」,
       『국어국문학연구논문집』 8, 1959, 46~60쪽.

고영근, 『한국어의 시제 서법 동작상』, 태학사, 2004.

고영진, 『한국어의 문법화 과정: 풀이씨의 경우』, 국학자료원, 1997.

고정의, 「'-었었-'의 의미와 기능」, 『연구논문집』 2, 1982, 541~551쪽.

권영환, 「매인이름씨 구성의 씨끝되기에 대하여」, 『우리말연구』 6, 1996, 115~140쪽.

김련옥, 『한·중 양태부사 대조 연구』, 부산대학교 박사학위논문, 2013.

김민정, 「현대국어 '-었-'에 관한 연구」, 영남대학교 석사학위논문, 2010.

김승곤, 「"이"主格助詞의 語源考」, 『學術誌』 12, 1971, 127~141쪽.

_____, 「용언(用言)의 '대과거(大過去)' 시제(時制)에 대한 한 고찰(考察)」, 『국어
       국문학』 55, 56, 57 합병호, 1972, 115~127쪽.

김차균, 「{았}과 {었}의 의미와 상」, 『한글』 188, 1985, 3~64쪽.

_____, 『우리말 시제와 상의 연구』, 태학사, 1990.

김태엽, 「의존명사 {것}의 문법화와 문법변화」, 『우리말글』 8, 1990, 177~198쪽.

_____, 「국어 비종결어미의 종결어미화에 대하여」, 『언어학』 22, 1998, 171~189
       쪽.

_____, 「국어 종결어미화의 문법화 양상」, 『어문연구』 33, 2000, 44~68쪽.

_____, 「기능어의 문법화」, 『우리말글』 23, 2001, 1~24쪽.

남기심, 「현대국어(現代國語) 시제(時制)에 관(關)한 문제(問題)」, 『국어국문학』
       55, 56, 57 합병호, 1972, 213~238쪽.

_____, 「'-었었'의 쓰임에 대하여」, 『한글』 162, 1978a, 97~109쪽.

_____, 「국어 문법의 상(相)과 시제(時制)」, 『韓國學報』, 1978b, 164~175쪽.

문숙영, 「大過去 時制와 '-었었-'」, 『어문연구』 31, 2003, 59~83쪽.

_____, 「한국어 시제 범주」, 서울대학교 박사학위논문, 2005.

문숙영, 『한국어의 시제 범주』, 태학사, 2009.

박근영, 「한국어 지시 대요어의 문법화」, 한국외국어대학교 박사학위논문, 2001.

박재연, 「국어 양태 범주의 확립과 어미의 의미 기술-인식 양태를 중심으로」, 『국어학』 34, 1999, 199~225쪽.

박진호, 「'-었었-'의 단절과거 용법에 대한 재고찰-함축의 관습화와 유형론의 관점에서」, 『한글』 311, 2016, 89~121쪽.

서정목, 「후치사 '-서'의 의미에 대하여」, 『언어』 9, 1984, 155~186쪽.

서정수, 「국어 시상형태의 의미 분석 연구 - ø, 고 있, 었, 었었 -」, 『문법연구』 3, 1976, 83~158쪽.

성기철, 「경험의 형태 '-었-'에 대하여」, 『문법연구』 1, 1974, 237~269쪽.

_____, 『한국어 문법 연구』, 글누림출판사, 2007.

송창선, 「현대국어 '-었-'의 기능 연구 - '-었겠-, -었더-, -었었-'을 중심으로」, 『언어과학연구』 27, 2003, 181~196쪽.

_____, 『국어 통사론』, 한국문화사, 2010.

안병희, 「한국어 발달사: 문법사」, 『한국문화사대계』 5, 고려대 민족문화연구소, 1967.

안주호, 「한국어 명사의 문법화 현상 연구」, 연세대학교 박사학위논문, 1996.

_____, 『한국어 명사의 문법화 현상연구』, 한국문화사, 1997.

_____, 「한국어에서의 역문법화 현상에 대하여」, 『언어학』 10, 2002, 24~40쪽.

양영희, 「현대 한국어 명사의 문법화 유형 고찰」, 『용봉인문논총』 48, 2016, 129~154쪽.

양운비, 「한국어 시제 형태소 '-었-'의 기능에 관한 연구」, 인하대학교 석사학위논문, 2009.

유창돈, 「허사화 고구」, 『인문과학』 7, 1962, 1~25쪽.

이관규, 『국어 교육을 위한 국어 문법론』, 역락, 2005.

이기갑, 「'-다가'의 의미 확대」, 『語學硏究』 40, 2004, 543~572쪽.

이남순, 「었었攷」, 『진단학보』 78, 1994, 377~393쪽.

이성하, 『문법화의 이해』, 한국문화사, 1998.

_____, 『개정판 문법화의 이해』, 한국문화사, 2016.

이수득, 「國語 先語末語尾의 意味와 解釋에 관한 硏究 - 時制, 相, 樣相性을 中心으로」, 서강대학교 박사학위논문, 2002.

이수련, 「'있다'의 문법화에 대한 의미·화용적 연구」, 『국어학』 42, 2003, 177~205쪽.

이숭녕, 「주격(主格)'가'의 발달(發達)과 그 해석(解釋)」, 『국어국문학』 19, 1958, 53~57쪽.

_____, 『고등문법』, 을유문화사, 1968.

이승욱, 『國語文法體系의 史的研究』, 일조각, 1973.

_____, 「副動詞의 虛辭化」, 『진단학보』 51, 1981, 183~202쪽.

_____, 「문법화의 단계와 형태소 형성」, 『국어학』 37, 2001, 263~283쪽.

이익섭, 「相對時制에 대하여」, 『冠嶽語文研究』 3, 1978, 367~376쪽.

_____, 『한국어 문법』, 서울대학교출판문화원, 2005.

이재성, 『한국어의 시제와 상』, 국학자료원, 2001.

이태영, 『국어 동사의 문법화 연구』, 한신문화사, 1988.

이현희, 「국어문법사 기술의 몇 문제」, 『한국어문』 2, 1993, 57~77쪽.

이혜용, 「[짐작], [추측] 양태 표현의 의미와 화용적 기능」, 이화여자대학교 석사학위논문, 2003.

이호승, 「形態論的 文法化의 특성과 범위」, 『어문연구』 31, 2003, 97~120쪽.

이희승, 「存在詞 「있다」에 對하여: 그 形態要素로의 發展에 對한 考察」, 『서울대학교 論文集』 3, 1956, 17~47쪽.

정연주·홍종선·박주원·백형주·정경재·정유남, 『국어의 시제, 상, 서법』, 박문사, 2009.

정 진, 「국인 한국어 학습자의 시제 상 양태 선어말어미 습득 연구」, 이화여자대학교 박사학위논문, 2017.

조경순, 「국어 보조동사의 의미 구조와 문법화–'가지다'를 중심으로」, 『우리말글』 64, 2015, 27~55쪽.

조오현, 「{-았었-}의 의미」, 『한글』 227, 1995, 129~150쪽.

조일영, 「국어 선어말어미의 양태적 의미 고찰」, 『한국어학』 8, 1998, 39~66쪽.

최동주, 「국어 선어말어미 배열순서의 역사적 변화」, 『언어학』 17, 1995a, 317~335쪽.

_____, 「國語 時相體系의 通時的 變化에 관한 研究」, 서울대학교 박사학위논문, 1995b.

_____, 「문법화의 유형과 기제」, 『민족문화논총』 37, 2007, 521~550쪽.

_____, 『국어 시상체계의 통시적 변화』, 태학사, 2015.

최련화, 「'-었-''-었었-'의 의미기능에 대하여」, 『중국조선어문』 2010-6, 2010, 5~10쪽.

최성기, 「助詞에 對한 考察: 特히 主格助詞를 中心으로」, 『國語國文學硏究』 1, 1974, 113~129쪽.

최승은, 「{-었-}, {-었었-}에 대하여」, 『목멱어문』 2, 1987, 201~217쪽.

최정진, 「한국어 선어말 어미의 시제성과 양태성 연구 :'-었-, -겠-, -더-, -느-'를 중심으로」, 서울대학교 박사학위논문, 2012.

최현배, 『우리말본』, 정음사, 1959.

허 웅, 「15세기에서 16세기에 이르는 국어 때매김법의 변천」, 『세림한국학논총』 1, 1977, 413~484쪽.

_____, 『국어 때매김법의 변천사』, 샘문화사, 1987.

홍운표, 「현대국어의 후치사 {가지고}」, 『東洋學』 14, 1984, 25~40쪽.

Bybee, J. W. Pagliuca & R. Perkins, *The Evolution of Grammar: Tense, Aspect and Modality in the Language of the World*, The Univ. of Chicago Press, 1994.

Bybee, Joan L, *Morphology-A Study of the Relation between Meaning and Form*, Amsterdam/Philadephia, John Benjiamins Publishing Company, 1985.

Givon, T., "Evidentiality and Epistemic spac", *Studies in Language* 6, 1982, pp.23~49.

Hopper, P. & E. Traugott, *Grammaticalization*, Cambridge University Press, 1993.

Langacker, Syntactic reanalysis, *Mechanisms of Syntatic Change*, pp.57~139, University of Texas Press., 1977.

언어경관 '백두산/장백산'의 사용 양상과 사회적 요인과의 상관성

시각/음성 경관을 중심으로

량빈

1. 서론

이 글의 목적은 연변 지역 언어경관[1] '백두산/장백산'의 사용 양상 조사 분석을 통하여 사회적 요인과의 상관성을 살펴보는 데에 있다.

언어경관이란 인위적으로 만든 문화적인 경관을 표시하는 개념이다. 그러하여 기존의 연구들은 대부분 언어경관을 '표지판, 간판, 전단지, 현수막 …' 등과 같은 시각경관에만 초점을 두고 진행하였다. 그러나 언어경관은 시각경관 뿐만 아니라 음성경관과 촉각경관 모두 포함한 개념이다. 그러하여 본고에서는 언어경관 '백두산/장백산'을 시각경관과 음성경관 두 가지로 나누어 살펴보려고 한다.[2]

다언어사회에서 언어경관과 사회적 요인은 불가분리적인 것으로 어떠한 언어가 주로 사용되는지, 언어의 배열순서가 어떻게 되어있는지, 어떠한 단어를 번역어로 하는지 등을 통하여 사회적 요인과 언어경관

---

1 2. 1)에서 언어경관의 개념에 대하여 구체적으로 제시하도록 하겠다.
2 2. 1)에서 촉각경관을 연구 범위에서 배제한 원인을 제시하도록 하겠다.

의 상관성을 살펴 볼 수 있다. 그러하여 본고에서는 언어경관 '백두산/장백산'의 사용 양상을 통하여 사회적 요인과의 상관성을 기술하고자 한다.

   논의의 원활한 전개를 위하여 우선 2장에서 언어경관 개념을 명확히 하고 관련 선행 연구들의 흐름과 문제점을 토대로 연구 범위를 확정하겠다. 다음 3장에서는 시각경관의 하나인 '상표' 브랜드 '백두산/장백산'의 사용 양상을 조사하고 나아가 어떠한 사회적 요인이 시각경관의 사용에 영향 주는지 분석하도록 하겠다. 마지막으로 4장에서는 음성경관 '백두산/장백산'의 사용 양상을 통하여 사회적 요인과의 상관성을 분석하도록 하겠다.

2. 언어경관과 사회적 요인

1) 언어경관의 범주

   '경관'이라면 일차적으로 그 의미를 자연이 만들어 낸 '산, 강'과 같은 것을 생각할 수 있다. 그러나 조태린(2015:28)에서는 지리학에서 이러한 '경관'의 개념을 인간의 활동이 작용하여 만들어 낸 모습에까지 확장하여 '자연경관'과 대비되는 '문화경관'으로 구분하면서 그 사용 범위가 확장되었고, 이후 건축학, 조경학, 조형학 등의 분야에서 널리 쓰이는 용어가 되었다고 하였다. '언어경관'은 위와 같은 '문화경관'의 한 부분으로 '문화경관'이란 개념에 기초하여 형성된 것이라고 볼 수 있다.

조태린(2015:29)에 따르면 언어경관 연구에 가장 중요한 영향을 미친 랜드리와 부리스(Landry & Bourhis)는 언어 경관을 "특정 구역, 지역 또는 도시 집중 지구에서 공공 도로 표지판, 광고 게시판, 도로 명, 지명, 상점 간판, 정부 건물의 공공 표지판 등의 언어가 결합하면서 형성되는" 모습으로 정의하였다. 이와 같은 정의에 근거하여 기존의 연구들은 대부분 '표지판, 간판, 게시판' 등과 같은 시각경관만 연구의 범위로 한정하고 분석하였다.[3] 그러나 조태린(2015:41)에서는 언어경관의 문제에 문자 등으로 나타나는 시각경관의 문제뿐만 아니라 말로 실현되는 음성경관과 접촉으로 이루어지는 촉각경관의 문제까지 포함시켜야 한다고 하였다. 또한 양민호(2015:133)에서도 언어경관을 시각경관, 음성경관, 촉각경관 모두 포함하여야 한다고 주장하면서 각각의 경관에 대상 되는 장면을 아래의 〈표 1〉과 같이 제시하였다.

〈표 1〉 언어경관의 연구 범위와 그 대상이 되는 장면 예

언어경관	구체적인 장면
시각경관	각종 팸플릿의 다언어 사용
음성경관	백화점 및 병원의 다언어 음성 서비스, 관공서 다국어 서비스
촉각경관	사회적 소외계층 또는 정보 약자를 위한 배려

언어경관을 인간이 만들어 낸 문화적인 언어표지라고 생각할 때 시각경관 뿐만 아니라 음성경관과 촉각경관 모두 연구 범위에 포함하여

---

3 언어경관에 대한 연구로서 양민호(2012), 양민호(2013), 김정헌(2017), 심재형(2017) 등은 연구 범위를 모두 시각경관에만 한정하여 진행하였다. 그리고 양민호(2015)에서는 언어경관이 향후 진행하여야 할 모델을 제시하였고 조태린(2015)에서는 언어경관을 다언어사용의 관점에서도 연구를 진행하여야 한다고 하였다.

야 한다. 그러나 연변 이중 언어사회에서 촉각경관에 해당하는 '점자, 블록' 등은 국가적 차원에서 제작하여 중국어 표현에 해당하는 '장백산' 만 사용한다. 그리하여 촉각경관을 제외한 시각경관인 '상표'와 음성경관인 '공적인 상황에서의 '백두산' 사용 여부'를 본 연구의 조사 범위로 하려고 한다.[4]

2) 사회적 요인과의 상관성

기존 연구들은 언어경관의 연구 범위를 시각경관에만 한정한 문제점과 함께 언어경관을 단순히 시각경관에 나타난 여러 언어의 사용 양상만 기술하는 데 머물러 있다는 것이다. 조태린(2015:30)에 따르면 랜드리와 부리스(Landry & Bourhis)의 정의를 통해서는 파악할 수 없지만 언어 경관과 유사하거나 관련된 용어들로 "언어 시장(linguistic market), 언어 모자이크(linguistic mosaic), 언어 생태학(ecology of language), 언어 다양성(diversity of language), 언어 상황(linguistic situation)" 등이 사용되기도 한다. 위의 용어들은 모두 두 개 또는 그 이상의 언어가 존재하는 사회적 상황에서 언어가 어떻게 사용되고 선택되는지를 지칭한다는 점에서 공통점을 가지고 있는데 언어경관의 중요한 특징 중 하나가 다언어사용(multilingualism)과 매우 밀접한 연관을 갖고 있다고 볼 수 있다.

연변 지역은 바일링구얼리즘(bilingualism) 사회로서 언어 사이에 상위어와 하위어와 같은 층위가 존재하지 않는다. 그렇다고 하여 연변

---

4 시각경관과 음성경관의 구체적인 연구 범위를 각각 '상표'와 '공적인 상황에서의 '백두산' 사용 여부'로 확정한 이유를 '3. 1)'과 '4. 1)' 조사 방법에서 기술하도록 하겠다.

지역에서 사용하고 있는 조선어[5]와 중국어의 층위가 완전히 동일한 것은 아니다. '공적인 상황, 경제적인 활동, 맥락, 상황, 화·청자 사이의 관계, 표현하려고 하는 주제, 언어에 대한 인식 …' 등과 같은 사회적 요인은 연변 이중 언어 화자들의 언어 사용에 영향 주고 있다. 량빈·조재형(2017:173–175)에서는 '대화 요청' 상황에서 연변 여성 화자들은 남성 화자들보다 '한국어형' 표현을 많이 사용하는데 이는 한국어에 대한 인식이 '부드럽고 상냥하며 여성스럽기' 때문에 '중국어형 혹은 연변 방언형'보다 '한국어형' 표현을 선호한다고 하였다. 연변 화자들의 '대화 요청' 표현 사용에 있어서 '언어 사용 상황, 화자의 특성 및 의도, 언어에 대한 인식' 등과 같은 사회적 요인이 영향을 준다는 것이다.

연변 지역에서 법적으로 '간판, 표지판' 등과 같은 시각경관에 대하여 '중국어'와 '조선어'를 병기(幷記)하도록 제정하였지만 '중국어와 조선어가 가지고 있는 힘(power)이 같은지, 언어경관의 사용에 영향 주는 사회적 요인은 무엇인지, …' 등과 같은 문제가 존재한다. 연변 지역의 언어경관은 조태린(2015:31)에서 말한 것과 같이 "정보 표지로만 기능하는 것이 아니라 둘 이상의 언어 또는 언어 공동체 간의 상대적 힘과 지위를 전하는 상징적 표지물로" 기능하게 된다.

2014년 연예인 '김수현, 전지현'은 '장백산'이라고 표기되어 있는 생수 광고 모델로 발탁되었다가 한국에서 여론의 질타를 받았다. '백두산'을 한(韓)민족의 상징으로 생각하고 '장백산'이란 중국어적 표현의 사용에 대한 한국인들의 부정적 인식이 이러한 논란을 일으킨 것이라고 할 수 있다. 사회적 요인이 동일한 자연 사물을 지칭하는 언어경관

---

5 본고에서는 조선어를 '북한어, 한국어, 연변 방언' 등을 포괄한 개념으로 보도록 하겠다.

'백두산/장백산'의 사용에 영향을 미치고 있음을 알 수 있다.

'백두산/장백산'과 같이 동일한 사물을 지칭하는 고유의 표기이면서 각각의 표현에 대한 사회적 인식이 극명하게 양분되는 언어경관을 연구 대상으로 삼아야만 언어경관의 구체적인 사용양상을 통하여 사회적 요인과의 상관성을 포착할 수 있다고 생각한다.

본고에서는 우선 언어경관 '백두산/장백산'을 시각경관과 음성경관으로 나누어 분석하겠다. 다음으로 시각경관 사용 양상을 통하여 사회적 요인과의 상관성을 분석하도록 하겠다. 마지막으로 음성경관의 사용 양상을 통하여 사회적 요인과의 상관성을 분석하도록 하겠다. '시각경관/음성경관'의 사용 양상과 사회적 요인들이 유의미한 상관성이 있는지 여부(與否)에 대하여 'SPSS 21 version' 프로그램을 이용하여 '카이제곱 검정(Chi-Square Test)[6]'을 진행하도록 하겠다.

3. 시각경관의 사용 양상과 사회적 요인과의 상관성

1) 조사 방법 및 결과

시각경관 '백두산/장백산'의 사용 양상을 살펴보기 위하여 '상표 (brand, 商標)'를 본고의 조사 대상으로 하였다. '입간판, 메뉴판 …' 등과 같은 시각경관은 개인적 요인들이 중요하게 작용하여 시각경관과 사회

---

[6] 본 연구는 언어경관의 사용 양상과 사회적 요인과의 상관성 곧 사용 빈도와 사회적 요인과의 상관성을 분석하는 것이다. 그러하여 '집단 간 평균 점수 차이의 유의미 여부 (與否)'를 측정하는 'T-검정(T-Test)' 대신 '카이제곱 검정(Chi-Square Test)'으로 진행하였다.

적 요인의 상관성을 정확하게 파악할 수 없기에 상표를 본고의 연구 대상으로 하였다. 상표는 기업의 무형자산으로 소비자와 시장에서 그 기업을 나타내는 가치를 나타낸다. 또한 마케팅, 광고, 홍보, 제품 디자인 등에 직접 사용되며, 문화나 경제에 있어 현대의 산업소비 사회를 나타내는 중요한 요소이기 때문이다.[7]

연변 지역에서 사용하고 있는 시각경관을 조사하기 위하여 중국공상총국(中國工商總局)[8]에 상표 등록 되어 있는 것만 조사하였다.[9] 시각경관 '백두산/장백산' 뿐만 아니라 '백두산/장백산'이라는 키워드가 들어가 있는 상표 모두 조사하였다.

'장백산'을 사용한 상표는 중국에 모두 1204개 있지만 '중복 등록, 기타 지역 등록' 등 변수를 제외하면 곧 본 연구 목적에 적합한 대상은 66개이다. 구체적인 조사 방법은 아래와 같다.

<표 2> 시각경관 조사 사이트 내용[10]

序號	國際 分類	申請日期	商標名稱	申請人名稱
2	30	2017年07月07日	長白山花栗鼠	董孝禹
3	29	2017年07月07日	長白山花栗鼠	董孝禹

---

7 브랜드(brand)는 어떤 경제적인 생산자를 구별하는 지각된 이미지와 경험의 집합이며 보다 좁게는 어떤 상품이나 회사를 나타내는 표지이다.
   https://ko.wikipedia.org/wiki/%EB%B8%8C%EB%9E%9C%EB%93%9C
8 중국의 중국공상총국(中國工商總局)은 한국의 기획재정부와 비슷한 기능을 하는 정부 부처이다.
9 중국 상표 검색 사이트: http://wsjs.saic.gov.cn/txnS02.do?locale=zh_CN
   2017년 10월 23일 검색 기준.
10 <표 2>는 중국 상표 검색 사이트의 조사 결과 일부를 표로 만든 것이다.

4	32	2017年07月07日	長白山花栗鼠	董孝禹
14	28	2017年06月13日	長白山東北虎	董孝禹
15	28	2017年06月13日	長白山花栗鼠	董孝禹
16	28	2017年06月13日	長白山海東靑	董孝禹
44	33	2017年04月06日	長白山鈣果	吉林省吉松農業科技發展有限公司
45	32	2017年04月06日	長白山鈣果	吉林省吉松農業科技發展有限公司
46	31	2017年04月06日	長白山鈣果	吉林省吉松農業科技發展有限公司
47	30	2017年04月06日	長白山鈣果	吉林省吉松農業科技發展有限公司
48	29	2017年04月06日	長白山鈣果	吉林省吉松農業科技發展有限公司

〈표 2〉에서 '등록번호(序號)' '2, 3, 4, 14, 15, 16' 등은 '신청인 명칭(申請人明稱)'이 모두 '董孝禹'으로 되어 있는데 이는 동일 신청인이 여러 개의 상표를 등록한 경우이다. 본고에서는 이렇게 '중복등록'된 상표 모두 '한번'으로 처리하였다.

등록번호 '44-48'은 '吉林省吉松農業科技發展有限公司'에서 신청하였고 '신청인 주소지(申請人地址)'는 아래 〈그림 1〉과 같이 연변 지역이 아닌 기타 지역으로 되어있다. 이러한 경우는 '기타 지역 등록'으로 본고의 연구 범위에서 배제하였다. 이와 같은 방법으로 조사한 결과 연변 지역에서 사용하고 있는 시각경관 '장백산'의 총수는 66개이다.

申请/注册号	23417831	申请日期	2017年04月06日	国际分类	31
申请人名称（中文）	吉林省吉松农业科技发展有限公司				
申请人名称（英文）					
申请人地址（中文）	吉林省长春市南关区人民大街5688号紫金花饭店五层中区555号				
申请人地址（英文）					

〈그림 1〉 언어경관 조사 내용

같은 방법으로 시각경관 '백두산'을 조사한 결과 50개의 상표가 사용되고 있었다. 그러나 '중복 등록, 기타 지역 등록' 등을 제외하면 11개이다. 결과적으로 본고의 시각경관 연구 대상은 '장백산' 66개, '백두산' 11개로 총(總) 77개이다. 조사한 77개의 시각경관에 대하여 〈부록 1〉과 〈부록 2〉에서 구체적으로 제시하였다.

연변 지역은 6개의 시(市)와 2개의 현(縣)으로 이루어져 있는데[11] 77개의 시각경관을 '지역 별 * 시각경관 사용'으로 교차 분석하면 아래의 〈표 3〉과 〈그림 2〉와 같다.

〈표 3〉 지역 별 * 시각경관 선택 교차표

구분		시각경관 선택		전체
		장백산	백두산	
연변 지역	안도	25	1	26
	연길	23	7	30
	돈화	6	0	6
	용정	4	2	6
	화룡	3	0	3
	왕청	3	0	3
	훈춘	1	0	1
	도문	1	1	2
전체		66	11	77

---

11 연변은 연길시, 룡정시, 도문시, 훈춘시, 돈화시, 화룡시, 왕청현, 안도현 등 8개 행정 지역으로 이루어져 있다.

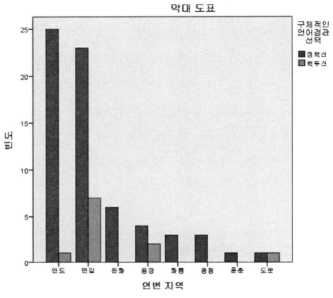

〈그림 2〉 지역별 시각경관 사용 양상 막대표

　〈표 3〉과 〈그림 2〉는 '연변 지역 별 시각경관 사용 양상'을 조사한 결과이다. 시각경관 '백두산/장백산'의 사용 빈도에 있어서 '연길(30), 안도(26)' 두 지역은 타 지역에 비해 월등히 높은 것을 알 수 있다. 그리고 시각경관 '장백산'을 '백두산'보다 훨씬 많이 사용하고 있으며 모든 지역에서 시각경관 '장백산'을 사용한 것과 달리 '연길, 안도, 용정, 도문' 지역에서만 시각경관 '백두산'을 사용하였다.

2) 조사 결과 분석

　시각경관 '백두산/장백산'의 사용에 영향을 미치는 사회적 요인을 분석하기 위하여 '지역 별, 장백산 경제 정책[12], 상표 분류[13]' 등 변수들

과 '카이제곱 검정'을 진행하였다. 시각경관 '백두산/장백산'의 사용 양
상과 사회적 요인 간(間) 구체적인 분석 내용은 아래의 〈표 4〉와 같다.

〈표 4〉 사회적 요인 별 시각경관 분석 내용

사회적 요인	분석 내용
지역 별	'지역 별'에 따라 시각경관 '백두산/장백산'의 선택, 사용에 차이를 보이는지
장백산 경제 정책	'장백산 경제 정책' 시행 연도 2005년을 기준으로 '정책 시행 전'과 '정책 시행 후'로 나누어 볼 때 시각경관 '백두산/장백산'의 사용, 선택에 차이를 보이는지
상표 분류	상품 특성에 따라 상표를 '상표 류'와 '서비스 류'로 나누어 보았을 때 시각경관 '백두산/장백산'의 사용에 차이를 보이는지

〈표 4〉의 '상표 분류 * 시각경관' 분석 내용에 따라 '카이제곱 검정'을
진행한 결과 아래의 〈표 5-1〉, 〈표 5-2〉, 〈표 5-3〉과 같다.

---

12 중국에서 '장백산 보호 개발구(長白山保護開發區)'를 설립하고 2005년부터 본격적으로 자원 보호와 함께 관광업을 발전하는 '장백산 경제 정책'을 실행하였다. 길림성장백산보호개발구(吉林省長白山保護開發區) 검색 사이트: https://baike.baidu.com/item/%E5%90%89%E6%9E%97%E7%9C%81%E9%95%BF%E7%99%BD%E5%B1%B1%E4%BF%9D%E6%8A%A4%E5%BC%80%E5%8F%91%E5%8C%BA/18558539

13 상표 등록 상품의 특성에 따라 상품을 분류하는데 국제적으로 니스(NICE) 국제 상품 분류표를 통용하고 있다. 예를 들어 '기타, 피아노, 드럼'과 같은 악기들은 니스(NICE) 국제 상품 분류에서 '제15류'에 속하는 항목이다. 니스(NICE) 국제 상품 분류표의 '제1류~제34류'에 속하는 항목은 '상품 류'로, '제35류~제45류'에 속하는 항목은 '서비스 류'로 나누어 보고 있다.
특허청 상품 분류 코드 검색 사이트: http://www.kipo.go.kr/kpo/user.tdf;jsessionid=9863ca6b30d5dbc53b4c31ca4f91a1fdf42087a12975.www?a=user.ip_info.codeDevide.BoardNice&c=1001&version=11&catmenu=m06_07_03_02

〈표 5-1〉 상표 분류 * 시각경관 사용 교차표

구분			시각경관		전체
			장백산	백두산	
상표 분류	상품 류	빈도	48	9	57
		기대빈도	48.9	8.1	57.0
		상표 분류 중%	84.2%	15.8%	100.0%
	서비스 류	빈도	18	2	20
		기대빈도	17.1	2.9	20.0
		상표 분류 중%	90.0%	10.0%	100.0%
전체		빈도	66	11	77
		기대빈도	66.0	11.0	77.0
		상표분류중%	85.7%	14.3%	100.0%

〈표 5-2〉 카이제곱 검정

구분	값	자유도	점근 유의 확률(양측검정)
Pearson 카이제곱	.405a	1	.524
우도비	.432	1	.511
선형 대 선형 결합	.400	1	.527
유효케이스수	77		

〈표 5-3〉 상표 분류 * 시각경관 대칭적 측도

구분		값	근사 유의 확률
명목척도 대 명목척도	파이	-.073	.524
	Cramer의V	.073	.524
유효 케이스 수		77	

〈표 5-1〉은 '상표 분류 별' 시각경관 '백두산/장백산' 사용 양상 교차
표이다. 시각경관 '백두산/장백산' 모두 '서비스 류' 상표보다 '상품 류'

상표를 지칭하는데 더욱 많이 사용되었다.

〈표 5-2〉에서는 사회적 요인 '상표 분류'에 의한 시각경관 '장백산/백두산' 사용 양상의 차이가 유의미한지 곧 제품의 특성에 의하여 설정한 '상표 분류'가 시각경관의 사용에 영향을 미치는지 검정하였다. 그 결과 'Pearson 카이제곱 값'은 '.524'로서 'P-값'인 '.05'보다 높으므로 무의미한 것을 알 수 있다.

〈표 5-3〉은 변수 '상표 분류'와 '시각경관 사용' 사이 유의미한 상관성을 보이는 지 검증한 표이다. '파이의 근사유의 확률'이 '.524'로 '.05'보다 높으므로 무의미한 차이를 보인다. 결론적으로 사회적 요인 '상표 분류'는 시각경관 '백두산/장백산'의 사용에 영향을 미치지 못한다.[14]

〈표 6〉 지역 별 * 시각경관 대칭적 측도

구분		값	근사 유의 확률
명목척도 대 명목척도	파이	.367	.170
	Cramer의V	.367	.170
유효 케이스 수		77	

〈표 6〉은 사회적 요인 '지역 별'이 '시각경관'의 사용에 영향 주는지 분석한 결과이다. '근사 유의 확률'이 '.170'으로 '.05'보다 높으므로 유의미한 차이를 보이고 있지 않다. '지역 별' 시각경관의 사용 빈도에 있어서 차이를 보이고 있지만 통계적으로 무의미한 차이라는 것이다. '구체적인 지역이 어딘지'와 같은 사회적 요인은 시각경관 '백두산/장

---

14 본고의 주된 목적은 언어경관의 사용 양상에 영향을 미치는 사회적 요인을 분석하는 것이므로 아래의 내용에서는 두 변수 사이의 상관성을 표시하는 〈표 5-3〉과 같은 '대칭적 측도'만 제시하도록 하겠다.

백산'의 사용에 영향을 주지 못한다.

〈표 7〉 장백산 경제 정책 * 시각경관 대칭적 측도

구분		값	근사 유의 확률
명목척도 대 명목척도	파이	.289	.011
	Cramer의V	.289	.011
유효 케이스 수		77	

〈표 7〉은 사회적 요인 '장백산 경제 정책'이 시각경관 '백두산/장백산'의 사용에 영향 주는지 분석한 결과이다. '근사 유의 확률'이 '.011'로 '.05'보다 작으므로 유의미한 차이를 보인다. '장백산 경제 정책'의 시행 여부가 시각경관의 사용에 유의미한 영향을 준다는 것이다.

사회적 요인과 시각경관 사이 상관성 존재 여부를 분석하기 위하여 '카이제곱 검정'을 진행한 결과 사회적 요인 '장백산 경제 정책'만 시각경관 '백두산/장백산'의 사용에 영향을 미친다.

3) 경제 정책과의 상관성

'장백산 경제 정책'에 따른 시각경관 '백두산/장백산'의 구체적인 사용 양상은 아래의 〈표 8〉에서 확인할 수 있다.

〈표 8〉 시각경관 * 장백산 경제 정책 교차표

구분		장백산 경제 정책		전체
		2005년 ~	~ 2004년	
언어경관 선택	장백산	57	9	66
	백두산	6	5	11
전체		63	14	77

〈표 8〉에서 '장백산 경제 정책' 시행 이전에는 시각경과 '백두산/장백산'의 사용 빈도가 '14'이지만 시행 이후에는 사용 빈도가 '63'으로 대폭 증가하였다. 사회적 요인 '장백산 경제 정책'의 시행 여부가 시각경관의 사용 빈도에 영향 주었다는 것을 알 수 있다.

'장백산 경제 정책'의 시행 여부와 상관없이 시각경관 '백두산'의 사용 빈도는 별다른 차이를 보이고 있지 않는 반면 시각경관 '장백산'의 사용 빈도는 정책 시행 이전인 '9'에서 정책 시행 이후인 '57'로 급격히 높아졌다.

시각경관 '장백산'을 중국어적인 표현으로 볼 때 '백두산'은 '연변 방언, 한국어'적인 표현이라 할 수 있다. 연변 이중 언어화자들은 국가적 정책인 '장백산 경제 정책'에 대응하는 언어인 중국어 시각경관 표현 '장백산'을 더욱 많이 사용하였고 '장백산 경제 정책' 이후 시각경관 '장백산'의 사용만 급격히 증가하였다.

'안도현'은 "장백산 제1현(長白山下第一縣)"으로서 시각경관 '백두산/장백산'의 사용 빈도가 '연길시' 다음으로 높은데 '장백산 경제 정책'의 영향을 받은 결과이다. '2005년' 이전까지 시각경관 사용 빈도가 단 한번인 '안도' 지역은 '2005년'을 기준으로 시각경관 '장백산/백두산'의 사용이 급증하였는데 아래의 〈표 9〉와 같다.

〈표 9〉 지역 별 * 장백산 경제 정책 교차표

구분		장백산 경제 정책		전체
		2005년 ~	~ 2004년	
연변 지역	안도	25	1	26
	연길	22	8	30
	돈화	5	1	6

	용정	2	4	6
	화룡	3	0	3
	왕청	3	0	3
	훈춘	1	0	1
	도문	2	0	2
전체		63	14	77

'안도현'은 비록 '장백산 제1현'이지만 '장백산 경제 정책'을 시행하기 이전까지 시각경관 '백두산/장백산'의 사용 빈도는 한번 뿐이었다. 그러나 '장백산 경제 정책'이 실행되기 시작한 2005년부터 시각경관 사용수가 '25'로 급격히 증가하였다. 시각경관의 사용에 있어서 '장백산 경제 정책'이 영향을 미친다는 것을 더욱 명확하게 알 수 있다.

나아가 언어경관과 거리가 가까운 '화룡' 지역이 시각경관을 적게 사용한 문제[15]와 '연길' 지역이 가장 높은 빈도로 시각경관을 사용한 문제[16]를 경제적 요인으로 해결할 수 있다.

첫째, '화룡' 지역은 비록 언어경관 '장백산/백두산'과 지리적 거리가 가까우나 '장백산 경제 정책'의 대상에서 제외되었음으로 시각경관 '백두산/장백산'의 사용 빈도가 낮게 되었다.

둘째, '연길' 지역은 비록 '장백산 경제 정책' 대상에 포함되어 있지 않지만 연변 지역의 경제, 문화, 정치의 중심지로서 경제적으로 가장 발전한 도시이다. 그러하여 시각경관의 사용에 있어서 가장 높은 빈도를 보이는 것은 당연한 현상이라고 볼 수 있다.

---

15 '화룡' 지역은 '안도' 지역 다음으로 지리적 경관 '백두산/장백산'과의 거리가 가까운 지역이다. 그러나 '화룡' 지역에서 시각경관 사용 빈도는 '3'번 뿐이다.
16 '연길' 지역은 '장백산 보호 정책'에 포함된 지역이 아님에도 불구하고 시각경관 '백두산/장백산'의 사용 빈도가 가장 높다.

시각경관 '백두산/장백산'의 사용 양상에 있어서 여러 가지 사회적 요인이 영향 줄 것이라 생각할 수 있다. 그러나 '사회적 요인'과 '시각경관 사용' 사이의 상관관계를 분석한 결과 '장백산 경제 정책'만 시각경관의 사용에 통계적으로 유의미한 상관성을 보이고 있다. 나아가 '장백산 경제 정책' 뿐만 아니라 '경제 수준' 등과 같은 경제적인 요인도 시각경관 '백두산/장백산'의 사용에 영향을 준다.

4. 음성경관의 사용 양상과 사회적 요인과의 상관성

1) 조사 방법 및 결과

음성경관을 일반적으로 공적인 상황 구체적으로 '관공서에서 제공하는 음성 서비스' 등을 지칭하는데 연변 지역 관공서에서는 음성경관 '장백산'만 사용한다. 그럼에도 불구하고 연변 이중 언어화자들은 맥락에 따라 공적인 상황에서 '백두산'이라는 음성경관을 사용하는 경우가 존재한다. 그러하여 본고에서는 관공서에서 사용하는 것이 아닌 공적인 상황에서 음성경관 '백두산'의 의도적 사용 양상을 조사하고 사회적 요인과의 상관성을 살펴보도록 하겠다.

시각경관의 사용과 달리 연변 이중 언어화자들은 음성경관의 사용에 있어서 '장백산'을 선택하는 것이 일반적이다. 그러나 특정한 사회적 요인의 작용에 따라 '백두산'을 의도적으로 사용하는 경우가 존재한다. 그러하여 본고에서는 '남성, 여성' 각각 20명, '20대, 30대, 40대, 50대' 각각 10명씩 선정하여 총 40명에 대하여 설문조사를 진행하였다. 구체적인 조사 결과는 〈부록 3〉과 같다.

〈표 10〉 음성경관 '백두산' 의도적 사용 양상

구분		빈도	퍼센트	유효퍼센트	누적퍼센트
유효	사용	13	32.5	32.5	32.5
	불사용	27	67.5	67.5	100
	합계	40	100	100	

〈표 10〉은 의도적으로 음성경관 '백두산'을 사용하는지 여부에 대한 설문조사 결과이다. 피조사자 중 13명은 특정한 상황에서 의도적으로 음성경관 '백두산'을 사용한적 있다고 응답하고 나머지 27명은 의도적으로도 음성경관 '백두산'을 사용하지 않는다고 응답하였다.

2) 조사 결과 분석

음성경관 '백두산'의 사용에 영향 미치는 사회적 요인을 분석하기 위하여 '직업, 연령, 성별, 거주지' 등 변수와 함께 3.2와 같이 '카이제곱 검정'을 진행하였다. 음성경관 '백두산'의 사용 양상과 사회적 요인 간(間) 구체적인 분석 내용은 아래의 〈표 11〉과 같다.

〈표 11〉 사회적 요인 별 음성경관 분석 내용

사회적 요인	분석 내용
직업	'직업' 곧 피조사자의 직업이 무엇인지에 따라 음성경관 '백두산'의 사용에 차이를 보이는지
연령	'연령대'의 높고 낮음에 따라 음성경관 '백두산'의 사용에 차이를 보이는지
성별	'성별'이 '남성 혹은 여성' 인가에 따라 음성경관 '백두산'의 사용에 차이를 보이는지
거주지	'거주지'가 '한국 혹은 중국' 인가에 따라 음성경관 '백두산'의 사용에 차이를 보이는지

〈표 11〉에서 제시한 사회적 요인들과 음성경관 '백두산' 의도적 사용 빈도 사이의 상관성을 분석한 결과 구체적으로 아래의 〈표 12-1〉, 〈표 12-2〉, 〈표 12-3〉, 〈표 12-4〉와 같다.

〈표 12-1〉 성별 * 음성경관 사용 대칭적 측도

구분		값	근사 유의 확률
명목척도 대 명목척도	파이	.160	.311
	Cramer의 V	.160	.311
유효 케이스 수		40	

〈표 12-2〉 거주지 * 음성경관 사용 대칭적 측도

구분		값	근사 유의 확률
명목척도 대 명목척도	파이	-.010	.952
	Cramer의 V	.010	.952
유효 케이스 수		40	

〈표 12-3〉 연령 * 음성경관 사용 대칭적 측도

구분		값	근사 유의 확률
명목척도 대 명목척도	파이	.233	.539
	Cramer의 V	.233	.539
유효 케이스 수		40	

〈표 12-4〉 직업 * 음성경관 사용 대칭적 측도

구분		값	근사 유의 확률
명목척도 대 명목척도	파이	.613	.005
	Cramer의 V	.613	.005
유효 케이스 수		40	

〈표 12-1〉에서 '근사 유의 확률'이 '.311'로서 '.05'보다 높으므로 무의미한 상관성을 보이고 있다. '성별'에 따른 구체적으로 '남성', '여성'에 따라 음성경관의 사용 빈도에 차이를 보이고 있지만 통계적으로는 무의미한 차이이다. 음성경관의 사용에 있어서 사회적 요인 '성별'은 영향을 미치지 못한다는 것이다.

〈표 12-2〉에서 '근사 유의 확률'이 '.952'로서 '.05'보다 높으므로 무의미한 상관성을 보이고 있다. '거주지'에 따른 구체적으로 '중국에서 거주', '한국에서 거주' 하는지에 따라 음성경관의 사용 빈도에 차이를 보이고 있지만 통계적으로 무의미한 차이라는 것이다. 음성경관의 사용에 있어서 사회적 요인 '거주지'는 영향을 주지 않는다.

〈표 12-3〉에서 '근사 유의 확률'이 '.539'로서 '.05'보다 높으므로 무의미한 상관성을 보이고 있다. '연령대'에 따른 구체적으로 '20대', '30대', '40대', '50대' 등에 따라 음성경관의 사용 빈도에 차이를 보이고 있지만 통계적으로는 무의미한 차이이다. 음성경관의 사용에 있어서 사회적 요인 '연령대'는 영향을 주지 못한다.

〈표 12-4〉에서 '근사 유의 확률'이 '.005'로서 '.05'보다 낮으므로 유의미한 상관성을 보이고 있다. '직업'이 무엇인지에 따라 음성경관의 사용 빈도에 차이를 보이고 있으며 통계적으로도 유의미한 차이를 가진다는 것이다. 음성경관의 사용에 있어서 사회적 요인 '직업'이 영향을 주고 통계적으로 유의미한 상관성이 존재한다.

3) 직업과의 상관성

여러 사회적 요인에서 음성경관 '백두산'의 사용 양상과 상관성을

가지고 있는 것은 '직업' 뿐이다. 사회적 요인 '직업'이 음성경관 '백두
산'의 사용에 미치는 영향을 분석하면 아래의 〈표 13〉과 같다.

〈표 13〉 직업 * 음성경관 사용 교차표

구분		직업					전체
		학생	선생님	교수	가이드	회사원	
음성경관 사용	사용	2	2	3	5	1	13
	불사용	2	15	5	0	5	27
전체		4	17	8	5	6	40

〈표 13〉에서 '백두산' 불사용 응답 빈도가 가장 높은 직업군은 '선생
님'이고 '백두산' 사용 응답 빈도가 가장 높은 직업군은 '가이드' 이다.
이는 직업 특성이 초래한 결과로 볼 수 있다. 학생들을 가르치는 '선생
님' 직업군은 중국 내 공식 표현인 '장백산'을 많이 사용하고 음성경관
'백두산'의 사용에 대하여 가장 소극적인 사용 양상을 보이고 있다. 반
면 한국인과의 접촉이 가장 빈번한 '가이드' 직업군은 음성경관 '백두
산'의 사용에 있어서 가장 높은 빈도를 보이고 있다.

음성경관 '백두산'의 사용 양상에 있어서 사회적 요인 '직업'이 주된
영향을 미친다는 것은 아래의 〈표 14〉에서 더욱 명확하게 나타난다.

〈표 14〉 연령 * 음성경관 사용 교차표

구분		연령대				전체
		20대	30대	40대	50대	
음성경관 사용	사용	5	3	3	2	13
	불사용	5	7	7	8	27
전체		10	10	10	10	40

〈표 14〉의 '연령 * 음성경관 '백두산' 의도적 사용' 교차 분석표에서는 연령대가 높을수록 음성경관 '백두산'의 사용에 있어서 소극적이고 사용 빈도도 가장 낮다. 그러나 이익섭(1996), 박경래(2002a, 2002b, 2015)와 같은 연구에서 연변 이중 언어화자들은 연령대가 높을수록 조선어적인 표현을 선호한다고 하였다. 그러하다면 음성경관 '백두산'의 사용에 있어서 연령대가 높을수록 긍정적이어야 하고 사용 빈도 또한 높아야 한다.

이와 같이 기존 연구와 조사 결과가 상충하는 원인은 음성경관 '백두산'의 사용에 있어서 '연령'보다 '직업군'이 더욱 주된 영향으로 작용하기 때문이다. 구체적인 직업과 연령을 교차 분석한 결과 아래의 〈표 15〉와 같다.

'50대' 피조사자들은 '선생님, 교수, 회사원' 등과 같은 직업을 가지고 있고 '20대' 피조사자들은 '학생, 선생님, 가이드, 회사원' 등과 같은 직업을 가지고 있다. '20대' 피조사들 연령대가 낮다 하더라도 한국인과 교류가 잦은 '가이드', 한국에서 유학 생활을 하고 있는 '학생', 한국에서 직장 생활을 하고 있는 '회사원'으로 구성되어 있기에 음성경관 '백두산'의 사용에 있어서 가장 높은 빈도를 보이게 되었다.

연변 이중 언어화자의 '직업'이 무엇인지에 따라 음성경관 '백두산'의 사용 빈도에 변화를 보이고 있다. 직업적 특성과 함께 한국인 또는 한국 사회와 경제적 접촉이 상대적으로 빈번한 직업은 음성경관 '백두산' 사용 빈도가 높고 반대일 경우에는 음성경관 '백두산' 사용 빈도가 낮다.

〈표 15〉 직업 * 연령대 교차표

구분		연령대				전체
		20대	30대	40대	50대	
직업	학생	3	1	0	0	4
	선생님	2	5	6	4	17
	교수	0	0	4	4	8
	가이드	3	2	0	0	5
	회사원	2	2	0	2	6
전체		10	10	10	10	40

5. 결론

본고에서는 언어경관 '백두산/장백산'을 시각경관과 음성경관으로
나누어 사용 양상을 조사하고 사회적 요인과의 상관성을 분석하였다.
구체적인 결과는 아래의 〈표 16〉과 같다.

〈표 16〉 언어경관의 사용 양상과 사회적 요인과의 상관성

언어경관	사회적 요인			
시각경관	지역 별	상표 분류	장백산 경제 정책	
	상관 무(無)	상관 무(無)	상관 유(有)	
음성경관	연령	성별	거주지	직업
	상관 무(無)	상관 무(無)	상관 무(無)	상관 유(有)

사회적 요인 '장백산 경제 정책'만 시각경관 '백두산/장백산'의 사용
양상과 상관성을 가지고 있다. '장백산 경제 정책' 대상인 '안도' 지역이
'경제 정책 시행 후' 가장 높은 사용 증가 빈도를 보이고 있으며 '장백산'

의 사용 빈도가 '백두산'의 사용 빈도보다 훨씬 높다.

사회적 요인 '직업'만 음성경관 '백두산'의 사용 양상과 상관성을 보이고 있다. 연변 이중 언어화자의 '직업'이 무엇인지, 한국인과의 경제적 접촉이 많고 적음에 따라 그 사용 빈도가 변화한다. '가이드'와 같이 한국인과의 접촉이 많은 직업군 피조사자들은 음성경관 '백두산' 사용 빈도가 높다. 반면 한국인과의 접촉이 적고 직업 특성상 중국 교과서에서 기록된 내용대로 지식을 가르치는 '선생님' 직업군은 낮은 사용 빈도를 보이고 있다.

본 연구를 통하여 사회적 요인별 언어경관의 사용 빈도에 차이가 존재하지만 통계적으로 모두 유의미한 차이를 나타내는 것은 아니라는 것을 확인 할 수 있다. 그리고 언어경관을 '시각경관/음성경관'으로 나누어 살펴본 결과 각각의 경관에 영향을 미치는 사회적 요인이 다름을 알 수 있었다. 마지막으로 '시각경관/음성경관'과 상관성을 가지고 있는 사회적 요인 '장백산 경제 정책', '직업'들은 화자의 경제생활과 밀접한 연관이 있는데 연변 이중 언어 화자들의 언어 사용에 있어서 경제적인 요인이 가장 큰 영향을 미친다는 것을 알 수 있다.

그러나 본고는 시각경관을 '상표'에만 한정하여 조사하였고 음성경관을 한정적인 직업군에서만 조사하였으며 피조사자 수가 적은 문제점이 존재한다. 이에 대하여 후행 연구에서 보완하도록 하겠다.

이 글은 지난 2017년 우리말글학회에서 발간한
『우리말 글』 제75집에 게재된 것이다.

참고문헌

김덕호, 「한일 방언 경관의 분석과 방언 태도의 상관성」, 『일본학』 40, 2015, 51~84쪽.

김정헌, 「언어경관에 보이는 화용에 관한 연구-간판과 게시판을 중심으로-」, 『일본근대학연구』 55, 2017, 191~205쪽.

량빈·조재형, 「연변 지역어에서의 대화 요청 행위 표현에 대한 고찰-'자연 의미 메타언어(NSM)' 분석을 중심으로」, 『語文論集』 69, 2017, 143~186쪽.

박경래, 「중국 연변 조선족들의 모국어 사용 실태」, 『사회언어학』 10(1), 2002a, 113~145쪽.

_____, 「중국 연변 조선족들의 언어 태도」, 『사회언어학』 10(2), 2002b, 59~85쪽.

_____, 「중국 조선족의 언어 정체성 변화와 언어 전환」, 한국사회언어학회 학술대회 발표집, 2015, 43~65쪽.

심재형, 「언어경관 (Linguistic Landscape) 과 상권 유동인구 간의 상관관계」, 『사회언어학』 25, 2017, 85~117쪽.

양민호, 「공공시설물의 언어 표기 의식에 관한 한일대조연구」, 『일본어교육연구』 22, 2012, 121~134쪽.

_____, 「일본언어(日本言語) : 한국과 일본의 언어경관 자료를 통해서 살펴본 언어의 다양성에 관한 연구」, 『일본언어문화』 26, 2013, 123~140쪽.

_____, 「한일 언어경관 연구의 현재와 향후 모델에 대한 연구」, 『일본학』 40, 2015, 131~146쪽.

이익섭, 『사회언어학』, 민음사, 1994.

_____, 「중국 연변 조선족의 모국어 실태」, 『이기문 교수 정년퇴임 기념 논문집』, 신구문화사, 1996, 599~621쪽.

조태린, 「언어 경관에 대한 언어 정책적 접근- 다언어사용 정책의 문제를 중심으로-」, 『일본학』 40, 2015, 27~50쪽.

Landry, R. & Bourhis, R.Y., Linguistic landscape and ethnolinguistic vitality: an empirical study, Journal of Language and Social Psychology 16, 1997, pp.23~49.

부록 1

시각경관 '장백산' 사용 양상 조사 결과

번호	지역	상표 등록 회사/개인	시간	분류
1	안도	董孝禹(남)	2017	상품
2	돈화	徐洪涛(남)	2017	상품
3	화룡	吉林省仙境旅游有限公司	2017	상품
4	안도	王春龙(남)	2017	상품
5	안도	长白山农副产品专业合作社	2017	상품
6	안도	长白山旅游行业协会	2016	서비스
7	연길	延边爱农植保经贸有限公司	2016	상품
8	연길	吉林烟草工业有限责任公司	2016	상품
9	왕청	延边绿庭长白山牧业有限公司	2016	상품
10	연길	长白山森工集团有限公司	2016	상품
11	돈화	石俊宇(남)	2016	상품
12	안도	长白山保护开发区欢驿旅游服务有限公司	2016	서비스
13	안도	长白山保护开发区天池文化发展有限公司	2016	상품
14	연길	延边中视国际旅行社有限公司	2016	상품
15	안도	木鼎堂土特产有限公司	2016	상품
16	안도	吉林省长白山矿泉饮品有限公司	2016	상품
17	안도	延边长白山和平滑雪有限责任公司	2015	서비스
18	연길	森工矿泉饮品有限公司	2015	상품
19	안도	长白山保护开发区露源特产有限公司	2015	서비스
20	안도	长白山保护开发区民益土特产品有限公司	2015	상품
21	돈화	敦化市联益农副产品供销专业合作联社	2015	상품
22	안도	吉林省长白山开发建设(集团)有限责任公司	2014	서비스
23	연길	吉林三宝天然植物开发有限公司	2014	서비스
24	연길	吉林长白山谷农林投资有限公司	2014	서비스
25	연길	延边一城一森贸易有限公司	2014	서비스
26	돈화	赵显清(남)	2013	상품
27	안도	刘景源(남)	2013	서비스
28	연길	延边金河商标代理事务有限公司	2013	서비스
29	안도	长白山保护开发区绿丰园食品有限公司	2013	상품

30	안도	长白山保护开发区池北长白山吉祥物文化传媒中心	2013	상품
31	안도	安图盛大药店	2013	서비스
32	안도	长白山保护开发区池北大森林园林绿化管理有限公司	2012	상품
33	왕청	汪清县罗子沟西河养蜂专业合作社	2012	상품
34	룡정	龙井市长白山五味子专业合作社	2012	상품
35	화룡	和龙市旅行社	2011	서비스
36	연길	延边生生绿谷生物工程有限公司	2010	상품
37	훈춘	延边天一牧业有限公司	2010	상품
38	룡정	龙井市药水洞矿泉饮品制造有限公司	2010	상품
39	화룡	吉林艾利特有机米业有限责任公司	2010	상품
40	왕청	地球卫士环保新材料股份有限公司	2010	상품
41	안도	延边天池矿泉饮料有限公司	2010	상품
42	연길	延吉长白山神人参工贸有限公司	2010	서비스
43	도문	延边哈马太湖螺旋藻多肽食品科技有限公司	2010	상품
44	안도	长白山管委会文化传播中心	2009	서비스
45	연길	鲍延军(남)	2009	상품
46	안도	长白山保护开发区池北火山泉蛋类经销处	2007	상품
47	돈화	敦化市金牛生态牧业有限公司	2007	상품
48	안도	安图长白山明月湖水资源开发有限公司	2007	상품
49	안도	安图县山宝农副产品加工有限责任公司	2007	서비스
50	연길	延吉市民族乐器研究所	2006	상품
51	안도	常智(남)	2006	서비스
52	연길	程延福(남)	2006	상품
53	연길	王艳青(여)	2006	상품
54	연길	邸富科(남)	2006	서비스
55	연길	金善玉(여)	2005	상품
56	안도	陈家成(남)	2005	서비스
57	안도	延边长白山天池村茶园	2005	상품
58	연길	延吉市长白山木炭有限公司	2004	상품
59	연길	延吉市节能锅炉厂	2002	상품
60	룡정	龙井市开山屯减水剂厂	1999	상품
61	연길	延吉市副食品厂	1997	상품
62	연길	中国白头山实业有限公司	1997	상품

63	돈화	敦化市天元机械有限责任公司	1991	상품
64	룡정	龙井市智新松焦油厂	1985	상품
65	연길	一汽延边现通汽车有限责任公司	1985	상품
66	연길	延边公路客车厂	1981	상품

부록 2

시각경관 '백두산' 사용 양상 조사 결과

번호	지역	상표 등록 회사/개인	시간	분류
1	연길	延边川德土特产贸易有限公司	2017	상품
2	연길	延边长镜森林新鲜空气经销有限公司	2016	상품
3	연길	中国白头山实业有限公司	2011	상품
4	도문	延边哈马太湖螺旋藻多肽食品科技有限公司	2010	상품
5	연길	吉林省正进供求世界广告集团有限公司	2009	상품
6	연길	郑恩峰(남)	2005	서비스
7	안도	申京姬(여)	2003	서비스
8	룡정	延边松宝制药有限公司	2002	상품
9	연길	延吉市清真饭店	1996	상품
10	룡정	吉林省龙井市长白山山珍补品厂	1994	상품
11	연길	延吉市珍贵动物饲养场	1990	상품

부록 3

음성경관 '백두산'의 사용 양상 조사 결과

구분	연령	사회계층	성별	거주지	의도적 백두산 사용 여부
1	20	학생	남	한국	사용
2	20	학생	남	한국	불사용
3	20	학생	남	한국	불사용
4	20	회사원	남	한국	불사용
5	20	가이드	남	중국	사용
6	20	회사원	여	한국	사용

7	20	선생님	여	중국	불사용
8	20	선생님	여	중국	불사용
9	20	가이드	여	중국	사용
10	20	가이드	여	중국	사용
11	30	학생	남	한국	사용
12	30	선생님	남	중국	불사용
13	30	선생님	남	중국	불사용
14	30	선생님	남	중국	불사용
15	30	가이드	남	중국	사용
16	30	회사원	여	한국	불사용
17	30	가이드	여	중국	사용
18	30	선생님	여	중국	불사용
19	30	선생님	여	중국	불사용
20	30	회사원	여	중국	불사용
21	40	선생님	남	중국	불사용
22	40	선생님	남	중국	사용
23	40	교수	남	중국	사용
24	40	교수	남	중국	불사용
25	40	교수	남	중국	불사용
26	40	교수	여	중국	불사용
27	40	선생님	여	중국	불사용
28	40	선생님	여	중국	불사용
29	40	선생님	여	중국	불사용
30	40	선생님	여	중국	사용
31	50	교수	남	중국	사용
32	50	선생님	남	중국	불사용
33	50	교수	남	중국	불사용
34	50	교수	남	중국	사용
35	50	회사원	남	한국	불사용
36	50	회사원	여	한국	불사용
37	50	교수	여	중국	불사용
38	50	선생님	여	중국	불사용
39	50	선생님	여	중국	불사용
40	50	선생님	여	중국	불사용

중국에서의 언어규범원리와 원칙[*]

김일

중국에서의 조선어규범화사업은 1977년 "동북3성 조선어문사업 협의소조"가 성립되면서부터 본격적으로 시작되었다. 물론 그전에도 규범화사업을 하였지만 정부의 통일적인 계획 하에 이루어진 것이 아니라 해당부문에서 산발적으로 부분적 한어어휘나 방언어휘에 대한 규범에 그치였다. "동북3성 조선어문사업 협의소조"가 성립되면서부터는 정부적 차원에서 전반 조선어문사업을 주관하면서 계획적으로 조선어문사업일군과 전문가들을 조직하여 "조선어발음법", "조선어맞춤법", "조선어 띄어쓰기", "조선어 부호법" 등 4법[1]을 전면적으로 심의, 채택하여 『조선말규법집』을 출간, 재판하고 아울러 일련의 실행조치를 취하여 중국조선어규범의 기틀을 마련하였다. 뿐만 아니라 한국이나 조선에 없는 중국 조선족 사회에서만 쓰이는 어휘들을 수록하여 『조선말사전』 등을 편찬하여 사전이 없던 조선족 역사에 종지부를 찍었으며

---

* 본 논의는 중국에서의 중국조선어규범에 대한 필자의 견해를 간략히 밝힌 것으로 향후 보완하여 심도 있는 논의를 전개할 예정이다.

1 4법을 2006년 청도규범화회의에서 4칙으로 개칭하였다.

중국조선어의 지위를 향상시켰다.

40년을 사람에게 비유하면 중장년기로서 성숙된 단계라고 할수 있다. 하지만 우리의 조선어는 이 성숙되어야 할 단계에서 크나큰 몸부림 또는 시련에 직면하였다. 선배님들의 고심어린 노력에 이루어진 규범이 조선어사용매체들에서 잘 지켜지지 않으며 규범에 대해서도 방황하는 사람이 늘어나고 있다.

이러한 현상들을 요약적으로 본다면 우리의 규범은 사이시옷, 두음표기를 쓰지 않고 한자어휘, 외래어, 띄어쓰기 등에서 자체의 기준이 있지만 지금 신문, 출판 등 매체들에서는 사이시옷과 두음표기를 쓰는 한국의 규범에 따라 중국의 조선어규범도 아니요, 한국규범도 아닌 혼용표현이 비일비재이고 외래어, 한자표기, 띄어쓰기도 기준이 없이 나름대로 쓰이고 있다. 동시에 우리의 규범을 버리고 한국의 규범을 따르자는 견해들도 적지 않게 나타나고 있다.

언어의 발전과 규범화로 놓고 볼 때 이런 현상은 괴이하다고 할 수 없다. 어찌 보면 필연적이라고도 할 수 있다. 세계가 하나의 지구촌으로 되어가는 정보화시대에 지식구조가 날따라 변모하면서 새로운 어휘, 변이형태들이 우후죽순마냥 산생, 자라는 것은 아주 자연스러운 현상이다. 특히 한국어와 한 뿌리를 같이 하는 우리의 조선어가 한국의 경제부상과 밀접한 교류 하에 한국어의 영향을 받는 것은 불가피하다고 할 수 있다. 언어가 일정한 정도로 변화하면 상응하는 규범도 일정한 조절이 있어야 한다. 헌데 규범의 견고성만 고집하면서 아무런 변화도 없다면 언어의 발전을 저애할 뿐만 아니라 나중에는 언어에 의해 배척될 수도 있다. 우리의 규범이 바로 이런 위치에 있다고 할 수 있다. 물론 우리의 규범은 역사의 한 단계에서 조선어의 순결성을 보장하고

건전히 발전시키는데 또한 중국조선족의 정체성을 살리는데 중대한
기여를 하였다고 할 수 있다. 하지만 지금의 시점에서 이 원유의 규범
을 그대로 보류한다고 하여 선배님들의 성과를 고수하는 것이 아니고
수정한다고 또는 대폭 개변한다고 하여 선배님들의 성과를 부인하는
것도 아니다. 지금의 시점에서는 원유의 규범을 우리의 조선족사회에
유리하게 하는 것이 바로 선배님들의 뜻을 이어 나아가는 것이라고
할 수 있다.

주지하다시피 규범은 연속성, 점진성, 과학성, 대중성, 정책성 등
성격을 가지고 있다.

우선, 규범은 언어 속에 내재하면서 언어의 견고성과 동요성으로부
터 연속성과 점진성적인 성격을 띠게 된다. 따라서 언어에 대한 규범은
언어의 실태를 존중하면서 언어의 변화에 따른 점진성과 연속성을 확
보하여야 한다.

다음, 규범은 과학성을 띠고 있다. 객관적으로 존재하는 언어는 과
학적으로 분석하고 언어의 법칙에 따라 그 규범을 제정하여야 언어의
사회생활과 언어의 건전한 발전을 보장할 수 있으며 장구한 생명력을
확보할 수 있다. 과학성이 없는 인위적인 규범은 생명력이 없을뿐더러
언어의 발전을 저해할 수 있으며 지어 상상 못 할 악과를 빚어올 수도
있다.

대중성은 언어가 필경 사회의 교제 도구인 것만큼 그 언어를 사용하
는 부류 또는 집단의 인정을 받아야 한다는 것이다. 대중성을 무시한
규범은 교제로서의 사명을 질수 없기에 존재의 가치를 상실하게 된다.

정책성은 언어가 사회를 반영하는 도구로서 그 사회를 지배하는 국
가의 의식형태 등을 반영하지 않을 수 없으며 따라서 언어에 대한 국가

의 태도가 반영되므로 국정과 밀접한 관계가 있다는 것을 의미한다.

중국조선어의 규범은 마땅히 이러한 규범 논리에 따라 중국조선어의 성격과 특징들을 파악하고 그 기초 상에서 제정되어야 한다.

우리의 조선어는 중국경내에서는 소수민족언어이고 국제적으로는 한국의 한국어와 조선의 문화어[2]와 뿌리를 같이 하는 언어이다. 하나의 뿌리에 국정이 서로 다른 나라의 언어라는 것이 곧바로 조선어의 실정이다. 따라서 우리의 조선어에는 한국어와 문화어와 기본 맥을 같이 하면서도 중국의 국정과 한어와의 장기적인 접촉에서 특징적인 것들도 더러 있다. 가장 특징적인 것들을 본다면 어휘적 측면에서 중국국정이 반영되는 "지부서기", "선줄군", "초요사회", "인민대표대회", "중의", "동북흑송" 등 한자어휘들과 중국조선족들에게만 있는 "오비칼", "굴뱀", "개엿", "단지곰", 등 표준어휘로 인상된 방언어휘들이 쓰이는데 조선과 한국에서는 사용되지 않는 어휘들이라고 할 수 있다. 문법과 표현수법에서도 장기간 한어와의 접촉으로 하여 주어구, 무규정어구 표현들이 많으며 지어 한어의 숙어들을 그대로 직역하여 쓰는 표현들도 수두룩하다. 그리고 인명, 지명 표기가 한국, 조선과 달리 한어의 인명, 지명을 조선어의 한자음으로 표기하고 있다.[3]

중국조선어규범은 중국조선어의 이 성격과 특징에 따라 규범의 방향, 원칙을 제정하는 것이 가장 바람직하다고 생각된다.

우선 규범의 방향을 놓고 볼 때 세계 우리 민족과 서로 통하는 규범으

---

2 조선에서는 표준어와 구분하기 위해 1966년 3월 14일부터 표준어를 문화어로 개칭하였다.
3 한국과 조선에서는 인명, 지명을 외국어의 원음을 딴 다는 기준에서 한어음으로 표기하고 있지만 서로 간에 표기가 완전히 일치한 것은 아니다.

로 되여야 한다. 수십 년 전에 중국조선어규범을 제정할 때와 지금은 완전히 다르다. 그때는 냉전 시기로써 한국과의 교류가 거의 없었고 자체의 규범이 없이 조선의 규범을 따르던 토대에서 규범을 제정하였기에 조선과 비슷하게 정할 수밖에 없었다. 이는 그 시기의 환경에도 맞고 중국조선어의 실정에도 부합되었으며 민족언어를 살리고 건전하게 발전시키는데도 좋은 역할을 하였다고 할 수 있다. 그러나 지금은 사정이 다르다. 냉전이 해동되고 정보화시대에 들어서면서 조선과의 원유의 교류가 유지되는 동시에 한국과의 정치, 경제, 문화 교류가 밀접해지면서 중국의 조선어에는 한국과 조선의 언어, 문화적 요소가 다 있게 되었다. 이러한 환경에서 어느 일방에 치우치거나 중국경내의 조선족의 의사소통만 염두에 둔다는 것은 이 정보화시대에 어울리지 않으며 스스로 우리 민족의 발전을 포기하는 것과 같다. 그러므로 우리의 규범은 세계 우리 민족과의 교류에 이롭고 중국조선어의 발전에 이로운 방향으로 나아가야 한다.

중국조선어규범은 이 총체적인 방향으로 나아가면서 실제 규범제정에서는 과학성, 점진성, 정책성 등을 보장하여야 한다.

우선 과학성을 보장하여야 한다. 언어는 객관성을 띠고 있다. 객관성을 띤 언어는 과학적으로 분석하고 규범을 제정하여야 언어의 발전에 이로울 수 있고 장구한 생명력을 확보할 수 있다. 지금 우리의 조선어는 한국어와 문화어 규범의 모순 속에 처해있다고 할 수 있다. 여기서 가장 문제점으로 되는 것은 두음법칙, 사이시옷과 같은 것들인데 이런 문제점들을 원유의 규범으로 고집만 하여서는 조선어의 건전한 발전을 기할 수 없다. 마땅히 과학적으로 조선어의 법칙에 따라 해석하여 지킬 것은 지키고 변해야 할 것은 변해야 한다. 인위적으로 이것은 한국의 규범이기에 부정하고 저것은 우리가 본래부터 쓰던 것이기에 지켜야 한다는 식으로 하여서는 과학성을 보장할 수 없다. 예를 들어 두음법칙과 같은 문제는 이론적으로나 실천적으로 보아 우리 원유의 규범을 지키는 것이 타당하다고 할 수 있다. 그러나 사이시옷은 사정이 다르다. 이 문제에 대하여 연변대학교의 최윤갑 교수께서 한국을 따라 사이시옷을 중국조선어에 회복할 것을 건의하였는데 과학적 분석을 뒷받침한 건의로서 타당성을 지니고 있다. 즉 우리말에서 형태부와 형태부사이에 절음현상으로 덧생기는 소리가 객관적으로 존재하기에 그 구별표식을 주는 것이 타당하다고 할수 있다. 그러므로 사이시옷에 대한 규범을 적당히 조절하는 것이 과학적이라고 할 수 있다. 물론 사이시옷을 다 표시하는 것도 실정에 잘 맞지 않을 수 있으므로 어느 정도까지 표기하겠는가는 충분한 토론이 있어야 한다고 본다. 이외에 띄어쓰기에도 우리의 규범은 붙여 쓰는 것을 많이 허용하는 편인데 언어의 전산화로 본다면 붙여 쓰기보다 띄어 쓰는 것이 언어의 실정과 분석에 이로우므로 띄어쓰기 규범도 적당히 조절할 필요가 있다. 이러한 수정 사업은 세 나라의 규범을 과학적으로 분석한 토대에서 다루어야 한다.

다음, 점진성을 보장하여야 한다. 앞에서 이미 서술하였지만 언어가 일조일석에 변하는 것이 아닌 만큼 규범도 연속성의 전제에서 언어의 실태에 따라 점진적으로 수정하여야 한다. 이를 위해서는 우리의 원유의 규범을 완전히 폐지하거나 대폭적으로 수정할 것이 아니라 과학성을 보장하는 전제에서 가장 절실히 제기되는 문제부터 착수하여 부분적으로 수정하는 것이 조선어의 실태에도 맞고 발전에도 이우며 경제적 손실도 피할 수 있다.

그리고 정책성과 대중성도 고려하여야 한다. 우리의 조선어는 중국이라는 이 국정을 떠날 수 없다. 따라서 한국과 조선의 합리한 규범들을 받아들이는 동시에 중국사회를 반영하거나 또 그 생활환경에서 산생한 대중성을 띤 어휘들을 회피할 수 없다. 현재 한국과 조선에서는 중국의 인명과 지명을 한어원음으로 표기하는데 외국어표기의 원칙에 따라 그렇게 하는 것이 도리가 있다고 할 수 있지만 중국조선족의 실정에서 한어의 인명, 지명을 한어원음으로 표기하면 조선족의 언어, 문화생활과 발전에 일련의 문제를 도래할 수 있다. 한마디로 국정이 다르기에 자기의 특색을 띠지 않을 수 없다는 것이다.

총적으로 중국조선어의 규범은 변화하는 중국조선어의 언어생활에 바탕을 두고 세계조선민족과의 교류를 규범방향으로 잡고 인위적으로 한국이거나 조선 어느 한쪽에 치우치는 규범이 아니라 과학적인 규범 동시에 자체의 특색도 보류하는 규범으로 되는 것이 제일 바람직하다고 본다.

이 글은 지난 2017년 1월, 전남대 BK+ 사업단에서 주관한 제4회 국제학술대회
『한국학과 지역어·문학 연구의 세계적 동향』에서 발표된 논문이다.

참고문헌

국립국어연구원편, 『한국어문규정집』, 국립국어연구원, 1996.
류연산, 「우리말의 현주소와 미래지향에 대한 고찰」, 『문학과 예술』, 2007.
연변언어연구소편, 『조선어연구(5)』, 흑룡강조선민족출판사, 2006.

중국조선어사정위원회 편, 『조선말규범집』, 연변인민출판사, 2007.

조선국어사정위원회, 『조선말규범집』, 2010.

최윤갑, 「사잇소리 표기에 대하여」, 『중국조선어문』, 길림성민족사무위원회, 2012
        (제2호).

홍윤표, 「중국 조선어 어문규범 문제에 대한 단상」, 『중국조선어문』, 길림성민족사
        무위원회, 2010(제1호).

제3장

한국어문학 연구의
한·중 학술교류와 성과

한·중 근대시에 나타난 고향과 어머니의 의미관계 비교연구

주만만

1. 머리말

인간의 삶이란 공간적인 방위성(方位性)에서 보면, 그가 태어난 땅을 원점으로 한 떠남과 돌아옴의 이중적인 운동으로 귀결된다. 인간의 장소애(場所愛, Topophillia)의 절정을 이루고 있는 것은 말할 것도 없이 태어난 고향이다.[1] 한·중 문학에서 '고향'은 언제나 매력적인 주제이며, 두 나라의 근대 시인들은 서구 모더니티를 수용하는 과정 속에서 근대적 심상공간으로의 '고향'에 대한 발견과 상실, 그리고 재창조를 이루었다.

1930년대는 한·중 시인들에게 어느 때보다 고향의 상실을 느끼고, 고향이라는 존재의 의미를 절실하게 인식하게 된 시기이다. 1930년대 대공황의 위기에 빠져 있던 일제가 조선에 대한 식민통치를 보다 강화했을 뿐만 아니라 중국 침략의 야심을 불태워 만주사변(1931), 중일전쟁

---

[1] 이재선, 『한국문학 주제론』, 서강대학교 출판부, 2009, 234쪽.

(1937)에 이어 태평양전쟁(1941) 등 일련의 전쟁들을 일으켰다. 일제는
조선에서 식민지 공업화 정책뿐만 아니라 사상 통제 정책도 펼쳤다.
중국에서 일제의 침략전쟁뿐만 아니라, 중국 공산당과 국민당 사이의
국공내전(國共內戰, 1927~1937)도 일어났다. 이 와중에 조선 사람들은 전
에 없이 심한 상실감을 느끼게 되었으며, 중국 사람들은 전쟁으로 인한
조국 땅의 황폐화를 목도하여 극도의 절망감에 빠져들었다.

따라서 이 시기의 한·중 문학에서 고향이라는 존재는 보다 특별한
의미를 지니게 된다. 고봉준은 한국 현대시에 있어서 "1920년대가 '님'
의 시대였다면, 1930년대는 '고향'의 시대였다."라고 1930년대 한국 근
대시에 대한 고향의 의미를 지적하고 있다. 이와 비슷하게 중국 장동도
(張同道)는 "도시풍경과 전원향수는 중국 1930년대 근대시의 주제를 구
성하며, 특히 고향은 그 시대 시인들에게 정신적 안식처를 제공해 주었
기에 환향(還鄕)은 1930년대 시인들의 집단적 콤플렉스이다."[2]라고 말
한 바 있다.

1930년대 수많은 한·중 고향시 가운데 한국 오장환(吳章煥)과 중국
애청(艾靑)의 시에 나타난 고향과 어머니의 의미관계는 유난히 눈에 띈
다. 두 시인은 어머니의 이미지를 빌려서 자신의 고향의식을 표출하기
한데, 이 점은 그들의 시를 당대 다른 시인들의 고향시와 구별짓는 특
색이 된다. 오장환과 애청이 고향과 어머니를 연결시켜 형상화하는 것
은 러시아 시인 예세닌에게 받은 영향 때문인데, 이것은 우연한 일치라
고 할 수 있겠다.[3] 랴잔 지방에서 농부의 아들로 태어나 목동생활을

---

2 張同道, 「都市風景與田園鄕愁—論三十年代現代主義詩歌的詩學主題」, 『文藝硏究』 제
   2기, 1997, 100쪽.

한 예세닌, 충북 보은에서 태어난 오장환, 그리고 가난한 판전장촌(畈田蔣村)에서 지주의 아들로 태어난 애청의 시에는 모두 농촌이라는 공간 구조를 갖고 있다. 그들은 모두 병든 도시에서 큰 실망과 상처를 입었으며, 또한 그 실망과 상처를 귀향의식으로 치유하려 하였다. 즉, 객지에서 방랑생활을 겪은 후 귀향을 통해서 인간의 정체성을 확인하려 하였다. 어머니는 예세닌의 귀향 행위와 고향 인식에 결정적 영향을 미쳤다. 그는 〈어머니에게 보내는 편지〉(1924)에서 아들로서 어머니에게 표현하고 싶은 사랑과 자기 주변의 떠돌이와 불량배들에 대한 경멸이라는 날카로운 대립이 놓여있다. 예세닌은 어머니를 "친절하고 선량하며 늙었지만 온화하신 분"이라고 깊은 사랑이 넘치는 말로 부른다. 예세닌의 문학에 큰 관심은 가지고 있었던 오장환과 애청은 이러한 어머니와 고향에 대한 강한 집착과 사랑에서 감화, 또한 창작의 영감을 많이 받았을 것이다.

무엇보다 결정적 요인으로 지목될 수 있는 것은 오장환과 애청 자신의 실재하는 어머니가 그들의 고향에 대한 생각을 좌우하였다는 현실이다. 시인의 어머니는 그들의 이향과 귀향 행위, 그리고 고향의식에 대해 매우 중요한 영향을 미치고 있었던 것이다. 여기서 흥미로운 것은 두 시인의 어머니가 다르다는 점에 있다. 오장환의 어머니와 달리, 애청의 어머니는 친어머니가 아니라 그를 키워준 유모였다. 친부모에게

---

3 문석우, 「예세닌과 오장환: 시에 나타난 고향의 모티프」, 『세계문학비교연구』 제22권, 세계문학비교학회, 2008.
段從學, 「地之子的行吟—艾靑詩歌中的土地, 個人與國家」, 『新詩硏究的問題與方法硏討會論文集』, 北京大學中國新詩硏究所, 2007.
萬海松, 「對葉賽寧和艾靑詩歌創作的幾點比較」, 『現代中國文化與文學』, 泉州師範學院文學與傳播學院, 2010.

버림받은 애청은 유모를 친어머니보다 더 중요한 사람으로 여겨 의지
했으며, 이 유모의 형상은 애청의 시 창작에 지속적으로 큰 영향을 미
치기까지 하였다. 따라서 애청의 유모는 오장환의 어머니처럼 보편적
의미의 어머니상으로 볼 수 있을 것이다.

어머니는 이 세상 모든 아이들의 제일의 '장소'이며, 살아 움직이는
존재에도 불구하고 아이에게 늘 친숙한 환경이자 안식처이고 안정과
영속의 느낌을 준다.[4] 중국 심근문학[5](尋根文學) 작가 막언(莫言)은 "(고향
이라는) 이 곳에는 너를 낳았을 때 네 어머니가 흘리던 피가 있고, 이
곳에는 네 조상들이 매장되어 있고, 이 곳은 네 핏땅(血地)이다."[6]라고
말한 바 있다. 이에 대해 어머니의 피는 땅에 침투하여 인간의 뿌리가
되고, 인간이 태어난 땅에 '고향'의 의미를 부여해 준다고 이해할 수
있겠다. 시간이 경과하면서 아이는 어머니라는 장소의 범주를 넓혀서
가족이라는 테두리를 인식하기 마련이다. 거기서 공간적 장소감을 환
기하는 부속물들에 대한 경험, 즉 집이나 마을 혹은 마을을 둘러싼 자
연 환경 등에 대한 경험이 부각되면서 유년의 고향이라는 장소감이
이루어진다. 물론 이 때에도 어머니는 여전히 그 고향이라는 장소감의
중심에 자리잡고 있는 것이다.[7] 이것을 통해 어머니는 아이가 가족과
집의 공간, 그리고 마을이라는 고향 공간을 인식하는 과정 속에서 언제

---

4 Yi-Fu Tuan, *Space and Place*, Univ. of Minnesota P, 1977, p.48.
5 1980년대 후반에 중국에서 크게 성행했던 일종의 향토문학의 성격을 띠는 문학장르이
   다. 작가들이 자기 고향의 뿌리, 즉 향토문화의 뿌리라고 할 수 있는 고향의 풍속과
   풍습·전설 등에서 소재를 찾아 작품화하는 것이다.
6 莫言, 『莫言散文選·會唱歌的墻』, 北京:人民日報出版社, 1998, 227쪽.
7 이명찬, 『1930년대 한국시의 근대성』, 소명출판사, 2000, 28~29쪽.

나 결정적 역할을 하고 있음을 알 수 있다. 이런 의미에서 보면, 오장환과 애청이 시에서 항상 어머니를 빌려 고향의식을 표출하는 양상은 이해할 수 있게 된다.

오장환과 애청의 고향과 어머니에 대한 인식은 보다 복잡한 양상을 보인다. 어머니는 고향의 친근감과 귀속감을 느끼게 해 주는 존재인 동시에 봉건적 여성으로서 제시된 어머니는 고향의 전근대성과 후진성을 인식하게 만든 존재이기 때문이다. 오장환과 애청은 같은 나라의 시인이 아니지만 봉건적 전통이나 유교적 인습의 영향 아래에서 자랐으며, 성장환경에서 큰 상처와 괴로움을 받았다는 데 공통점이 있다. 이런 인생 경험도 그들의 시 창작에서 현실 반영과 부정 정신의 형성에 중요한 요인으로 작용했음을 부인하기 어렵다.

따라서 본고는 우선 두 시인의 전기적 측면, 특히 어머니와의 관계에 대한 고찰에 중점을 두며, 또한 이를 구체적인 시 작품과 결합하여 어머니가 시인들의 이향과 귀향, 그리고 고향의식에 대해 어떤 영향을 미쳤는지를 살펴보고자 한다. 이런 작가론적 접근에 기초하여 시인에게 어머니와 고향은 과연 어떤 대응 양상으로 나타나는지, 더 나아가 어머니와 고향 사이에 어떤 동질성을 형성하게 되는지를 밝히고자 한다.

2. 고향 부정을 극복하는 원인으로서 어머니

: 오장환의 경우

〈성씨보〉, 〈성벽〉, 〈정문〉, 〈종가〉 등의 초기시에서 봉건적 유습으로 가득한 고향을 부정하고, 고향에서 탈출하여 항구로 대변되는 근대 도시의 모더니티에 대한 비판적 환멸 체험을 거친 뒤, 『헌사』의 내성시편을 통한 암중모색 속에서 『나 사는 곳』에 이르면 고향으로 되돌아가는 탕자의 자기 귀환을 보인다는 것이 오장환의 시편에 대한 일반적인 견해이다. 그런데 이러한 견해는 고향과 어머니의 관계에 대한 작가론적 탐구에서 수정될 여지가 다분하다는 것이 이 장의 전제이다.

오장환은 1918년 5월 15일 충북 보은군 회북면 중앙리에서 오학근(吳學根)와 한학수(韓學洙) 사이에 태어났다. 아버지와는 22살의 나이차가 난 그의 생모는 첩(妾)이었기 때문에 오장환은 서자 출신이 되었다. 처음에는 큰어머니 사이에서 태어난 적자로 잘못 신고되었다가 다시 생모와의 사이에서 태어난 서자로 정정되었다. 그리고 후에 큰어머니의 사망으로 생모가 적실로 혼인신고되면서 생모와의 사이에서 태어난 오장환 형제들이 모두 적자(嫡子)로 바뀌게 된 것이었다.[8] 이런 신분제도의 적서차별은 어린 오장환의 마음에 큰 충격과 괴로움을 주었다. 또한 서출 출신이라는 것은 항상 오장환에게 불만의 요소가 되었으며, 가계나 족보를 비롯한 모든 전통적, 유교적인 인습에 대해 강한 비판의식을 갖게 만들었다.

> 오래인 慣習—그것은 傳統을 말함이다
>
> 내 姓은 吳氏, 어째서 吳家인지 나는 모른다. 可及的으로 알리워 주는 것은 海州로 移舍온 一 淸人이 祖上이라는 家系普의 검은 먹글씨, 옛날은 大國崇拜를 유−심히는 하고싶어서 우리 할아버니는 진실 李家였는지 常놈이었는지 알 수도없다, 똑똑한 사람들은 恒常 家系普를 創作하였고 賣

買하였다. 나는 歷史를, 내 姓을 믿지않아도좋다. 海邊가로 밀려온 소라
속처럼 나도 껍데기가 무척은 무거웁고나, 수퉁 하고나, 利己的인, 너무
나 利己的인 愛慾을 잊을 fi면은 나는 姓氏譜가 필요치 않다. 姓氏譜와같
은 慣習이 필요치 않다.

〈姓氏譜〉[9] 전문

그는 〈성씨보〉에서 "똑똑한 사람들은 항상 가계보를 창작하였고 매
매하였다"라고 하면서 자기 안에 흐르는 존재의 근원적인 뿌리이자 자
기 존재를 객관적으로 밝혀주는 성씨보를 부정하고 있다. "우리 할아버
지는 진실 이가였는지 상놈이었는지 알 수 없다"라든가 "나는 성씨보가
필요치 않다"와 같은 표현은 시인의 자기 부정의식을 극단적으로 보여
준 것이다. 이 시는 오장환의 출생 성분과 밀접하게 관련된 내용을 토
대로 구축되었다. 당시 유교적 문화가 지배하는 사회에서 서출이라는
자아에 대한 강박 관념이야말로 시인의 내면 갈등의 요인으로 작용하
고 있음을 알 수 있다. 따라서 시인의 사회 현실에 대한 부정의식과
반항의식은 예기된 것에 가깝다.

뿐만 아니라 그는 〈종가〉에서 한데 모여서 제사를 하는 종가집 사람
들의 행복하지 않고 추라한 모습을 묘사함으로써 유교적 종가 제도에
대해서도 비판하고 있다. 고향의 보수성과 폐쇄성을 극단적으로 나타
낸 시는 〈성벽〉이다.

世世傳代萬年盛하리라는 城壁은 偏狹한 野心처럼 검고 **빽빽**하거니 그
러나 保守는 進步를 許諾치않아 뜨거운물 끼언스고 고춧가루 뿌리든 城壁

9 김학동, 『오장환 전집』, 국학자료원, 2003, 40쪽.

은 오래인 休息에 인제는 이끼와 등넝쿨이 서로 엉키어 面刀않은 턱어리
처럼 지저분하다.

〈성벽〉10 전문

〈성벽〉에서 그는 유교적 세계관에 의해 이루어진 완고한 전통을 "세
세전대만년성하리라는 성벽"으로 형상화함으로써 진보를 허락하지 않
은 보수가 결국은 얼마나 쇠락할 수 있는지를 보여주고 있다. 진보를
막은 보수는 결국은 고향의 전근대성과 후진성의 근원이 된다는 것이
다. 가난하고 뒤떨어진 고향에 대한 절망과 부정의 태도는 〈향수〉에서
보듯, "어머니는 무슨 필요가 있기에 나를 만든 것이냐!"라는 방식으로
자신을 낳아준 어머니를 통해 근본적인 자기 회의를 시작하게 된다.

어머니는 무슨 必要가 있기에 나를 맨든 것이냐나! 나는 異港에 살고
어메는 고향에 있어 얕은 키를 더욱 더 꼬부려가며 無數한 歲月들을 흰
머리칼처럼 날려보내며, 오—어메는 무슨, 죽을 때까지 淪落된 子息의
공명을 기두르는 것이냐. 충충한 稅關의 倉庫를 기어달으며, 오늘도 나는
埠頭를 찾아나와 「쑤왈쑤왈」 지껄이는 異國 少年의 會話를 들으며, 한나
절 나는 鄕愁에 부다끼었다.

(— 중략 —)

암말도 않고 거믄 그림자만 거니는 사람아! 서 있는 사람아! 늬가 옛땅
을 그리워하는 것도, 내가 어메를 못잊는 것도, 다—마찬가지 제몸이 외로
우니까 그런 것이 아니겠느냐.

〈향수〉11 전문

---

10 위의 책, 24쪽.
11 『오장환 전집』, 31~32쪽.

어머니가 계시는 고향의 전근대성은 오장환이 고향으로부터 탈출하고자 하는 동인으로 작용한다. 이로써 그는 근대 도시로의 방랑의 길을 걷게 된다. 항구는 이원적인 요소를 내포하고 있으며, 바다라는 새로운 세계의 출발지점이 되기도 하면서 현실 속에서 정착지를 잃은 사람들이 떠돌아다니며 사는 공간이기도 하다.

바슐라르는 바다를 "모든 인간에 있어서 모성적 상징 가운데 가장 크고 변하지 않는 것의 하나"[12]로 보았다. 〈향수〉에서 오장환이 고향을 회상하는 일은 어머니를 그리워하는 일과 동일시된다. 이 시에 나타난 항구는 자신의 고향에서 떠나 있는 자들이 떠도는 공간이며 퇴폐적 쾌락에 물들어 있는 공간을 의미한다. 또한 이 항구는 고향과 대립적인 공간이며 나와 어머니 사이의 심미적 거리를 형성한다. 항구에서의 분열된 삶은 어머니를 통해서만 동일성을 이룰 수 있다. 항구에서 근대적 삶의 소외감을 느낀 시적 화자가 세계와의 동일성을 회복하려는 욕망에서 나온 것이 어머니이고 고향이다.[13] 이러한 과정 속에서 어머니라는 존재는 오장환의 고향 부정을 완화시키는 데 크게 작용하였다. 드디어 시인은 어머니가 있는 고향으로 돌아가고자 한다.

> 조용한 슬픔은 아련만 / 아 내게있는 모든 것은 / 당신에게 받히었음을 ……크나큰 사랑이여 / 어머니 같으신 / 받히옴이여!// 그러나 당신은 / 언제든 괴로움에 못이기는 내말을 막고 / 이냥 넓이없는 눈물로 싸주시어라.
>
> 〈다시 美堂里〉[14] 부분

---

12 가스통 바슐라르, 이가림 옮김, 『물과 꿈』, 문예출판사, 1993, 165쪽.
13 이미순, 「오장환 시에서의 '고향'의 의미화 과정 연구」, 『한국시학연구』 제17호, 한국시학회, 2006, 106쪽.

정지용, 이용악과 백석의 시에 나타난 고향이 상실되어 그리움의
대상이 되어버린 고향이라면, 오장환의 시에서 고향은 귀향의 장소이
다. 이는 잃어버린 낙원으로의 귀환이라고 할 수 있다. 오장환에게 있
어 어머니와 고향은 존재의 뿌리이자 정체성의 확인인 것이다.[15] 고향
으로 돌아간다는 결정을 내리는 것은 시인에게 쉬운 일이 아니었다.
고향에 대한 거부와 부정의식이 쉽게 풀릴 수 있겠는가. 여기서 어머
니의 따뜻함과 항구생활의 차가움 사이의 선명한 대조는 시인의 귀향
행위에 크게 작용했다고 볼 수 있다. 전근대적인 고향은 아무리 싫어
도 사랑하는 어머니가 계시는 곳이다. 게다가 시인은 고향을 현재 있
는 항구와 비교해 보면, 고향이 오히려 돌아갈 만한 공간이 된다고 생
각한다.

항구 생활의 방황과 좌절을 겪었던 시인은 다시 돌아온 미당리인
고향에서 어머니와 만나게 된다. 그곳에서 줄곧 가난하게 살아온 홀어
머니는 오랜만에 돌아온 자식에게 큰 닭 한 마리를 먹인다. 시인은 따
뜻한 모성애를 느끼며, 결국은 항구의 떠돌이인 자아의 정체성의 혼란,
자아에 대한 회의와 부정 등이 어머니의 사랑을 통해서 합일되고 치유
될 가능성을 발견한다. 여기서 어머니의 존재는 "크나 큰 사랑이여 /
어머니 같으신 바치옵이여"에서 볼 수 있듯이 어머니 그 자체라기보다
는 '넓이 없는 눈물로 싸주는 대상' 즉 고향을 의미한다고 해석된다.
시인은 어머니와 고향을 동일한 차원에서 인식하고 있는 것이다. 그의
시에서 고향은 어머니와 같은 의미를 지닌 장소인 동시에 어머니가

---

14 『오장환 전집』, 90쪽.
15 오세영, 『한국현대시인연구: 20세기 전반기를 중심으로』, 월인, 2003, 365~367쪽.

그 장소를 지키고 있기에 그는 고향으로 돌아오게 된 것이다.

> 나는 노래한다 어머니의 품에서 ……/ 황토산이 사방으로 가리운 / 죄
> 그만 동리 / 한 동안 시달려 강줄기마저 메마른 고장 // (— 중략 —) 칠십
> 가차운 어머니 / 이곳에 혼자 사시며 / 돌아오기 힘드는 아들들을 기다려
> / 구부렁구부렁 농사를 지신다 // 아 그간 / 우리네 살림은 흩어져 / 내
> 발 디딜 옛 마을조차 없건만 / 나는 돌아왔다 / 어머니의 품으로 ……
> 고향에 오듯이
>
> <어머니의 품에서>[16] 부분

위의 시에서 나타나는 것처럼, 통해 오장환의 어머니에 대한 애정은
남다른 데가 있었다. 아버지와 일찍 사별하고 홀로 되어 줄곧 시골에
살면서 농사일만 하다가 늙으신 어머니를 그는 몹시 안타까워했던 까
닭이다. 오직 자식들만을 위해 평생을 살아온 어머니 때문에 그는 어머
니가 계신 고향으로 더욱 더 돌아오고 싶었던 것일 수 있다. 근대성의
비판을 넘어서는 동력이 어머니라는 존재에 내재해 있었던 것이라고
볼 수 있겠다.

어렸을 때 우리는 어머니의 품에서 사랑을 받으며 자라난다. 따라서
어머니가 계신 고향은 아무리 가난한 곳이라도 우리에게 여전히 돌아
갈 만한 따뜻한 공간이다. 이런 의미에서 고향과 어머니는 동일성을
획득하게 된다. 어머니는 시인의 무의식 속에 자리잡은 낙원의 은유라
면, 고향은 어머니가 다른 모습으로 되풀이되어 나타나는 환유라고 할
수 있겠다. 이로써, 고향은 어머니로 치환된다. 더 나아가 어머니는

---

16 『오장환 전집』, 309~310쪽.

잃어버린 정체성 회복의 매개로 작용하는 것이다.

항구로 표상된 도시에 대한 불안과 절망 때문에, 오장환은 전근대와 근대, 고향과 도시 사이에서 배회한다는 심리적 곤경에 빠지게 된다. 그는 귀향을 할까말까 망설이고 있다. 이런 상황 속에서, 어머니는 그가 귀향의 결정을 내리도록 큰 추진력으로 작용한다. 즉, 어머니라는 존재는 오장환의 전통에서 입은 상처를 치유함으로써 그의 마음속에서 형성된 전통과 근대 사이의 모순적, 길항적 관계를 완화시키고 있다. 이로써, 오장환의 귀향은 어머니를 통해 그의 보수와 진보, 고향과 항구, 아버지와 어머니 등의 이분법을 극복하는 양상으로 이해될 수 있겠다.

3. 고향을 조국으로 승화하는 동인으로서 어머니
: 애청의 경우

애청은 1910년 3월 27일에 절강성(浙江省) 금화현(金華縣)의 한 부유한 가정에서 3남 2녀 중 장남으로 태어났다. 어머니의 엄청난 산고(産苦) 끝에 태어난 그는 부모와 상극(相剋)이라는 점쟁이의 말로 인해 5살 때까지 소작농인 대언하(大堰河)에게서 양육되었다. 대언하는 이름조차 없는 비극적인 봉건 여성이었으며, '대언하'는 원래 그녀가 태어난 농촌의 이름이기도 했다. 대언하는 가정 형편이 어렵고 또한 자신의 자식들도 몇이 있었지만 원래 심성이 착해서 온갖 정성을 다해 어린 애청을 길렀다. 태어난 자신의 집에서 환영받지 못했던 애청은 오히려 대언하의 집에서 극한 사랑을 받으면서 자라났다. 사실 애청이 태어난 얼마 후에 대언하는 넷째 아이(여자아이임)를 낳았다. 그러나 어린 애청을 젖을 먹이기 위해 그녀는 태어난지 얼마 안된 자신의 영아를 익사시키기까지 하였으니 그 사랑의 진실됨을 의심할 수 없을 것이다.

훗날에 애청은 "꼬박 5년 동안 나는 대언하의 젖을 먹으며 대언하의 빈곤한 자식들과 함께 땅바닥에서 구르고 진흙 속에서 기면서 중국의 가난한 농민과 떼어 놓을 수 없는 인연을 맺었다."[17]라고 말한 적이 있었다. 그래서 그는 자신을 농민의 후예로 여기고 있었으며, 이러한 어린 시절의 경험은 훗날 그의 시창작에 영감의 원천과 사상적 기초를 제공해 주었다. 〈대언하—나의 유모여(大堰河—我的保姆)〉는 1933년에 창작된 장시이며, 애청으로 하여금 시단에서 명성을 떨치게 해준 대표작이다. 이 시는 대언하에 대한 애청의 여러 기억들을 함축적으로 제시해 보여준다.

나는 지주의 아들이다,	我是地主的兒子;
나도 대언하의 젖을 먹고 자란	也是吃了大堰河的奶而長大了的
대언하의 아들이다.	大堰河的兒子.
대언하는 나를 키워줌으로써 그녀의 가족을 키웠다.	
	大堰河以養育我而養育她的家,
그러나 나는 당신의 젖을 먹고 자란 사람이다.	
	而我, 是吃了妳的奶而被養育了的,
대언하, 나의 유모여.	大堰河啊, 我的保姆.
(— 중략 —)	
나는 지주의 아들이다,	我是地主的兒子,

---

17 周紅興, 『艾靑的跋涉』, 北京文化藝術出版社, 1989, 7쪽.

나는 당신 대언하의 젖을 다 먹은 후에

　　　　　　　　在我吃光了妳大堰河的奶之後,

나는 친부모에게 집으로 이끌려 돌아갔다.

　　　　　　　　我被生我的父母領回到自己的家裏

아, 대언하, 당신은 왜 울어요?　　啊, 大堰河, 妳爲什麼要哭?

나는 나를 낳아준 부모집의 새손님이 되었다!

　　　　　　　　我做了生我的父母家裏的新客了!

나는 붉은 칠 꽃무늬의 가구를 만지며,

　　　　　　　　我摸著紅漆雕花的家具,

나는 부모 침대에 새긴 금빛 꽃무늬를 만지며,

　　　　　　　　我摸著父母的睡床上金色的花紋,

　　　　　　　　(― 중략 ―)

나는 어머니 품속의 낯선 여동생을 바라보며,

　　　　　　　　我看著母親懷裏的不熟識的妹妹,

나는 기름 바른 화로 놓인 온돌에 앉아 있으며,

　　　　　　　　我坐著油漆過的安了火缽的炕凳,

나는 세 번이나 찧은 쌀밥을 먹고 있으며,

　　　　　　　　我吃著碾了三番的白米的飯,

그러나 나는 이렇게 어색하고 불안하네! 나는

　　　　　　　　但, 我是這般忸怩不安! 因爲我

나를 낳아준 부모집의 새손님이 되었기 때문이네.

　　　　　　　　我做了生我的父母家裏的新客了.

　　　　　　　　〈대언하―나의 유모여(大堰河―我的保姆)〉[18] 부분

---

18 艾靑, 『艾靑詩選集』, 北京燕山出版社, 2014, 10~12쪽.

애청은 6세가 되서야 비로소 자신의 집으로 돌아가서 친부모와 함께 생활하기 시작하였다. 그의 가정은 유복했지만 정작 그에게는 매우 낯선 환경이었다. 애청의 가계 구도와 집안 형편으로 보았을 때 당시의 농촌 사회 속에서 상당히 특수한 지위와 사회적 역할을 수행했음을 알 수 있다. 부모집의 새손님이 되었다는 표현에서 알 수 있는 것처럼, 부모와 자식 간의 관계를 낯선 손님과의 관계로 치환하는 시적 인식은 애청이 자신의 가족적 정체성을 부인하고 있는 지점이기도 한다.

집으로 돌아와서 초등학교 공부를 마칠 때까지 그는 아버지에게 종종 심하게 맞곤 했다. 아버지가 그를 따뜻하게 대하지 않았던 이유는 그가 태어날 때 어머니의 산고가 극심하자 점쟁이가 부모의 명(命)을 이겨놓을 아이라고 예지한 데서 비롯된 것이었다. 친부모에게 따뜻한 사랑을 받지 못했다는 것은 어린 나이의 그에게 엄청난 심리적 고통을 주었다. 나중에 그는 이 시절을 기억하여 "유년과 소년 시절의 생활과 환경의 영향은 나로 하여금 봉건제도나 점치는 것과 같은 모든 봉건적 미신에 대해 극도로 미워하게 만들었다."[19]라고 말한 바 있다.

애청의 시에서는 고향과 어머니에 대한 그리움이 주된 정조를 이루고 있는데, 한편에서는 아버지에 대한 감정이 그것과 대비되어 제시된다고 말할 수 있다. 애청의 아버지에 대한 감정은 실제 아버지에 대한 증오와 원망으로 표출된다. 스스로의 정체성을 찾기 위해 애청은 '나는 지주의 아들이다'라는 인식을 점차 '나는 대언하의 아들이다'라는 인식으로 명확하게 바꾸기까지 한다. 지주에서 대언하라는 지명으로의 인식전환을 통해 그는 유모에 대한 사랑을 유모를 비롯한 모든 농촌민중

---

19 周紅興, 앞의 책, 10쪽.

에 대한 따뜻한 동정으로 승화시킨다. 반면에 숨막히는 집안의 가풍과 친부모와의 충돌은 어린 애청에게 먼 곳으로 떠나는 꿈을 꾸게 만드는 요인이 된다.

나의 마음은 오직 나를 재촉하고 있다:

我的心只是催促著自己:

" 빨리 떠나라—   "快些離開吧 —

이 가엾은 들판을,   這可憐的田野,

이 비천한 마을을,   這卑微的村莊,

외로게 떠돌아다녀라,   去孤獨地漂泊,

자유롭게 방랑해라!"   去自由地流浪!"

〈나의 부친(我的父親)〉[20] 부분

〈나의 부친〉에서 나타나는 것처럼, 시인은 고향의 모습을 가엾음과 비천함의 경관으로 묘사하고 있으며, 자신이 추구하는 이상은 외롭고 자유로운 방랑이라고 말하고 있다. 이것은 가부장제를 비롯한 유교적 사회, 그리고 전근대적인 고향에 대한 강한 부정의식을 아버지에 대한 거부 의식으로 표현한 것이다.

나보다 무식한 사람들이 나를 비웃고 있네,

而且那些比我愚蠢的人們嘲笑我,

난 한 마디 하지 않고 마음 속에 한 소망을 숨긴다.

我一句話不說心裏藏着一個願望,

---

[20] 『艾靑詩選集』, 149쪽.

나는 밖으로 가서 그들보다 견식을 많이 넓힐 거야,

  我要到外面去比他們見識得多些,

나는 멀리 멀리 갈 거야,　　　我要走得很遠 —

꿈 속에서도 본 적이 없던 곳으로.

  夢裏也沒有見過的地方.

〈소년의 여행(少年行)〉[21] 부분

위의 시에서 마을 사람들은 고향을 떠나려는 그를 이해하지 못하고 마냥 비웃기만 한다. 이처럼 시인은 농촌 사람들의 우매와 무지함을 비난함으로써 고향의 전근대성과 폐쇄성을 한층 더 강하게 드러낸다. 그런데 고향 사람들의 이런 태도는 시인에게 복잡한 감정을 야기한다. 한편으로 그들을 안타까워하는 것이고 다른 한편으로는 바깥세상으로 나가 그들보다 많은 견문을 넓혀 진보적 사상을 받아들이겠다는 마음 사이에서 고민하게 되는 것이다. 그리고 그는 후자를 선택한다.

1929년 19살이 된 애청은 고향을 떠나 프랑스로 유학을 간다. 그의 아버지는 한두 번 생활비를 보내다가 지원을 그만두었다. 가업을 이어받고 싶지 않은 애청에게 불만을 품고 있었기 때문이다. 경제적 어려움으로 그는 한 공예공장에서 일을 하면서 공부를 할 수 밖에 없었다. 그는 파리에서 서구적 문물들, 또한 그 밑에 가려져 있는 퇴폐를 목격했으며, 동시에 인종차별로 인한 굴욕감을 경험하였다.

자옥하게, 우리 담배연기 속에 앉으며,

  團團的, 團團的, 我們坐在菸圈裏面,

---

21 앞의 책, 153쪽.

높은 소리, 작은 소리, 시끄로운 소리가 데이블을 둘러싼다.

　　　　　　　高音, 低音, 噪音, 轉在桌邊.

부드럽고, 치열하고, 터질 뻔하고, 溫和的, 激烈的, 爆炸的,

뜨거운 얼굴이 등블 아래서 흔들리고 있다,

　　　　　　　火灼的臉, 搖動在燈光下面,

프랑스어, 일본어, 베트남어, 중국어가

　　　　　　　法文, 日文, 安南話, 中文,

방의 구석 구석에 들끓고 있다 ……

　　　　　　　在房子的四角沸騰着 ……

(― 중략 ―)

이 죽는 도시 ― 파리,　　　　在這死的城市 ― 巴黎,

이 죽는 밤에,　　　　　　　在這死的夜裏,

성요한 거리의 61호는 역동적이며,

　　　　　　　聖約翰街的六十一號是活躍的,

우리의 마음이 타오르고 있다.　我們的心是燃燒着的.

　　〈會合―東方部的會合(회합―동방부의 회합)〉[22] 부분

　위의 시에서 그는 동방부의 회합, 즉 동양 나라 사람들의 회합을 통해 현지 사람, 곧 프랑스 사람들에게 느낀 차별의식, 더 나아가 파리라는 도시에서 입은 소외감을 표현하고 있다. 애청은 고향에서 벗어나 자유로운 방랑을 하고 싶은 마음으로 파리로 왔지만, 낯선 서구의 근대 도시에서 그는 친근감을 느끼지 못한 채 마음 자유롭지 못한 생활을 하게 된다.

　그 와중에 일본이 중국을 침략하는 사건이 발생하자 제국주의에 대

[22] 위의 책, 3쪽.

한 증오심이 커지면서 조국을 사랑하는 마음이 강해졌다. 따라서 그는 귀국을 결심했으며, 1932년 1월 28일에 배를 타고 조국의 품으로 돌아온다. 그는 귀국 이후 좌익 활동을 하다가 체포되어 감옥에 갇히게 되었다. 그는 이 감옥에서 3년 동안 옥살이를 하고서야 나왔다. 하지만 그의 감옥 체험은 그의 인생을 그림에서 시로 전환하게 해준 중요한 결정적 시간이었다. 그는 감옥에 갇혀 있는 동안 지난날들을 돌아보며 자신을 길러준 유모와 고향에 대한 그리움을 담아 〈대언하—나의 유모여〉를 창작하였다. 하지만 이때 대언하는 이미 세상을 떠났는데, 대언하의 죽음으로 인해 애청은 고향을 완전히 잃어버린 느낌이 들어 그 고향상실감이 최고점에 이르게 되었다. 유모가 아니었으면 그는 고향의 의미를 영원히 알지 못했을 것이다. 이 시의 마지막에서 시인은 다음과 같이 끝을 맺고 있다. "대언하, 당신의 젖을 먹고 자란 나는 / 당신의 아들 / 당신을 존경합니다 / 당신을 사랑합니다!" 이처럼 유모를 통해 애청은 생명의 원천이자 고향의 표상으로서 어머니를 노래한다. 애청에게 있어서 유모였던 대언하야말로 그의 고향이며, 대언하 때문에 그는 비로소 고향의 따뜻함을 체험할 수 있었던 것이다. 그러한 대언하의 죽음이야말로 시인에게 고향의 상실을 의미한다고 할 수 있다. 즉, 대언하는 고향과 완전한 동질성을 가진 존재인 것이다. 뿐만 아니라 애청은 대언하에 대한 사랑을 모든 봉건적 여성에 대한 동정과 나라에 대한 열정으로 승화시키고 있다.

대언하의 죽음으로 애청은 더 이상 고향에 돌아갈 필요가 없다고 생각하게 된다. 대언하가 없는 고향은 그에게 아무 의미가 없는 곳이기 때문이다. 그는 계속 방랑의 길을 걷다가 해방 후인 1954년에 애청은 브라질 리우데자네이루에 머무르는 동안 가난한 흑인 유모를 만나게

된다. 젊은 흑인 유모를 보았을 때 느낀 감정을 애청은 다음과 같이
토로하였다.

그녀의 마음 속에 무슨 기쁨이 있는가?	她心裏有什麽歡樂?
그녀가 부른 노래는 사랑의 노래인가?	她唱的可是情歌?
그녀는 한 아기를 안고 있고,	她抱着一個嬰兒,
자장가를 불러 주고 있네.	唱的是催眠的歌.
이 아기는 그녀의 아들이 아니다,	這不是她的兒子,
그녀의 남동생도 아니다,	也不是她的弟弟,
이는 그녀의 작은 주인이고,	這是他的小主人,
그녀는 남을 도와 아기를 돌봐주고 있네.	她給人看管孩子.

〈한 흑인 처녀는 노래를 부르고 있다(一個黑人姑娘在歌唱)〉[23] 부분

이 시를 통해 흑인 유모로 표상되는 하층 민중들에 대한 그의 연민과
동정을 느낄 수 있을 뿐만 아니라, 그러한 의식의 토대가 되는 대언하
에 대한 시인의 그리움도 느낄 수 있다. 대언하와 미찬가지로 비극적
운명을 지닌 흑인 유모를 통해 애청은 대언하에 대한 근원적인 감정을
다시 한번 불러일으키게 된다.

알려줘라, 너는 누구냐?	請告訴我你是什麽人?
이 번화한 도시에서 어떻게 살아가느냐?	
	在這繁華的都市怎麽生存?

---

23 위의 책, 194쪽.

나무로 지어진 집도 없느냐?

難道連木片搭的房子也沒有?

사랑으로 너를 만져주는 어머니도 없느냐?

也沒有那撫愛你的母親?

〈연민한 노래(憐憫的歌)〉[24] 부분

　대언하는 이미 세상을 떠났기 때문에 그는 어머니도 없고 집도 없는 가련한 사람이 된다. 그는 이국적 도시에서 살아가는 일을 보다 힘들게 느끼게 된다. 심한 상실감으로 인해 그는 깊은 절망의 정서에 빠지게 되며, 자신의 정체성에 대한 인식도 잃게 된다.

　1982년 어느날, 애청은 드디어 태어난 마을에 돌아왔는데, 이때의 그는 노벨 문학상 후보가 될 정도로 세계에 이름을 날린 시인이 되어 있었다. 그는 마을의 입구 앞에 오래 서서, "누구나 자신의 어머니가 있다. 여기는 바로 나의 어머니다."[25]라는 말을 했다고 한다. 그의 입에서 나온 '어머니'는 그의 유모 대언하를 가리킨 것이자, 지리적 고향인 대언하를 가리킨 것이기도 했을 터이다. 프랑스 유학 후의 귀국과 1980년대의 금의환향(錦衣還鄕)을 통해 애청의 조국과 인민을 향한 깊은 사랑을 엿볼 수 있다. 고향을 조국으로 승화시키는 데 결정적인 역할을 하였던 사람이 바로 그의 유모인 어머니이다.

24 위의 책, 195쪽.
25 駱寒超, 『艾靑傳』, 人民文學出版社, 2009, 380쪽.

4. 정체성 회복의 매개로서 고향과 어머니의 동질성

오장환과 애청의 생애와 시를 통해 어머니가 시인의 고향의식에 미치는 영향관계에서 매우 복잡하고 심지어 갈등적인 양상이 나타나는 것을 확인할 수 있었다. 우선, 두 시인은 모두 봉건적 여성으로서의 어머니를 통해 고향의 전근대성을 인식하는 데 공통점이 보인다. 오장환은 자신을 낳음으로써 신분상의 상처와 고통을 경험하게 한 어머니를 원망했던 동시에 일찍 남편과 사별하고 가난하게 사는 홀어머니를 무척 안타까워하기도 했다. 다른 한편에서 애청은 두 어머니를 가지고 있지만, 그가 인정하는 어머니는 오히려 유모뿐이다. 그는 친어머니를 원망하지 않는다. 미움도 사랑에서 나온다는 말처럼, 애청에게 친어머니는 사랑의 의미를 상실한 존재이기에 친어머니에 대해서는 좋은 감정이 없는 것처럼 미워하는 감정도 없었던 것이다. 친어머니의 부재하는 자리 대신에 애청은 유모에게 보다 의지하여 유모를 친어머니보다 더욱 중요한 존재로 여기게 된다. 그 과정에서 동시에 하층 노동 여성으로서의 유모의 비극적 운명에 대해 연민과 동정을 갖게 된 애청은 이런 어머니를 안타까워하기도 했다.

어머니라는 존재가 가진 봉건성과 어린 시절에 출생과 신분으로 입은 상처는 오장환과 애청으로 하여금 고향이란 공간의 전근대성과 후진성에 대해 남다른 인식을 갖게 하며, 향후 시인의 부정정신으로 발전된다. 고향의 전근대성에 대한 인식은 그들의 이향 행위의 주요 동인으로 작용하고 있다. 이로써 그들의 고향의식은 고향을 떠나고자 하는 방랑의식으로 해석될 수 있다.

오장환과 애청의 시에서 방랑의 공간, 즉 도시 공간은 태어난 고향과

서로 대립된 공간으로 나타난다. 윌리엄스는『농촌과 도시』에서 골드
스미스, 워즈워드, 하디, 그리고 엘리어트등 영국 작가들의 작품을 통
해 도시와 농촌의 이미지를 조사하며, 그들 모두가 농촌을 "과거의 이
미지로, 도시는 미래의 이미지로…… 농촌에 대한 사고는 오랜 전통의
길, 인간의 길, 자연의 길로 향하는 것이며 도시에 대한 사고는 진보의
근대화를 향한다."[26]라고 지적하고 있다. 도시의 근대성을 갈망하지만
예상과는 반대로 도시는 그들에게 원하고 싶은 자유와 쾌락을 제공해
주지 못한다. 이때는 도시에서의 이탈과 고향으로서의 회귀는 발생하
기 마련이다.

　그러나 오장환과 애청은 똑같이 고향의 전근대성에 대한 부정의식으
로 방랑의 길을 걸어갔지만, 그 후에 도시 생활에 지친 두 시인은 귀향
의식의 문제에 있어서 서로 다른 대응 양상을 보인다. 오장환은 어머니
에 대한 그리움을 향수로 확산시켜, 어머니와 고향을 동일시함으로써
결국 어머니가 있는 고향으로의 회귀의식을 가지게 되었다. 고향에 계
신 어머니는 그 고향 부정을 완화함으로써 시인 귀향의 동력이 되었기
때문이다. 애청의 경우, 유모가 그에게 잘해주었지만 유모는 친어머니
처럼 시인의 모태귀소본능(母胎歸巢本能)을 자극하지 못했다. 애청은 유
모의 자궁이라는 장소에서 지냈던 경험을 획득하지 못했기 때문이다.
모태와의 분리, 혹은 모태의 상실감을 느끼지 못한다면 모태귀소본능
도 체험할 수 없을 것이다. 하층 인민으로서의 유모인 어머니는 고향을
조국으로 승화하여 애청의 애국심을 불러일으킴으로써 그에게 귀향
의지를 불러일으켰다. 모태귀소본능을 상실한 애청은 조국애를 귀향

---

26 마이크 새비지, 김왕배 옮김, 『자본주의 도시와 근대성』, 한울, 1996, 167쪽.

의 동력으로 삼을 수밖에 없었을 것이다.

사실상 고향과 어머니가 공통적으로 가지고 있는 이런 상실성, 혹은 과거성은 시인의 회귀의식에 영향을 주는 요인이 된다. '故鄕'의 '故'자는 '과거, 옛날'이라는 시간을 의미하며, '鄕'자는 '집이 있는 곳'이라는 공간을 의미한다. 글자 그대로 고향은 과거의 공간이라고 할 수 있다. 국어사전에 나타난 고향에 관한 풀이들[27]이 모두 과거지향적 성격을 가지고 있는 것도 이 점을 입증해 준다. 요즘 한국에서는 '家鄕'[28]이 별로 쓰이지 않지만, 중국에서는 '가향'과 '고향'이 모두 쓰이고 있을 뿐만 아니라 이 두 단어의 의미도 잘 구분되어 있다. 쉽게 말하면, '가향'은 '집이 있는 공간'이며, '고향'은 '과거의 가향'이다. 특히 근대에 와서, 한·중 양국의 식민지·반식민지적 상황과 근대화 과정으로 인하여 이런 상실감은 한층 더 심화되었다.

이와 비슷하게 인간이 어머니의 자궁에서 떨어진 순간부터 어머니와 완전히 분리되면서 상징적으로 어머니를 영원히 잃어버린다. 모태귀소본능, 즉 요나콤플렉스[29](Jonah complex)의 작용하에서, 현실에 적응하지 못할 때마다 인간은 어머니의 뱃속 시절을 그리워하기 마련이다. "고향을 떠난 자만이 고향을 인식한다는 역설"[30]처럼 인간은 고향을

---

27 '고향'의 개념에 대하여 『국어대사전』과 『조선말대사전』의 해석은 다음과 같다. "고향: ①제가 나서 자라난 곳; ②제 조상이 오래 누려 살던 곳." (이희승 편, 『국어대사전』, 민중서림, 1979, p.274.) "고향: ①나서 자란 곳; ②언제나 잊을 수 없이 그립고 마음 깊이 간직되는 정다운 곳; ③어떤 사물이나 사회적 현상이 처음으로 생겨나거나 시작된 곳." (사회과학원 언어연구소 편, 『조선말대사전』, 동광출판사, 1978, 236쪽.)
28 "가향: 자기 집이 있는 고향."(『국어대사전』, 46쪽.)
29 가스통 바슐라르, 곽광수 옮김, 『공간의 시학』, 東文選, 2003.
30 김윤식, 「백석론」, 고형진 편, 『백석』, 새미, 1996, 208쪽.

떠나야 고향의 소중함과 따뜻함을 인식하게 된다. 이처럼 잃어버린 사물에 오히려 더 집착하는 인간의 본능으로 인하여 고향과 어머니를 향한 회귀 지향성이 자연스럽게 발현되는 것이다.

이상의 논의를 정리하자면, 한·중 근대에 와서 어머니라는 봉건적인 여성상은 특히 고향의 전근대성과 관련되어 인식된다. 이런 어머니의 표상은 시인에게 고향의 공간적 특성, 즉 고향의 전근대성과 후진성을 인식하는 데 중요한 매개를 제공해 준다. 동시에 이것은 시인의 이향 행위를 재촉하는 동인으로 작용한다. 반면, 어머니와 고향은 공통적으로 시간적 상실성이나 과거성을 가지고 있다. 이것은 인간의 귀소본능에 해당하는 것으로써, 근대 시인의 귀향 행위를 결정하는 주요 요인이 되는 것이다.

5. 맺음말

1930년대의 한·중 시인들은 어느 때보다 고향의 상실을 느끼고, 고향이라는 존재의 의미를 절실하게 인식하게 되었다. 1930년대 수많은 한·중 고향시 가운데 한국 오장환과 중국 애청의 시에 나타난 고향과 어머니의 연관성이 유난히 눈에 띈다. 이것도 그들의 시를 당대 다른 시인들의 고향시와 구별짓는 특색이 된다. 두 시인은 어머니를 빌려 고향의식을 표출하는 것은 시인의 실재하는 어머니는 그들의 이향과 귀향, 그리고 고향의식에 대해 매우 중요한 영향을 미치고 있었기 때문이다.

따라서 본고는 우선 두 시인의 전기적 측면, 특히 어머니와의 관계에 대한 고찰에 중점을 두며, 어머니가 그들의 고향의식에 대해 어떤 영향을 미쳤는지를 고찰하였다. 이런 작가론적 접근에 기초하여 시인에게 어머니와 고향은 과연 어떤 대응 양상으로 나타나는지, 더 나아가 어머니와 고향 사이에 어떤 동질성을 형성하게 되는지를 살펴봤다.

오장환과 애청의 고향과 어머니에 대한 인식은 보다 복잡한 양상을 보인다. 어머니는 고향의 친근감과 귀속감을 느끼게 해 주는 존재인 동시에 봉건적 여성으로서 제시된 어머니는 고향의 전근대성과 후진성을 인식하게 만든 존재이기 때문이다. 고향의 전근대성을 인식하게 된 오장환과 애청은 모두 고향에 대한 부정의식을 갖고 방랑의 길을 걸었다. 오장환의 경우, 고향에 계신 어머니는 이런 고향 부정을 완화함으로써 시인 귀향의 동력이 되었다. 애청의 경우, 하층 인민으로서의 유모인 어머니는 고향을 조국으로 승화하여 애국심을 가진 시인의 귀향 의지를 불러일으켰다.

오장환과 애청의 시를 통해 발견된 고향과 어머니의 동질성을 정리하자면 다음과 같다. 어머니의 봉건적인 여성상은 시인에게 고향의 공간적 특성, 즉 고향의 전근대성과 후진성을 인식하는 데 중요한 매개를 제공해 주며, 이것은 시인의 이향 행위를 재촉하는 동인으로 작용한다. 반면, 어머니와 고향은 공통적으로 시간적 상실성이나 과거성을 가지고 있으며, 이것은 인간의 귀소본능에 해당하는 것으로써, 근대 시인의 귀향 행위를 결정하는 주요 요인이 되는 것이다. 귀소본능을 상실한 사람은 다른 데에서 귀향의 동력을 찾을 수 밖에 없게 된다. 애청의 경우는 바로 고향을 나라로 승화하여 조국애를 귀향의 동력으로 삼았던 것이다.

물론 오장환과 애청의 귀향은 어머니의 영향을 받았을 뿐만 아니라

근대 문명의 이면에 자리잡은 주체의 결핍·상실과 그에 따른 욕망의 충족과 관련되어 있었던 것이다. 근대 사회는 처음부터 결여된 사회이기 때문이다.[31] 식민지 사회는 더욱 그렇겠다. 식민지 도시의 특수성으로 인하여 한·중 근대 지식인은 도시인으로서 더욱 큰 상실감을 체험하기 마련이다. 필자는 오장환과 애청 시에 반영된 주체의 결핍·상실과 귀향의 상관관계에 대한 탐구를 다음 과제로 삼고 연구를 이어가기로 한다.

　본고는 비교문학적 차원에서 1930년대 한·중 시인들의 고향의식을 고찰하는 연구이다. 1930년대는 한·중 양국 문학사에서 매우 문제적인 시기이며, 고향의식을 비롯한 이 시기 시문학의 근대성 연구는 향후 보다 많은 연구자들의 관심을 받았으면 좋겠다.

이 글은 지난 2017년 한중인문학회에서 발간한
『한중인문학연구』 제54집에 게재된 것이다.

참고문헌

〈자료〉
김학동 편, 『오장환 전집』, 국학자료원, 2003.

---

31 최문규, 「근대성과 심미적 현상으로서의 멜랑콜리」, 『뷔히너와 현대문학』 제24권, 한국뷔히너학회, 2005, 211쪽.

김학동, 『오장환 연구』, 시문학사, 1990.
_____, 『오장환 평전』, 새문사, 2004.
艾 靑, 『艾靑詩選集』, 北京燕山出版社, 2014.
駱寒超, 『艾靑傳』, 人民文學出版社, 2009.

〈단행본〉
고형진 편, 『백석』, 새미, 1996.
오세영, 『한국현대시인연구: 20세기 전반기를 중심으로』, 월인, 2003.
이명찬, 『1930년대 한국시의 근대성』, 소명출판사, 2000.
이재선, 『한국문학 주제론』, 서강대학교 출판부, 2009.
가스통 바슐라르, 이가림 옮김, 『물과 꿈』, 문예출판사, 1993.
_____, 곽광수 옮김, 『공간의 시학』, 東文選, 2003.
마이크 새비지, 김왕배 옮김, 『자본주의 도시와 근대성』, 한울, 1996.
莫言, 『莫言散文選·會唱歌的墙』, 北京:人民日報出版社, 1998.
周紅興, 『艾靑的跋涉』, 北京文化藝術出版社, 1989.
Yi-Fu Tuan, Space and Place, Univ. of Minnesota P., 1977.

〈논문〉
문석우, 「예세닌과 오장환: 시에 나타난 고향의 모티프」, 『세계문학비교연구』 제22
        권, 세계문학비교학회, 2008.
이미순, 「오장환 시에서의 고향의 의미화 과정 연구」, 『한국시학연구』 제17호, 한
        국시학회, 2006.
최문규, 「근대성과 심미적 현상으로서의 멜랑콜리」, 『뷔히너와 현대문학』 제24권,
        한국뷔히너학회, 2005.
段從學, 「地之子的行吟—艾靑詩歌中的土地,個人與國家」, 『新詩硏究的問題與方
        法硏討會論文集』, 北京大學中國新詩硏究所, 2007.
萬海松, 「對葉賽寧和艾靑詩歌創作的幾點比較」, 『現代中國文化與文學』, 泉州師範
        學院文學與傳播學院, 2010.
張同道, 「都市風景與田園鄕愁—論三十年代現代主義詩歌的詩學主題」, 『文藝硏究』
        제2기, 1997.

梅泉 黃玹의 陸游 次韻詩 연구

장람

1. 머리말

매천 황현(1855~1910)은 구한말 문인으로 일찍 벼슬을 포기하고 구례로 낙향한 뒤 강학과 학문 탐구로 평생을 보냈다. 특히 40대에 구안실(苟安室)에 머물면서 작시 활동을 활발히 하였는데, 황현이 일생 동안 창작한 시는 무려 2,000여 수[1]에 달한다. 이 가운데 그가 남긴 한시 작품 중 두드러진 점은 차운시(次韻詩)가 매우 많다는 것이다.

차운은 원운시(原韻詩)의 운자(韻字)를 순서까지 그대로 따라 시를 짓는 창작 방법이다. 대체로 시인이 차운시를 짓는 것은 원운 시인의 창작 정신을 비판적으로 체득하고 그 독창적인 면모를 수용하기 위해서다. 시인은 차운을 통하여 원운시를 이해하고 그 문학적 성과를 흡수한다. 나아가 자신의 관점에서 대상을 재해석하고 새로운 시적 경계를 여는 것이다.

---

1 김영붕, 「黃梅泉 詩文學 硏究」, 전북대학교 박사학위논문, 2014, 14~16쪽.

황현 또한 450여수의 많은 차운시를 남겼다. 이러한 차운시 검토를
통하여 그의 시적 수련 과정을 살펴볼 수 있으며, 나아가 황현의 시세
계를 더 깊이 이해할 수 있을 것이다. 황현의 중국 문인 차운시는 347수
인데[2] 황현의 시 전체에 비해 결코 적지 않은 분량이다. 그중에서도
중국 송나라 육유(陸游)의 시에 대한 차운은 71수에 달하고 있어, 육유
에 대한 황현의 관심이 컸음을 알 수 있다.

황현의 육유 차운시에 대한 선행 연구는 이병기부터 시작되었다.
이병기[3]는 황현의 육유와 소식의 시에 대한 차운시를 설명하면서, 그가
주로 중국 송시를 차운하는 경향이 있었음을 처음으로 포착하였다. 장
인진[4]은 조선조 문인의 육유시 수용 양상을 고찰하고 황현이 육유시를
차운한 까닭은 그의 투철한 민족의식과 애국사상을 숭모하였기 때문이
라고 하였다. 그러나 이에 대해 기태완[5]은 황현의 정치·사회에 대한
관심은 이미 뿌리 깊은 것으로 육유의 애국정신과는 무관한 것이라고
하였다. 그리고 차운의 대상이 된 육유의 원운시는 애국적 정서가 드러
나기는 하나 거의 한적한 생활을 소재로 한 시들이라고 하면서, 황현의
육유시에 대한 관심은 한적한 생활을 내용으로 한 칠언율시였다고 하
였다. 황수정[6]은 황현의 시작 태도 연구에서 육유시의 수용과 청신의

2 장람, 「梅泉 黃玹의 中國文人 次韻詩 연구」, 전남대학교 석사학위논문, 2015, 3쪽.
3 이병기, 「황매천시 연구」, 전남대학교 박사학위논문, 1983, 39~47쪽.
4 장인진, 「조선조 문인의 육방옹시 수용에 대하여」, 『한문학연구』 제6집, 계명한문학회,
   1990, 203~207쪽.
5 기태완, 「매천시 연구—시의 수련과 영향관계 및 그 풍격을 중심으로—」, 성균관대학교
   대학원 박사학위논문, 1998, 49~58쪽.
6 황수정, 「梅泉 黃玹의 詩文學 研究」, 조선대학교대학원 박사학위논문, 2006, 265~
   296쪽.

미학을 고찰하고, 육유시를 차운한 황현의 시적 경향이 '한적세니(閒適細膩)'적이라고 하였다. 이는 육유의 칠언율시를 모범으로 삼아 '한적세니'적인 내용의 시에 주목하였다는 기태완의 논의를 수용한 것이다. 김정환[7]은 황현의 육유 차운시에는 애국적이거나 한적한 시가 모두 포함되어 있으나, 정작 그가 육유시를 차운할 때에는 대체로 애국적인 것과는 무관하게 받아들였다고 하였다.

기존 연구들을 살펴보면 황현의 육유시 차운 경향을 다양한 시각에서 접근했다는 긍정적인 면이 있다. 그러나 이들 연구는 연구 대상을 일부의 작품에 한정함으로써 황현의 육유 차운시의 전체적인 면모를 살피는 데에 한계가 있다. 따라서 이러한 한계를 극복하고 그 문학적 특성을 탐색하기 위해서는 황현의 육유 차운시 전체를 들여다 볼 필요가 있다.

본고는 이러한 문제의식을 갖고 황현의 차운시와 육유의 원운시를 비교하면서 고찰하고자 한다. 먼저 2장에서는 황현의 육유에 대한 문학적 인식을 파악한 다음에 황현의 육유 차운시의 현황을 살펴보면서 드러나는 몇 가지 특징을 살펴보고자 한다. 다음 3장에서는 황현의 육유 차운시의 주제 양상을 살펴볼 것이다. 4장에서 황현의 육유 차운시의 문학적 의의는 육유의 원운시를 살펴봄을 통하여 정리해 보고자 한다.

본고는 전주대학교 호남학연구소에서 출판한 『매천전집(梅泉全集)』 5권 중에 있는 황현의 육유시에 대한 차운시를 연구 대상으로 삼았다.[8]

---

7 김정환, 『梅泉詩派研究』, 경인문화사, 2007, 175~177쪽.

8 황현의 시문(詩文)에 대한 번역은 필자가 졸고(장람, 「梅泉 黃玹의 中國文人 次韻詩

육유의 원운시는 『검남시고(劍南詩稿)』[9]에서 황현의 차운시와의 운자 대조를 통하여 찾아내었다. 이와 같은 황현의 육유 차운시 연구는 시인 으로서 황현의 면모와 그의 시세계를 보다 다각적으로 접근하는 방법 이 될 수 있으리라 기대한다.

2. 황현의 육유에 대한 인식과 차운시 현황

1) 육유에 대한 문학적 인식

황현은 소천(小川) 왕사찬(王師瓚)과 함께 시를 논하면서 스스로 송시 를 좋아한다고 밝힌 바 있다.[10] 김택영은 황현이 "문장을 쓰는 것보다 시에 더욱 조예가 깊어 소식과 육유의 기품이 있다."[11]라고 평하기도 하였다. 또한 황현의 서울 유학시의 문우(文友) 박문호(朴文鎬)는 황현의 시가 소식과 육유를 본받았다고 하였다.[12] 이밖에 강겸(江謙)과 황현의 동생인 황원(黃瑗)도 황현의 소식과 육유의 시에 대한 관심을 밝힌 바

연구」, 전남대학교 석사학위논문, 2015)에서 기존 번역을 참고하여 필자의 이해를 토대 로 일부 수정해서 제시한 바 있다. 따라서 본 논문에서 인용한 황현의 시는 원천 출처만 표시하고자 한다. 이 외에 본고에서 새로 변역한 시는 김영봉의 『역주 매천 황현 시집』 (상·중·하, 보고사, 2007), 『역주 황매천시집』(속집·후집, 보고사, 2010), 기태완의 『황매천시연구』(보고사, 1999), 한국고전종합DB의 『매천집』을 참고하여 필자의 이해 를 토대로 번역하였다.

9 陸游, 『劍南詩藁』, 『陸放翁全集』(中), 中國書店, 1997.

10 余嘗好讀宋詩而不屑晚唐 小用不以爲然 故又申前意(黃玹, 〈和小川論詩六絶〉 自注, 『梅 泉全集』 卷1, 85쪽)

11 所作爲文章 於詩尤深 有蘇子瞻陸務觀之風(金澤榮, 「本傳」, 『梅泉全集』 卷1, 26쪽)

12 爲詩法蘇陸 文則逼魏禧侯方域(朴文鎬, 「梅泉黃公墓表」, 『梅泉全集』 卷1, 21쪽)

있다.[13] 이를 통하여 황현이 평소에 송시에 대한 관심이 많고, 특히
소식과 육유의 시를 더 많이 배운 것을 짐작할 수 있다. 황현은 소식의
시를 차운할 때 주로 소식의 호방한 기세를 담고 있는 고체시에 관심을
두고 차운하였는데 총 7제 12수를 차운하였다.[14] 이에 비해 육유 차운
시는 10제 71수로 소식 차운시보다 약 6배가 더 많다. 이를 통해 황현의
육유시에 대한 관심이 매우 깊음을 볼 수 있다.

육유(1125~1210)는 자가 무관(務觀), 호는 방옹(放翁)이며 중국 남송(南
宋)의 대표 시인이다. 육유는 중원을 수복하기 위해 금나라와의 무력투
쟁을 주장했던 주전파(主戰派)의 한 사람으로서 정치적으로 많은 핍박
을 받았으나, 죽을 때까지 자신의 애국적 의지를 꺾지 않았다. 또한
현존하는 육유의 시[15]는 9300여 수에 달해 중국 고대 문학사상 최다작
의 시인으로 꼽힌다.

육유의 시세계는 크게 세 시기[16]로 구분된다. 그는 젊은 시절에 강서

---

13 滄江老於詩文, 謂君於詩有別才, 善學蘇·陸, 淸警富健其有焉(江謙, 「梅泉集」序, 『梅泉
  全集』卷1, 16쪽); 詩在蘇陸之間, 而纖巧壯麗, 隨意能之(黃瑗, 「行狀抄」, 『梅泉全集』
  卷3, 15쪽)

14 장람, 앞의 논문, 15쪽 및 29~37쪽.

15 육유의 작품 중 그의 만년에 전원생활을 하면서 지은 시가 절반 이상 차지한다. 비록
  우국시들이 작품의 총수에 있어 다수를 차지하지는 않으나, 우국은 시대구분을 뛰어넘
  는 전시기적으로 의미를 지니는 주제였다고 말할 수 있다(주기평, 『육유시가연구』, 역
  락, 2010, 60~61쪽 참조).

16 蔣和森, "陸游" 條, 『中國大百科全書·中國文學卷』, 中國大百科全書出版社, 1986. 첫
  번째 시기는 소년부터 45세 입촉(入蜀)하기 전까지 약 30년 동안인데, 이 시기의 시
  중 대략 300여수의 시가 전해지고 있다. 두 번째 시기는 46세 때 입촉한 이후부터
  사천(四川), 복건(福建) 등지에서 관직생활을 했던 65세까지의 20년의 기간인데 약
  2400여 수의 시가 전해지고 있다. 이후 관직생활을 마무리하고 산음(山陰)에서 한거(閑
  居)했던 20년의 기간을 세 번째 시기로 구분 하였는데, 이 시기의 시는 약 6500여 수가
  전해지고 있다.

시파(江西詩派)의 영향을 많이 받아 독특함과 정교함을 추구하고자 하였다. 중년에는 촉(蜀, 사천성(四川省)의 별칭)에 들어가 종군하면서 시야를 넓히고 다양한 경력을 쌓으며, 조국에 대한 뜨거운 감정과 울분한 기개가 생기게 되어 시 창작에 웅장하고 분방한 풍격이 드러난다. 만년에는 고향에 은거하여 전원생활을 하면서 평안하고 한적한 시풍을 이루었다.[17] 청나라 시인 조익(趙翼)[18]은 중국 역대 유명한 시인의 시를 체계적으로 비평한 책인 『구북시화(甌北詩話)』에서 다음과 같이 육유시를 평가하였다.

　　육유는 율시에 능했으니, 이름난 장(章)과 빼어난 구(句)가 자주 보이고 연이어 나와서 사람들로 하여금 호응할 겨를도 없게 하였다. 전고를 반드시 절실하게 했으며 대구를 만든 것도 반드시 정교하였다. 뜻을 찾지 않음이 없었으나 섬세하고 교묘한 데로 떨어지지 않았다. 말을 새롭게 하지 않음이 없었으나 또한 꾸밈을 일삼지도 않았으니, 진실로 옛 시인들에게서 보지 못한 바이다.[19]

　　조익의 평가를 보면 육유가 철언율시에 뛰어나고 전고와 대우의 기법을 잘 활용했음을 알 수 있다. 또한 억지스러운 기교와 수식 없이 의미를 창출하는 창의적 시인이었음을 짐작할 수 있다.

---

17 嚴修, 『陸游詩集導讀』, 巴蜀書社, 1996, 46~47쪽 참조.

18 조익(趙翼)은 호가 구북(甌北)이며 중국 청나라의 대표 시인이자 비평가로서 원매(袁枚), 장사전(蔣士銓)과 함께 건륭삼대가(乾隆三大家)로 칭해진다. 그의 『구북시화(甌北詩話)』는 청나라의 대표적인 시화 저작 중의 하나다.

19 放翁詩以律師見長, 名章俊句, 層見疊出, 令人應接不暇. 使事必切, 屬對必工; 無意不搜, 而不落纖巧; 無語不新, 亦不事塗澤; 實古來詩家所未見也(조익, 송용준 역해, 『甌北詩話』, 서울대학교출판부, 2009, 360~361쪽)

황현의 육유에 대한 평가도 조익과 크게 다르지 않다. 그의 육유에
대한 인식은 〈검남집을 읽다(讀劍南集)〉을 통해 잘 드러난다.

나는 본디 송시를 좋아하는데	我固愛宋詩
송나라 중에 육유를 가장 좋아하네	在宋九愛陸
사물을 묘사하지 못하는 게 없고	無物不能肖
모든 시구는 다 읽을 만하네	萬語皆可讀
속된 수법이라 비웃음을 두려워하지 말고	爛套毋遽嗤
묘처는 바로 난숙한 데 있다네	妙處正在熟
번거롭고 자질구레한 것은 비록 엇갈려 나타나지만	冗瑣雖錯出
웅걸한 점은 누구도 비할 수 없네	雄傑更有孰
예컨대 저 푸른 바다 속에	譬彼滄海中
깊고 넓어 온갖 어족을 포함하고	汪濊涵百族
다채로운 교룡이 뛰어오르고	光怪蛟螭騰
꿈틀거리고 움츠린 새우와 게가 엎드려 있네	蠕屈蝦蟹伏
어찌 내 심지를 깔보랴	豈我心膽薄
한 편의 글을 쓰는데도 늘 소심하네	一紙首屢縮
속인들은 함부로 결점을 꼬치꼬치 찾아내고	俗子妄吹毛
다만 식견 없는 자들이 안목을 자랑하네	祗足誇眼肉
시는 본래 의지를 표현할 뿐인데	詩本言志已
그 방법에 있어서는 복잡한 조목이 없네	其道無繁目
나중에 여러 체제 나누어	後來列衆體
끈과 바퀴 다투어 서로 쫓아가네	鞅輪競分逐
비유컨대 사람이 말을 할 수 있는 후에	譬人能語後
말 잘하고 더듬는 것 비로소 구별된다네	辯訥始各局
만일 태어날 때부터 소리 나지 못하면	使有生而啞
무슨 연유로 보리와 콩을 구별하는가	何由辨麥菽

만약 좋은 시를 창작하고 싶다면	如欲成好詩
어록과 같은 말도 꺼리지 마오	勿憚如語錄
그대 석범 늙은이를 보니	君看石帆老
장구한 세월에 소동파와 황산곡을 이어 뛰어나네	千載殿坡谷[20]

이 시는 황현이 스스로 송나라 시인 가운데 육유를 높이 평가하고 그에 대한 관심을 숨기지 않고 솔직하게 표현한 것이다. 황현은 육시의 뛰어난 묘사, 웅장함, 다채로움 그리고 간결함을 높이 평가하였다. 앞에서 언급하였듯 중년의 입촉(入蜀) 시기에 육유의 시가 웅장하고 분방한 풍격을 나타낸다고 평가 받는 것처럼 황현도 이 시기의 육유시를 더 높이 평가한 것으로 보인다. 특히 복잡한 조목[繁目]이 없는 간결하고 세련된 표현, 인위적 기교를 가하지 않는 '어록(語錄)'[21]과 같은 질박한 언어 사용 등을 높이 사고 있음을 알 수 있다. 또한 육유시처럼 어록 같은 말을 꺼리지 않으면 좋은 시를 창작할 수 있다고 하는데, 시 창작에 있어 억지로 수식하지 않으며 기교 없이 생동감 있게 해야 되는 것이다.

또한 황현은 논시(論詩)를 통하여 육유시를 논하기도 했다.

눈을 현혹시키는 눈송이가 거울에 비추는데	纈眼空華鏡裏垂
영양의 뿔이 나뭇가지처럼 나무에 걸려 있네	羚羊掛角本無枝
방옹은 늙어 갈수록 문심이 세심해졌는데	放翁老去文心細

---

20 黃玹, 〈讀劍南集〉, 『梅泉全集』卷3, 249쪽.

21 '어록'은 옛날 문체 중의 하나인데 선교, 강학, 논정(論政)과 교유할 때 쓰는 문답구어이다. 이러한 글은 잘 윤색하지 않는다. 孔子의 『논어』는 바로 중국에 최초의 어록 문체의 작품이다.

환골탈대를 또한 스스로 깨쳤다네   解脫金丹只自知[22]

    황현은 육유의 시를 "영양괘각(羚羊掛角)"과 "해탈금단(解脫金丹)"으로 평하였다. "영양괘각"은 엄우(嚴羽)의 『창랑시화(滄浪詩話)』에서 빌려온 말[23]로 육유시에서 많은 글자를 사용하지 않더라도 풍류를 다하는 절묘함을 찬탄한 것이다.

    '해탈금단'은 '환골탈태(換骨奪胎)'를 말하는 것인데, 이는 송나라 승려인 혜홍의 『냉재야화(冷齋夜話)』에 나오는 말[24]로 옛 사람의 시를 모방해도 단지 모방에서 그치는 것이 아니라 자신만의 개성으로 발전시켜 그 내용까지 새롭게 변화된 경우를 가리킨다. 황현은 육유가 나이 들수록 점점 자신의 개성을 형성한다고 보고 있다. 곧 육유가 옛 전고나 시구의 모방에만 그친 것이 아니라 스스로 일가(一家)를 이루는 독창성을 구현했다고 인식하고 있는 것이다. 이는 육유가 중년 이후에 점점 강서시파의 영향에서 벗어나 독자적인 시세계를 구축하였다는 조익의 견해[25]와 비슷하다.

---

22 黃玹, 〈丁掾日宅寄七絕十四首依其韻戲作論詩雜絕以謝〉 제5수, 『梅泉全集』 卷3, 53쪽.

23 성당(盛唐)의 여러 시인들은 오로지 흥취에 주력하여, 그들의 시는 영양(羚羊)이 뿔을 나무에 걸은 것처럼 자취를 찾을 수가 없다. 그래서 그들 시의 절묘함은 투철(透徹) 영롱(玲瓏)하지만 가까이 다가설 수가 없다. 마치 공중의 소리와 같고, 외형 속의 색깔과 같으며, 물속의 달과 거울 속에 허상과도 같아서, 언어는 다했어도 그 의미는 다함이 없다(盛唐諸人惟在興趣, 羚羊掛角, 無跡可求. 故其妙處透徹玲瓏, 不可湊泊, 如空中之音, 相中之色, 水中之月, 鏡中之像, 言有盡而意無窮(-嚴羽, 〈詩辨〉, 김해명・이우정 옮김, 『滄浪詩話』, 한국학술진흥재단, 2001, 59~60쪽 및 66쪽)).

24 그 뜻을 바꾸지 않고 그 시어를 만드는 것을 환골법이라 하고, 그 뜻을 모방하여 모양을 그려내는 것을 탈태법이라 한다(然不亦其意而造其語, 謂之換骨法, 窺入其意而形容之, 謂之奪胎法.)-惠洪, 『冷齋夜話』; 황수정, 앞의 논문, 268~269쪽 재인용).

25 放翁詩凡三變 宗派本出於杜 中年以後 則益自出機杼 盡其才而後止(조익, 송용준 역

지금까지 황현의 육유에 대한 문학적 인식을 살펴보았다. 이를 통해 황현이 평소 송시를 즐겨 읽었고, 특히 웅걸한 기상의 육유시에 많은 관심을 갖고 있었음을 알 수 있었다. 이러한 점을 고려했을 때 황현이 현란한 언어적 기교와 수사 없이 시의를 개성적으로 표현하는 육유의 작시 방식을 수용했을 것임을 짐작할 수 있다.

2) 육유시에 대한 차운 현황

황현이 육유의 시를 차운한 창작 현황은 〈표 1〉과 같다.

〈표 1〉 황현의 육유 차운시 현황

창작시기 /연령	1895년 41세	1897년 43세	1899년 45세	1902년 48세	1904년 50세	1905년 51세	총수
형식 /작품수	칠언율시 6수	칠언율시 61수	칠언율시 1수	오언율시 1수	칠언율시 1수	칠언율시 1수	71수

황현의 육유 차운시 71수를 살펴보면 몇 가지 두드러진 점이 있다. 첫째, 황현은 육유시를 차운할 때 칠언율시 형식을 가장 많이 활용하고 있다. 황현의 육유시에 대한 11제 71수의 차운시 가운데 단 1수만이 오언율시이고, 나머지 모두 칠언율시이다. 황현의 율시, 특히 칠언율시에 대한 애착을 느낄 수 있는데, 율시에 대한 그의 인식은 초학자들에게 율시를 가르치기 위하여 역대 한시에서 연구(聯句)만을 모아 만든 『집련(集聯)』이라는 교재에 잘 드러난다. 황현은 이 책의 서문에서 "율시는 시 중에서 가장 정밀한 시체(詩體)로서, 특히 그 가운데 두 연의

해, 앞의 책, 354쪽)

정밀한 대우(對偶)가 요구되기 때문에 창작이 어렵고 역대 한시 작가들이 가장 고심하며 심혈을 기울이는 부분이기도 하다."라고 하였다.[26] 그러면서도 황현은 근체시 중에서 칠언율시를 가장 어렵다고 여기기도 했다.[27] 그럼에도 불구하고 그가 남긴 시 작품의 시체를 보면 칠언율시가 제일 많다.[28] 즉 황현은 쉬운 시체로 시를 짓기보다는 오히려 다소 까다롭고 어려운 작법인 율시를 활용해서 시적 성취를 이루었음을 알 수 있다. 이를 위해서는 아마도 율시에 대한 수련이 필요했을 것이다.

한편, 육유의 시에서도 칠언율시가 주류를 차지하고 있다.[29] 육유에 대한 역대 비평가의 의 평가를 보면, 그의 시 가운데 칠언율시가 가장 뛰어났음을 확인할 수 있다.

> 방옹의 칠언율시는 대구가 짜임새가 있고, 고사도 적당하게 사용하여 당시에 그와 겨룰 만한 사람이 없을 정도이다.[30]

> 진우(陳訐)는 방옹이 일생동안 칠언율시에 정력을 다 쏟았기 때문에 전집(全集)에서 가장 많고 제일 좋다고 하였다.[31]

---

26 詩屢變而爲律詩, 律固詩最精者也. 而聯句加以對偶, 盖尤精, 且難工也. 故名篇秀句, 多以聯傳. 工於聯, 則起結亦隨之, 所以初學者, 不得不講究也(黃玹,「集聯序」, 최승효 편,『黃梅泉 및 關聯人士 文墨萃編』上卷, 未來文化社, 1985, 66~67쪽)
27 小技猶難七字詩(黃玹,〈歸家復拈陸律爲夏課〉제28수,『梅泉全集』卷1, 565쪽)
28 김영봉의 연구에 따르면, 황현이 창작한 2,027수 가운데 근체시가 1794수가 되어 비율이 88.5%나 되고 있다. 근체시 가운데 칠언율시가 48.1%를 차지하고 있으면, 황현 시 전체에서 칠언율시가 차지하는 비율은 42.6%이다. 이 통계에서 본 바와 같이 황현은 칠언율시를 가장 즐겨 창작한 것을 알 수 있다.(김영봉, 앞의 논문, 17~18쪽)
29 주기평, 앞의 책, 307쪽.
30 放翁七言律 對仗工整 使事熨貼 當時無與比埒(沈德潛,『說詩晬語』, 정중호 편정,『淸詩話』하, 藝文印書館, 1977, 670쪽; 장인진, 앞의 논문, 187쪽 재인용)

이와 같은 뛰어난 평가를 받았기 때문에 황현은 육유의 칠언율시에 관심을 가졌고, 그의 칠언율시를 모범으로 삼아 자신의 작시 수련에 활용한 것으로 보인다.

둘째, 황현은 초학자들의 시작 수련에서 육유의 시를 주로 운용하였다. 〈서당의 여러 친구들과 함께 일과로 방옹시를 차운하다(與塾中諸友課日次放翁韻)〉, 〈아이들 과제로 차운하다(次兒課韻)〉, 〈글방의 여러 친구들과 함께 과제하는 날에 방옹집을 차운하다(與塾中諸友課日次放翁集)〉, 〈집으로 돌아와서 다시 육유 율시를 뽑아 여름 과제로 삼다(歸家復拈陸律爲夏課)〉 등의 시 제목에서 이러한 점을 여실히 살필 수 있다. 이 시들은 황현이 만수동 구안실에 살았을 때 제자들이나 문우들과 공부하면서 지은 연작시로서 육유의 칠언율시를 일과(日課)로 내어주었음을 알 수 있다. 황현은 문인들에게 육유시를 칠언율시의 전범으로 삼아 표현 방법을 체득하도록 하려는 의도를 가지고 있었던 것이다.[32] 때문에 매천시파(梅泉詩派)의 많은 문집에서 육유 차운시와 『독검남집』 등을 늘 볼 수 있다.

셋째, 황현은 그의 나이 43세 때 집중적으로 육유의 시를 차운한 것이다. 황현은 41세 때부터 육유시를 차운하기 시작하였는데, 이때 3제 6수를 창작하였다. 이후 43세 때 3제 61수의 차운시를 짓고 45세,

---

31 陳訏曰 放翁一生精力 盡於七律 故全集所載 最多最佳(近藤元粹 選評, 『陸放翁詩醇』, 崇山堂, 明治42, 卷六, 66쪽; 장인진, 같은 논문, 187쪽 재인용)

32 김정환, 앞의 논문, 22~23쪽, 176쪽 및 181쪽. 김정환은 황현의 문인 50여명 정도 파악했고 문집 등을 조사하여 표로 정리한 바 있다. 이 표에서 제시한 작가들의 문집 속에는 반드시 육유 차운시가 들어 있다. 예를 들면, 용재 이언우의 문집에는 구안실이나 당시 일과로 육유 차운시가 많이 수록되어 있다.

48세, 50세, 51세에 각각 1수를 더하였다. 그런데 이 시기에 창작한 차운시와 육유 원운시의 창작 시기를 대조해 보면 주목할 만한 점이 있다. 육유의『검남시고』'연도별 통계표'[33]에 따르면 황현의 차운시 71수 중 50수의 원운시가 육유의 나이 46세부터 53세 때 지은 시이다. 이 시기는 육유가 9년 동안 촉 땅에서 활동했던 이른바 재촉(在蜀) 시기에 해당한다. 육유의 재촉 시기는 그의 일생에서 매우 중요한 시기이며, 시 창작에서도 큰 변모를 보였던 때이기도 하다. 요컨대 황현은 재촉 시기 육유의 시 작품을 무려 50수나 차운한 것이며, 이는 그가 이 시기 육유의 문학 활동을 깊이 주목했음을 보여준다. 재촉 시기의 육유와 43세의 황현 사이에 매우 큰 정서적 교감이 이루어지고 있음을 알 수 있다.

3. 황현의 육유 차운시 주제 양상

1) 향촌 생활의 여유와 한적

황현은 1890년부터 1902년까지 12년 동안 구례 만수동 구안실에서 제자들을 양성하면서 많은 벗들과 교유하였다. 황현의 육유 차운시도 거의 구안실에 생활하면서 지은 것이다. 다음 시는 연작시 〈방옹시의 운을 차하다(次放翁韻)〉 중 첫 번째 작품이다.

---

33 嚴修, 앞의 책, 58~61쪽 참조.

끝없는 푸른 들에 제비는 평지를 스쳐가고	野翠無邊燕掠平
회화나무 향기 더디 갠 낮에 풍기는구나	槐薰遲放午來晴
오월이라 빈 산에 도끼질 소리 끊어졌고	空山五月斧斤絶
깊은 골목 몇 집에선 베 짜는 소리 울리네	深巷數家機杼鳴
건장한 노복이 낮잠 자는 건 가장 싫고	健僕最憎當晝睡
약한 소 이웃이 밭갈이에 빌려갈까 염려스럽네	弱牛可念借鄰耕
바가지 잔에 술 담아 때때로 내게 들러 주니	匏樽盛酒時時過
그대 농부에게 멋대로 자네라 부르도록 허락하노라	許汝村農任喚卿[34]

황현은 한여름 오월의 농촌 풍경과 일상생활을 묘사하고 있다. 수련에서는 들판을 달아가는 제비와 향기로운 회화나무가 농촌의 한가로움을 드러내고 있다. 함련을 보면 은은히 들리는 도끼 소리와 베 짜는 소리에서 오월 한낮 인적이 끊긴 시골 마을의 한적함이 느껴진다. 시의 후반에서 한가로운 일상이라 노복도 별달리 할 일이 없어 쉬고 있는 듯한데, 건강한 일꾼이 일 없이 쉬는 것이 마땅하지 않아 보인다. 우리 집 일꾼은 한가로운데 행여 이웃집 농부가 밭갈이에 소를 빌려갈까 염려스럽기도 하다. 그러나 이러한 옹색했던 마음도 농부가 때때로 건네는 술 한 잔에 풀어지고 호탕하게 친구의 자리를 허락하고 있다. 향촌의 한가로운 일상에 대한 소박한 표현에서 향촌 생활의 여유와 향민들에 대한 따스한 애정과 친근함이 절로 느껴진다. 농부에게 "자네"라는 호명을 허락할 만큼 황현이 향촌생활에 동화되어 있다. 향촌 생활에 대한 그의 즐거움과 흥을 잘 느낄 수 있다. 이러한 즐거움은 다음 시에서도 이어진다.

---

34 黃玹, 〈次放翁韻〉 제1수, 『梅泉全集』 卷1, 139쪽.

다음 시는 연작시 〈집으로 돌아와서 다시 육유 율시를 뽑아 여름 과제로 삼다(歸家復拈陸律爲夏課)〉 중 열네 번째 작품이다.

책상에 의지하여 때때로 다시금 난간을 둘러서 가고	倚床時復繞欄行
손님이 와도 귀찮게 여기며 마중 나가지 않네	客至從嗔不出迎
침상아래 깊은 샘물 밤새 흐르고	枕下幽泉終夜咽
나무 끝 초승달은 별과 짝하며 밝게 빛나네	樹頭初月配星明
많은 모기떼 모여들어 전각 벽에 우레 소리 나고	千䕘蚊合雷殿壁
수많은 개똥벌레 몽쳐 빛으로 성을 장식하네	萬顆螢團火綴城
궁벽하게 살아도 전혀 즐거움이 없다고 말하기 어려우니	難道窮居無一樂
누워 어린 아이 시 읊는 소리 들을 수 있네	臥聞兒子咏詩聲[35]

향촌의 고적하고 한가로운 즐거움에 빠져서 살다보니 찾아오는 손님이 마냥 반갑지만은 않다. 수련에서는 이러한 황현의 속마음이 드러나고 있다. 함련과 경련에서는 밤새 흐르는 샘물과 모기 소리, 은은한 달빛과 반딧불로 빛나는 마을 등 아름다운 향촌의 밤 풍경이 청각과 시각을 자극하며 감각적으로 잘 묘사되어 있다. 그런데 이러한 궁벽한 시골 생활의 즐거움을 더욱 배가시키는 것이 있으니 바로 아이들의 글을 읽는 소리이다. 아이의 시를 읊은 소리에서 즐거움을 찾는 데서 향촌의 일상에 만족하는 촌로가 아닌 시인으로서 황현의 면모를 확인할 수 있다. 황현은 소박한 일상 중에도 시인으로서 자신의 위치를 전혀 잊지 않고 있는 것이다.

---

35 黃玹, 〈歸家復拈陸律爲夏課〉 제14수, 『梅泉全集』 卷1, 560~561쪽.

한편 황현에게 향촌이 긍정적인 공간이 될 수 있었던 것은 지식인으로서 자신에 대한 성찰을 게을리 하지 않았기 때문이다. 다음 시에서 황현의 이러한 모습을 잘 살필 수 있다.

벼논 삼밭 서로 이어져 들판은 어지러운데	禾麻相續野紛然
언덕마다 누런 흐름 갈라지는 연기와 같네	岸岸黃流孤孤煙
나무 열매 주렁주렁 익어 최고 풍년 조짐이고	木實齊成豐驗最
숨은 벌레 높이 올라감은 비가 올 징조일세	蟄蟲高徙雨徵先
글 지은 것은 스스로 천금추처럼 비장하고	著書自秘千金帚
옛것 좋아해 도리어 구부전을 찾네	嗜古翻尋九府錢
대낮에 발 내리고 한가히 주역에 점을 치니	清晝下簾開點易
군평은 세상이 날 버려도 원망 안 했었지	君平不怨世吾捐[36]

수련과 함련에서는 오곡이 익어가는 가을날의 풍성한 들판의 풍경을 그려내고 있다. 이러한 풍요로움에 한껏 취해도 될 듯한데 오히려 황현은 자신의 일상을 살피는 데로 시선을 돌리고 있다. 경련에서 비록 부족할지라도 자신의 글을 '천금추(千金帚)'[37]처럼 소중히 간직하고 주나라 금고인 '구부전(九府錢)'[38]처럼 방대한 학문의 길에 천착하는 지식인 황현의 모습이 잘 드러난다. 지식인 황현의 실천적 면모는 미련에서

---

36 黃玹, 〈次放翁韻〉 제13수, 『梅泉全集』 卷1, 142쪽.
37 漢나라 劉珍의 『東觀漢記·光武帝記』에서 "자기 집의 낡은 빗자루를 천금으로 여겨 소중히 간직한다.(家有敝帚, 享之千金)"라는 고사에서 나오는 말이다. 후에 "敝帚千金"이라는 말로 비록 좋지 않은 것이지만 자기 것은 귀중하게 여긴다는 뜻을 말한다.
38 구부전(九府錢)은 주나라 때 돈을 관장한 구부의 동전을 말하는 것인데 여기서 학문이나 문학 등 방대한 영역을 의미한 것이다. 황현, 임정기 옮김, 『매천집1』, 한국고전번역원, 2008, 413~414쪽, 각주 254번 참조.

촉나라 군평의 고사를 통해 강학에 매진하는 것으로 이어지고 있다. 군평은 촉나라 엄준(嚴遵)의 호로서, 엄군평은 매일 점을 쳐서 하루를 생활할 정도의 돈만 벌면 점집을 닫고 아이들에게『노자』를 가르쳤다고 한다.[39] 엄군평이 그랬던 것처럼 황현의 검박한 생활은 후학을 가르치는 데 부족함이 없다. 한미한 향촌 생활 속에서도 자긍심을 잃지 않고 불필요한 풍요로움을 좇기보다 글을 읽고 후학을 양성하는 데 힘을 쏟고자 하는 황현의 지식인적 면모를 읽을 수 있다.

2) 사대부적 이상의 좌절과 자조

황현은 어지러운 정치 현실에 대한 실망 때문에 일찍이 출사를 포기하고 향촌 생활을 택하였다. 앞에서 한가롭고 소박한 향촌 생활을 영위하고 있는 황현의 모습을 살필 수 있었다. 그런데 이러한 평화로운 일상도 균열이 일어날 때가 종종 있는데, 문득 '대부(大夫)'로서의 좌절을 자각할 때이다.

세 끼 푸른 보리밥을 먹어도 도리어 배고파라	葱麥三時飽反飢
심심하기 그지없어도 그냥 편히 살아가네	甚無聊賴且安之
재주 없으니 벼슬길은 절로 멀기만 하고	不才自是靑雲遠
잘 아픈데도 오히려 흰머리가 더디 나네	善病猶能白髮遲
경성의 연기와 먼지는 한창 멀리 있는데	京國煙塵正迢遞
강가 향리의 비바람이 이렇게도 지루하구나	江鄉風雨此支離
헌 솜옷과 패옥을 어찌 비교할 필요가 있겠는가?	縕袍佩玉何須較
예사로운 실의의 슬픔 따위를 짓지 않노라	不作尋常失意悲[40]

---

39 황현, 임정기 옮김, 같은 책, 414쪽 각주 255번 참조.

위의 시는 〈방옹시의 운을 차하다(次放翁韻)〉 중 스물한 번째 작품이다. 보리밥으로 연명하고 딱히 별 일도 일어나지 않은 궁벽한 시골이지만 그 평화로움 덕분에 그럭저럭 생활할 만하다. 벼슬길에서 멀어져 있으니 자주 병이 나도 오히려 흰머리는 덜 생기는 것 같다. 별로 거슬린 게 없는 일상이다. 그런데도 황현에게 항시 불어오던 강바람이 시원하기는커녕 지루하기만 하다. 바로 서울에서 멀리 떨어져 있기 때문이다. 마음이 흔들리는 것이다. 만약 황현이 서울 조정에서 패옥을 차는 관료였다면 한가로운 강바람에 몸을 맡기는 대신 나랏일로 분주했을 것이다. 이때의 황현은 중앙 정치에서 괴리된 자신의 처지에 실의할 것 같은데 이러한 슬픔 따위를 짓자 않다고 표현하였다. 스스로 버슬을 포기하는 자신을 자조하는 듯하다.

다음 시는 〈집으로 돌아와서 다시 육유 율시를 뽑아 여름 과제로 삼다(歸家復拈陸律爲夏課)〉 중 스물여섯 번째 작품이다.

> 때로는 문 두드리는 소리 단지 이웃 늙은이일 뿐이고　有時剝啄但隣翁
> 여러 날 내린 비에 외딴 마을은 골짜기 동쪽으로 끊기네
> 　　　　　　　　　　　　　　　　　　積雨孤村絶澗東
> 아침저녁 잠시 가을다운 느낌이 생기고　　　　秋意暫生朝夕際
> 사람 소리 때때로 물과 구름 사이에 울리네　　人聲時在水雲中
> 천의는 자애로워 식량 작물이 익어가고　　　　天心仁愛蝗餘熟
> 술 먹은 후 모호한 세상일은 부질없네　　　　世事蕎騰酒後空
> 사십이나 먹은 사내 무슨 일을 이루었는가　　四十爲郎成底事
> 고결을 지키며 초지일관하려고 했는데 오히려 양웅에게 부끄럽네
> 　　　　　　　　　　　　　　　　　　守玄初志愧楊雄[41]

---

40 黃玹, 〈次放翁韻〉 제21수, 『梅泉全集』 卷1, 145쪽.

때때로 찾아오는 사람이라야 이웃집 늙은이만 있을 뿐이고 심지어
비까지 많이 내려 길마저 끊겼다고 한다. 번잡한 세상과 멀리 떨어져
있는 황현의 심리적 거리를 느낄 수 있다. 그렇게 인적이 드문 골짜기
에도 가을이 와서 황재(蝗災) 없이 수확할 만한 곡식은 잘 익었으니 가
을걷이 후에 한 잔을 한 모양이다. 적당히 오른 취기는 황현으로 하여
금 향촌 서생으로서의 삶을 반추하게 한다. 그런데 미련에서 이미 사십
이나 되었는데도 아직 이룬 일이 없다는 말에서 황현의 깊은 자조와
괴로움이 드러난다. 비록 출사는 하지 않았지만 선비로서 고결한 자세
를 갖추고 흐트러짐 없이 살아왔다고 여겼는데 돌이켜보니 자신이 없
는 것이다. 지식인으로서 황현의 고뇌와 회한을 읽을 수 있다.

3) 비판적 현실 인식과 우국적 정서 토로

황현은 일찍이 관직에 대한 뜻을 버리고 구안실에 생활하여 강학과
시작 활동을 하며 소일하였으나, 당시의 혼란한 정치 현실을 냉철하게
주시하고 있었다. 황현은 부패한 왕실과 권력층의 비리를 신랄히 비판
하면서 지식인으로서 시대적 소명을 다하려고 하였다. 다음 시는 황현
의 〈방옹시의 운을 차하다(次放翁韻)〉 중 스물 번째 작품이다.

비 내린 후의 폭포 소리 우레 같고 동부는 널찍한데　　雨瀑雷硠洞府寬
백일홍은 꽃술을 토하고 해는 기울어 가네　　禎桐吐蕊日闌干
두어 서까래는 경쇠를 걸어 놓은 것 같으나　　數椽遮莫如懸磬
한 가지 흡족한 일은 널을 꿈꾸지 않은 것이네　　一事差强不夢棺

---

41 黃玹, 〈歸家復拈陸律爲夏課〉 제26수, 『梅泉全集』 卷1, 564쪽.

선경에 뜻을 의탁하여 돌을 삶은 방법을 구하는데   託意仙經求煮石
어가의 쟁쟁한 방울소리에서 국운을 느껴지네   感時皇路撫和鑾
바람 부는 창가에서 삼복의 더위를 잊고   風窓忘却三庚熱
금석(今昔)의 불황을 냉정하게 살펴보고 있네   今古蕭條冷眼看[42]

　수련에서는 비가 내린 후에 석양이 지는 그림 같은 향촌 풍경이 그려지고 있다. 이어 적막함이 느껴질 정도로 빈한한 살림이지만 '몽관(夢棺)'[43]하지 않은 것은 만족할 만하다고 한다. '몽관'은 부패한 벼슬살이를 의미하는데, 황현은 벼슬하지 않은 기꺼움을 드러내는 한편 부패한 관료들을 에둘러 비판하고 있다. 경련에서 황현 자신은 향촌에서 마치 신선처럼 도가적 삶을 지향하려 하지만 어가(御駕)의 방울소리가 가까이에서 울려 현실을 외면할 수 없음을 토로한다. 그가 목도한 시국은 삼복의 더위까지 잊고 골몰할 만큼 위태롭기만 하다. 고금의 역사를 통해 현실적 문제를 직시하고자 하는 냉정한 지식인으로서 황현의 면모를 확인할 수 있다.
　다음 시는 황현의 〈방옹시의 운을 차하다(次放翁韻)〉 중 여섯 번째 작품이다. 여기서는 바르지 못한 관료들에 대해 보다 직설적인 비판의 날을 세우고 있다.

42　黃玹, 〈次放翁韻〉 제20수, 『梅泉全集』 卷1, 144쪽.
43　진(晉)나라 때 어떤 사람이 은호(殷浩)에게 묻기를 "어찌하여 벼슬자리를 얻게 될 때에는 널을 꿈꾸고, 재물을 얻게 될 때에는 똥을 꿈꾸는 것인가?(何以將得位而夢棺器 將得財而夢矢穢)"라고 하자, 은호가 말하기를 "벼슬은 본디 썩은 냄새가 나는 것이기 때문에 벼슬을 얻게 될 때에는 널의 시체를 꿈꾸게 되고, 재물은 본디 똥거름 준 흙에서 나오는 것이기 때문에 재물을 얻게 될 때에는 똥을 꿈꾸게 되는 것이다(官本是臭腐 所以將得而夢棺屍 財本是糞土 所以將得而夢穢汚)"라고 하였다(황현, 임정기 옮김, 앞의 책, 418쪽 각주 266번 참조).

마음이 활달해도 마음의 속박을 풀기 어렵고	放達猶難解障囚
문장은 마침내 남 웃기는 배우와 같네	文章終是類俳優
삼천독이나 되는 예악은 말아 속에 품고	卷懷禮樂三千牘
강호에 취해 지낸 지는 사십 년이 세월이네	醉倒江湖四十秋
그럭저럭 하택거를 타는 선인은 가능해도	差可善人乘下澤
남주의 고사야 감히 바랄 수 있겠는가	敢要高士在南州
외로운 등불 아래 칠실 고을의 근심 바다 같은데	孤燈漆室愁如海
시배들은 다들 육식자의 꾀만 해대네	時輩同歸肉食謀[44]

　수련을 보면 지식인으로서 답답한 마음이 잘 드러난다. 겉으로 활달한 척 하지만 울적한 마음은 여전히 풀리지 않고, 좋은 문장이라는 주변의 칭송도 부질없어 보인다. 학문에 매진해서 치세의 법도를 익혔으나 강호에서는 쓸모가 없고 세월만 흘러 버렸다. 경련에서는 현인[45]으로서 찬송은 생각하지 못하고 그저 하택거나 타는 향촌의 처사 정도면 만족하겠다는 겸손한 말을 하고 있지만, 미련을 보면 향촌 처사의 일갈로 보기에는 매우 신랄하다. 황현은 나라의 안위를 걱정하는 것은 분수에 맞지 않는다고 하면서도 고관대작의 자리만을 바라며 사욕을 취하는 이름난 관료들을 싸잡아 비판하고 있다.

　황현의 근심과 걱정은 기우가 아니었던 듯하다. 다음 시를 보면 점점 더 위태로워지는 국가에 대한 황현의 우려가 진하게 드러난다.

---

44 黃玹, 〈次放翁韻〉 제6수, 『梅泉全集』 卷1, 140쪽.

45 여기서 현인은 남주(南州) 고사(高士)를 가리킨 것인데 그는 동한(東漢)시기의 은사 서치(徐穉)이고 그가 일생 동안 벼슬을 나가지 않는데 욕심이 없고 마음이 깨끗하여 명리를 좇지 않는다.

맑은 밤 고요하여 등불도 켜지 않는데	淸夜沈沈不爇油
빈 방에 흰 빛이 생겨 자연에 몸을 맡길 수 있네	室中虛白寄天遊
영계기는 늙어서도 오히려 삼락에 만족하는데	榮期老去猶三樂
평자는 사수시를 지어 걱정이 넘치네	平子詩成漫四愁
골짜기의 달은 노을에 싸여 새벽에 다시 무리지고	峽月籠霞晨復暈
강바람은 비를 끌어와 밤에 더 세지네	江風引雨晚來遒
열 묘의 왕대 죽순을 가장 어여삐 여겨	最憐十畝篔簹筍
올 봄에 심었는데 벌써 지붕을 덮었네	種在今春已掩樓[46]

위의 시는 〈방옹시의 운을 차하다(次放翁韻)〉 중 여덟 번째 시이다. 수련에서는 장자(莊子)의 『인간세(人間世)』[47]를 인용하여 사소한 것에 얽매이지 않는 자유분방한 삶에 대한 희구가 드러나고 있다. 그러나 바로 이어 영계기[48]의 안빈낙도 대신 나라의 안위에 대해 근심을 끊임없이 토로한 장형[平子][49]을 통해 자신의 시름을 표현하고 있다. 황현은 경련에서는 이러한 우려와 근심을 생생히 토해낸다. 여기서 달무리는 곧 비가 내릴 징조인데 강바람과 함께 밤에 세찬 비가 쏟아진다. 비를 몰

---

46 黃玹, 〈次放翁韻〉 제8수, 『梅泉全集』卷1, 141쪽.

47 『莊子·人間世』에 이르기를, "빈 방 안에는 흰빛이 생기고 거기에는 좋은 징조가 깃든다.(虛室生白 吉祥止止)" 즉 마음이 청허(淸虛)하여 욕심이 없으면 도심(道心)이 절로 생겨나는 것을 의미한다(황현, 임정기 옮김, 앞의 책, 410쪽 각주 245번 참조).

48 영기(榮期)는 춘추시대의 은사로 90세 때 공자(孔子)를 만나 자기 인생의 즐거움 세 가지(榮期三樂)를 말했다. 이는 사람으로 태어나는 것, 남자로 태어나는 것, 90세까지 사는 것으로 후세에 만족함을 알면 항상 즐겁다는 것을 가리킨다(『孔子家語六本』, 天生萬物 惟人爲貴 吾得爲人 一樂也 男尊女卑 吾得爲男 二樂也 人生有不免襁褓者 吾行年九十五矣 三樂也)-황현, 임정기 옮김, 같은 책, 410쪽 각주 246번 참조).

49 장형은 허강왕이 교만하고 사치하여 법도를 준행하지 않는 데다, 시국도 몹시 불안함을 근심한 나머지 〈사수시(四愁詩)〉를 지어서 스스로 우려와 고민을 토로한다(『後漢書卷59 張衡列傳』)-황현, 임정기 옮김, 같은 책, 410쪽 각주 246번 참조).

고 오는 달무리는 조선에 엄습해 오는 불온한 기운이다. 바람과 함께 불어 닥친 세찬 비바람은 나라를 뒤흔들 만큼 큰 위험으로 볼 수 있다. 나라의 안위가 풍전등화일 때 황현은 어떠한 처세를 하였을까? 그가 지붕을 덮은 울창한 대나무로 대답하고 있다. 사시사철 한 순간도 푸르름을 잃지 않는 대나무는 곧은 절개를 상징한다. 이는 점점 쇠락해지는 나라에 충성을 다하겠다는 굳은 다짐인 것이다.

4. 황현의 육유 차운시의 문학적 의의

앞에서 언급하였듯이 황현의 육유 차운시 가운데 육유의 재촉 시기 작품에 대한 차운은 무려 50수를 차지한다. 이 재촉 시기는 육유의 일생을 통틀어 사상적인 면이나 문학적인 면에서 이정표가 되는 시기인데, 특히 48세 때 금과 대치했던 최전선인 남정(南鄭)에 종군한 기간은 비록 짧지만 그의 정치·문학적 신념을 정립하는 데에 결정적인 역할을 하였다. 남정 종군을 통하여 육유는 비로소 시의 본질과 사회적 기능에 대하여 깊이 이해하게 되었다. 이후 그의 시는 점차 강서시파의 영향에서 벗어나는 대신 조국에 대한 근심과 개인적 쇠락에 대한 시름이 주요한 시적 소재를 이루었다.[50] 즉 육유는 46세 이전까지는 강서시파의 영향을 받아 시문을 단련하는 기교를 중시했는데 남정 종군경험을 계기로 호방하고 우국적인 시관을 정립하여 조국애의 열정과 호탕

---

50 邱鳴皐, 『陸游評傳』, 匡亞明 主編, 『中國思想家評傳叢書』, 南京大學出版社, 2002, 140~143쪽 참조.

한 기개를 표출하는 우국시를 주로 창작하였다. 그런가하면 한편으로
는 그러한 기상이 지속되지 못한 데에 대한 좌절과 전망의 부재에 따른
울분과 비탄의 시도 남기고 있다.

　황현이 차운한 육유의 원운시 가운데 이러한 우국적, 자조적 경향의
시로 분류되는 것이 34수나 된다. 이를 통해 볼 때 중앙정치에서 멀어
졌으나 애국적 충정을 잃지 않고, 한편으로는 관료로서 이상이 좌절된
육유의 재촉 시기 경험에 황현이 크게 공명하였음을 알 수 있다. 곧,
황현이 육유의 시를 차운한 까닭은 단순히 학시(學詩)를 위한 방편으로
삼기 위해서가 아니라, 시공을 뛰어 넘은 정서적 유대에 기반한 것이
다. 다음 시는 황현의 〈방옹시의 운을 차하다(次放翁韻)〉 중 스물한 번째
작품에 대한 원운인 〈달 아래 취해서 짓다(月下醉題)〉이다.

<blockquote>
황곡이 울면서 날아도 아직 굶주림을 면하지 못하고　黃鵠飛鳴未免饑

이 몸 스스로 조소하노니 어찌 해야 할까　此身自笑欲何之

문을 닫고 채소를 심으며 영웅이은 늙어 가고　閉門種菜英雄老

칼자루 두드리면서 고기 잡을 생각하다 보니 부귀 이미 늦었구나

彈鋏思魚富貴遲

살아 있을 때는 산으로 들어가 이광을 따르고　生擬入山隨李廣

죽어서는 무덤을 뚫고 要離와 가까이 하고 싶다　死當穿冢近要離

남루의 달빛 아래 술 한 잔에 억지로 취하게 하니　壹樽强醉南樓月

탄식하며 길게 읊조리니 아마도 크게 슬퍼하는 듯하네

感慨長吟恐過悲[51]
</blockquote>

---

51 陸游, 〈月下醉題〉, 『陸放翁全集』 中, 120쪽.

　　이 시에서 육유는 재능과 포부를 펼치고 싶으나 기회를 얻지 못함을
술로 달래면서 불우한 자신의 처지를 한탄한다. 이에 대한 황현의 차운
시가 흔들리는 마음을 다잡으려는 힘겨운 노력으로 끝맺고 있음을 생
각해 볼 때, 서로 다른 이유로 중앙에서 멀어져 정치적 기회를 갖지
못하지만, 자조를 통하여 두 사람의 정서적 교감을 느낄 수 있다.

　　다음 시는 〈아플 때 술을 마시며 감정을 읊다(病酒述懷)〉이다. 이 시는
황현의 〈집으로 돌아와서 다시 육유 율시를 뽑아 여름 과제로 삼다(歸家
復拈陸律爲夏課)〉 중 스물여섯 번째 작품의 원운시이다.

한가한 곳에서 타고난 천성을 본받아 방옹이 되었고	閑處天敎著放翁
작교 동쪽에 있는 초려에서 고상하게 누워다네	草廬高臥筰橋東
구슬프고 쓸쓸한 가을 후에 백발을 세면서	數莖白髮悲秋後
외로운 푸르스름한 불빛 아래 술을 마셔 몹시 취하네	一醆靑燈病酒中
이광이 활 잘 쏘는데 결국 관월에 빠지고	李廣射歸關月墮
유곤은 울부짖는 뒤 소리가 하늘과 구름에 차네	劉琨嘯罷塞雲空
古人의 의기는 그대에 의해 보는데	古人意氣憑君看
공을 아직 세우지 않아도 이미 영웅이 되었구나	不待功成固已雄[52]

　　육유는 병에 걸렸으면서도 술을 마시며 근심을 털고자 하는 마음을
읊고 있다. 원대한 포부를 실현하지 못하면서 객지를 떠도는 자신에
대해 훌륭한 옛 사람의 고사를 인용함으로써 아쉬움과 울분을 토로하
고 있다. 황현의 차운시에서는 깊은 자조와 괴로움을 읊고 있는데, 육
유 또한 포부를 이루지 못한 채 늙어감에 대한 울분을 토로하고 있다.

---

52 陸游, 〈病酒述懷〉, 『陸放翁全集』 中, 143쪽.

황현과 육유 모두 만족스럽지 못한 현실과 그곳에서 부유하는 자신에
대한 자조를 토로하고 있음을 알 수 있다.

병든 몸 수척하여 사모 또한 크고	病骨支離紗帽寬
외로운 신하는 만 리 밖에서 강가 객의 신세로다	孤臣萬裏客江幹
지위는 미천하나 감히 나라 걱정 잊을 수 없으니	位卑未敢忘憂國
한 사람의 평가는 죽은 후를 가다려야 하리	事定猶須待闔棺
천지 신령이 종묘사직을 부지하니	天地神靈扶廟社
낙양의 백성들은 황제의 수레만을 기다린다네	京華父老望和鑾
〈출사표〉 이 한 편은 예나 지금이나 통하니	出師壹表通今古
한밤중에 등불 밝히고 다시 자세히 읽어 본다네	夜半挑燈更細看[53]

이 시는 황현의 〈방옹시의 운을 차하다(次放翁韻)〉 중 스무 번째 작품
의 원운시 〈아플 때 일어나서 감회를 쓰다(病起書懷)〉이다. 육유가 성도
(成都)에 있을 때 쓴 애국적인 시이다. 여기서 육유는 건강이 나빠지고
객지를 전전하는 신세가 되었지만 나라를 걱정하는 마음만큼은 변함이
없음을 말하고 있다. 아마도 황현은 육유의 시에서 정치의 중심에서
멀어져 있음에도 변하지 않는 충정을 읽어내고, 자신 또한 서울에서
멀리 떨어져 궁벽한 시골에서 머물고 있지만 나라에 대한 충절은 변하
지 않음을 드러내고 싶어 한 듯하다.
　다음 시는 〈방옹시의 운을 차하다(次放翁韻)〉 중 여섯 번째 작품의
원운인 〈황주(黃州)〉이다.

---

53 陸游, 〈病起書懷〉, 『陸放翁全集』 中, 116쪽.

몸은 움츠러드니 늘 서글퍼서 초나라의 죄수 같고 　　局促常悲類楚囚
떠돌아다니니 제나라의 배우와 같아 도리어 탄식하네 　遷流還嘆學齊優
강물소리에 영웅의 한이 끝이 없고 　　　　　　　江聲不盡英雄恨
하늘의 뜻은 사심이 없지만 초목은 생기가 없네 　　天意無私草木秋
객지에서 느끼는 만 리의 시름에 백발만을 더하는데 　萬裏羈愁添白髮
추운 날에 돛배 하나 타고 황주를 지나네 　　　　　壹帆寒日過黃州
그대가 보는 적벽은 결국 유적일 뿐이고 　　　　　君看赤壁終陳跡
아이를 낳으면 어찌 꼭 손권과 같아야만 하리? 　　生子何須似仲謀[54]

　이 시에서는 육유가 옛날을 생각하며 뜻을 이루지 못한 채 시간만 흘러가고 있는 현실과 자신의 불우한 처지를 탄식하고 있다. 특히 미련을 보면 적벽은 결국 유적으로서의 의미밖에 남지 않은 것처럼 능력을 갖추고 있어도 등용되지 못하는 현실을 역설적으로 비판하였다. 황현 또한 차운시에서 부패한 관료사회를 직설적으로 비판하고 있는데, 두 사람의 비슷한 처지와 그에 따른 우울한 감성을 함께 느낄 수 있다.

복숭아꽃이 붉게 피어 나고 술은 기름지니 　　　桃花如燒酒如油
교외의 들판에서 고삐를 늦추고 마침 노닐었다네 　緩轡郊原當出遊
조금 피곤하여 낮잠이 오는데 　　　　　　　　微倦放教成午夢
숙취가 봄날의 싱숭생숭한 마음을 동반하네 　　宿醒留得伴春愁
멀리 나와 처음으로 하늘과 땅이 큰 것을 깨닫고 　遠途始悟乾坤大
만년에 문득 세월이 가는 것에 돌리네 　　　　晚節偏驚歲月遒
청명 때 과주를 지난 길을 기억하니 　　　　記取清明果州路
하늘 한가운데 높은 버들과 작은 청루가 있네 　　半天高柳小青樓[55]

54 陸游, 〈黃州〉, 『陸放翁全集』 中, 24쪽.

이 시는 〈버들 숲에 있는 작은 주점(柳林酒家小樓)〉이라는 작품이다. 황현의 〈방옹시의 운을 차하다(次放翁韻)〉 중 여덟 번째 작품의 원운이다. 육유가 부임지로 가던 중에 과주(果州) 유림(柳林)의 한 주점에 들러 피로한 심신을 달래며 쓴 시이다. 이때 육유는 금나라와의 전쟁에 참전하였는데, 이 시에서는 그가 위기에 빠진 조국을 위해 무엇인가를 할 수 있다는 흥분이 잘 드러난다. 황현과 육유는 향촌 지식인과 관료로서 그 처지는 달랐으나 국가의 위기 앞에 물러서지 않는 기개만은 상당히 닮아 있다. 황현의 차운시에서도 원운의 이러한 호방한 기풍이 잘 드러난다.

지금까지 살펴본 시들을 통하여 황현이 육유의 시를 차운한 요인의 중요한 일단을 찾을 수 있었다. 황현은 과거에 합격하였으나 부패한 당시의 관료사회와 혼란한 정세로 인하여 출사를 포기하였다. 이때 육유시를 읽으면서 스스로를 위로한 것이다. 학문적 능력과 시적 재능이 있음에도 정치적 기회를 얻지 못했던 육유의 처지에 공감한 것이다. 두 사람 간의 이러한 정서적 교감이 형성되어 육유의 많은 재촉 시기 작품을 차운한 것으로 짐작해 볼 수 있다.

그 동안 황현의 중국 문인 차운시에 대한 연구는 그 작품의 주제나 경향성에 대해서는 다양한 논의가 이루어졌으나, 이와 같이 시인 간의 정서적 유대, 감성적 공감의 측면에서 차운시를 검토한 경우는 드물었다. 이러한 방식으로 황현의 다양한 중국 문인 차운시를 살핀다면 시공의 경계를 넘나드는 차운시만의 독특한 문학적 특성을 살필 수 있으리라 기대된다.

---

55 陸游, 〈黃州〉, 『陸放翁全集』 中, 24쪽.

5. 맺음말

본고에서는 황현의 육유 차운시의 현황, 주제 양상 및 문학적 의의를 살펴보았다. 차운시를 다루기 앞서 황현의 육유에 대한 문학적 인식을 살펴보았는데, 이를 통하여 황현이 현란한 언어적 기교와 수사 없이 시의를 개성적으로 표현하는 육유의 작시 방식을 추구하고 특히 웅걸한 기상의 육유시에 많은 관심을 갖고 있었음을 알 수 있다. 다음 육유시에 대한 차운 현황은 칠언율시가 많은 점, 초학자의 시작 수련에서 많이 활용하는 점, 육유의 재촉시기의 시를 많이 차운하는 점에서 살펴보았다. 그리고 황현의 육유 차운시 주제 양상은 향촌 생활의 여유와 한적, 사대부적 이상의 좌절과 자조, 비판적 현실 인식과 우국적 정서토로 세 부분을 나누어 고찰하였다. 이를 통하여 황현의 작시 심경 변화를 또한 엿볼 수 있다. 마지막 4장에서는 황현의 차운시와 육유의 원운시를 비교하면서 황현이 육유시를 차운할 때 두 사람 간의 정서적 유대, 감성적 공감의 측면에서 검토해 보았다. 황현은 육유시의 내용을 공감하여 육유의 우국적이고 울분함을 토로한 재촉 시기의 시를 차운함으로써, 자신이 중앙정치에서 멀어졌으나 애국적 충정을 잃지 않고 한편으로는 관료로서 이상이 좌절된 심경을 드러낸 것이다.

그러나 황현이 육유의 경험에 공감하고 여러 시를 차운했으나 원운을 그대로 답습한 것은 아니다. 황현은 육유시의 장점을 배우면서도 자신의 경험을 훌륭히 형상화함으로써 황현만의 독창적인 시세계를 구축하였다.

본 연구는 황현 시를 연구하는 데에 그의 육유 차운시를 다룸으로써 보다 다각적으로 황현 시에 접근하려고 하였다. 또한 서로 다른 시대와 공간을 살아가던 황현과 육유의 시적 교류를 연구함으로써 나아가 한·중 한시의 관련 양상을 탐색하는 데 한 방편을 제공했으리라 기대한다.

이 글은 지난 2017년 한국시가문화학회에서 발간한
『한국시가문화연구』 제39집에 게재된 것이다.

참고문헌

〈자료〉

『梅泉全集』, 전주대학교 호남학연구소, 1984.

〈단행본〉

김영붕 역, 『역주 황매천시집(속집)』, 보고사, 2010.

＿＿＿ 역, 『역주 황매천시집(후집)』, 보고사, 2010.

＿＿＿ ·이병기 역, 『역주 매천 황현 시집』(상·중·하), 보고사, 2007.

김정환, 『梅泉詩派 研究』, 경인문화사, 2007.

주기평, 『陸游詩歌研究』, 역락출판사, 2010.

최승효, 『黃梅泉 및 關聯人士 文墨萃編』(上卷), 未來文化社, 1985.

황 현, 임정기 옮김, 『매천집1』, 한국고전번역원, 2008.

邱鳴皐, 『陸游評傳』, 匡亞明 主編, 『中國思想家評傳叢書』, 南京大學出版社, 2002.

嚴 修, 『陸游詩集導讀』, 巴蜀書社, 1996.

嚴 羽, 김해명·이우정 옮김, 『滄浪詩話』, 한국학술진흥재단, 2001.

陸 游, 『劍南詩薰』, 『陸放翁全集』(中), 中國書店, 1997.

蔣和森, "陸游"條, 『中大百科全書·中國文學卷』, 中國大百科全書出版社, 1986.

조 익, 송용준 역해, 『甌北詩話』, 서울대학교출판부, 2009.

〈논문〉

기태완, 「매천시 연구-시의 수련과 영향관계 및 그 풍격을 중심으로-」, 성균관대
　　　　학교 박사학위논문, 1998.

김영붕, 「黃梅泉 詩文學 硏究」, 전북대학교 박사학위논문, 2014.

이병기, 「황매천시 연구」, 전남대학교 박사학위논문, 1983.

장　람, 「梅泉 黃玹의 中國文人 次韻詩 연구」, 전남대학교 석사학위논문, 2015.

장인진, 「조선조 문인의 육방옹시 수용에 대하여」, 『한문학연구』 제6집, 계명한문
　　　　학회, 1990, 177~210쪽.

황수정, 「梅泉 黃玹의 詩文學 硏究」, 조선대학교 박사학위논문, 2006.

필진 소개 (원고 수록 순)

김 철 중국 산동대학교 동북아대학 한국어학과 교수
구려나 전남대학교 국어국문학과 박사과정 수료
량 빈 전남대학교 국어국문학과 박사과정 수료
조재형 전남대학교 국어국문학과 교수
최 란 전남대학교 국어국문학과 박사과정
조경순 전남대학교 국어국문학과 교수
김 일 중국 연변대학교 조선·한국학학원 교수
주만만 중국 임기대학 한국어학과 교수
장 람 전남대학교 국어국문학과 박사과정 수료

지역어와 문화가치 학술총서 ⑤

한국어문학 및 지역어 연구의 한·중 학술 교류와 성과

2018년 2월 28일 초판 1쇄 펴냄

지은이 전남대학교 BK21+ 지역어 기반 문화가치 창출 인재 양성 사업단
펴낸이 김흥국
펴낸곳 도서출판 보고사

책임편집 이경민
표지디자인 손정자

등록 1990년 12월 13일 제6-0429호
주소 경기도 파주시 회동길 337-15 보고사 2층
전화 031-955-9797(대표), 02-922-5120~1(편집), 02-922-2246(영업)
팩스 02-922-6990
메일 kanapub3@naver.com / bogosabooks@naver.com
http://www.bogosabooks.co.kr

ISBN 979-11-5516-784-7 93810
ⓒ 전남대학교 BK21+ 지역어 기반 문화가치 창출 인재 양성 사업단, 2018

정가 28,000원